新典社研究叢書380

源氏物語女房論

佐藤洋美 著

新典社刊行

目　次

Ⅱ　主人をかたどる女房

Ⅲ　女房がつなぐもの

Ⅳ　女官が見つめるもの

凡　例

一、『源氏物語』の本文引用は、新編日本古典文学全集（小学館）に拠った。
一、『源氏物語』の本文引用に際しては、巻名・冊数・頁数を附した。
一、『源氏物語』以外の散文作品の本文引用については、『うつほ物語』は、『うつほ物語 全 改訂版』（室城秀之校注、おうふう）に拠り、それ以外は原則として新編日本古典文学全集（小学館）に拠り、巻名・冊数・頁数等を附した。
一、和歌作品の本文引用については、『萬葉集』および『古今和歌集』は新編日本古典文学全集（小学館）、『古今和歌集』以外の八代集は新日本古典文学大系（岩波書店）に拠り、それ以外の和歌作品は原則として新編国歌大観（角川書店・古典ライブラリー）に拠り、歌番号・作者等を附した。ほかに拠った場合は、各章ごとに記した。
一、史料等の本文引用については、『九暦』『小右記』『御堂関白記』は大日本古記録（岩波書店）、『権記』『左経記』『中右記』は増補史料大成（臨川書店）に拠り、年月日・冊数・頁数を附した。その際、割注は〈　〉で示した。
一、引用本文の表記等については、私に適宜あらため、傍線・傍点・囲み・記号等を附した。「……」は省略を示す。
一、注は各章末ごとに掲げた。
一、引用論文等については、序章のみ原則として初出を優先し、その他の章においては、雑誌掲載後に単行本、著作集、全集等に収載された論文はできるかぎり単行本等に所収のものを優先し、初出についての情報等は原則として省略した。また、単行本名や論文の副題の掲出形式、巻号の表記等については、統一をはかった。年号は原則として西暦によって示した。

序章　『源氏物語』における女房研究の現在と本書の構成

一　『源氏物語』における女房研究の始発

本書は、『源氏物語』の物語世界を読み解くために、とくに女房に着目して、主人との関係性や物語の表現との関わり方を明らかにし、『源氏物語』における女房の存在意義の究明を目指すものである。

本書における「女房」とは、宮中や貴顕の邸宅に仕える女性たちのことを指し、年齢や官職の有無にかかわらず、総じて「女房」として論じることとする。『源氏物語』には、呼称のある人々から存在のみが語られる人々まで、さまざまな特徴を持った数多くの女房が描かれている。従来、そうした女房については、作者との関わりや歴史的背景、物語における役割や機能、語り手との関連など、多様な観点から研究がなされてきた。はじめに、『源氏物語』における女房研究の歴史をたどりながら(1)、本書の位置づけをはかりたい。

戦前の『源氏物語』研究においては、阿部秋生(2)や玉上琢彌(3)によって『源氏物語』の成立過程に関する仮説が提示され、いわゆる成立論によって物語世界を理解しようとする試みが展開されていた。戦後になり、阿部・玉上の両者によって示された執筆順序や玉鬘系後記挿入説を受け継ぐ武田宗俊「源氏物語の最初の形態」が発表されたほか[4]、秋山虔「源氏物語―その主題性はいかに発展しているか―」によって『源氏物語』の「発展する主題性」が問い直されることとなる[5]。また、玉上は「物語は、女房が読みあげるところに成立する」と述べつつ[6]、『源氏物語』の中に作品を「語り伝える古御達」や「筆記編集者」、それを「読み聞かせる女房」という「三人の作者」の存在があることを提唱している[7]。玉上の物語音読論には批判もあるが[8]、『源氏物語』の「語り」との関わりの中で女房という存在に目が向けられていたのである。

一方、同時期に、歴史社会学的な方法による研究が盛んになる。平安時代においては、『源氏物語』に限らず、『蜻蛉日記』『紫式部日記』『和泉式部日記』『更級日記』『枕草子』など、女性の手によって文学作品が多く生み出されている。歴史社会学的な視座に立つ研究者たちは、文学作品の作者たる女性たちが置かれた社会状況や内面が作品に与えた影響に目を向けており、西郷信綱は、女流作家たちの多くが受領の娘であることに着目し、中流階級出身の人々が貴族社会の中で抱いた苦悩を女性たちの日記の記述から見出し、その中でも自己の内部にとどまらず、外部に向けて拡充された紫式部の「透徹した批判精神」が『源氏物語』の創造に影響していることを論じた[9]。さらに、平安時代の文学作品の作者が女房であったことの重要性を指摘したのが益田勝実「源氏物語の荷ひ手」である[10]。益田は、武田宗俊の論をふまえつつ、受領の娘を社会的身分によって「宮仕え女房」と「家の女性」とに二分したうえで両者の精神世界が別個であるとし、紫式部が「物語と現実宮廷上層世界を重ねて一つのものとして、憧憬」するような「家の女性」であったことで『源氏物語』の「荷ひ手」となり得たことを指摘し、宮仕えを経験することで物語を新たな境地へ導いたことを論じている。歴史社会学的な視座からの研究は、貴族社会において女房が抑圧された存在であったことに着目し、貴族社会の矛盾を女房を通して見ようとしたものであった。そうした方向は、今井源衛が光源氏、明石の君、女三の宮などの登場人物の造型を歴史的背景をふまえつつ検討したように[11]『源氏物語』の作中人物論へと向かい、『源氏物語』の物語世界の成立と当時の社会の実態とが深く関わり合うことが論じられていったのである。

先にも触れた玉鬘系後記挿入説などのさまざまな成立論が提唱される中で、『源氏物語』に登場する人物たちがどのように造型されているかが注目されるようになり、作品の主体性や紫式部の内面が深く掘り下げられつつ、『源氏物語』の研究は作品の構造の分析へと進むが、そうした中、物語における女房の役割にも目が向けられるようになる。その嚆矢が秋山虔「女房たち―バイプレーヤーとしての活躍ぶり―」であり、秋山は『源氏物語』が第一部（いわゆる紫の上系、玉鬘系）、第二部、第三部と推移するのに従って、たんに主人公に付随する人物に過ぎなかった女房が、物語を進行させる重要な役割を果たすようになることを指摘した。[12]さらに、清水好子は「侍女たち」において、平安時代の貴婦人が侍女に囲まれて生活していたことから、物語作品における女房の重要性を述べ、『源氏物語』において恋愛が発展するためには乳母や乳母子の存在が不可欠であることや、女房の設定が物語展開に影響を及ぼすことを論じた。[13]秋山や清水の論は、『源氏物語』に登場する女房には現実性が付与されるとともに、物語独自の造型もなされていることを注視し、女房が主要な登場人物たちの周囲に存在することで物語が形成されたことを論じたものであった。

歴史社会学的な方法による研究では、作者である紫式部が「受領の娘」で宮仕えを経験した「女房」であることに着目することをはじめ、作者の精神世界や平安時代の社会の状況が物語世界に強く影響しているとされてきた。その中で、貴族社会における女房の位置づけがなされつつ、『源氏物語』に登場する女房についても、物語を発展させる重要な役割を担う存在であることが論じられ、物語の成立に不可欠な要素であることが示されたのである。

二　歴史学における「女房」研究の進展

平安時代の女房については、歴史学の方面からも研究が進められてきた。そのはじめは和田英松『官職要解』[14]と浅井虎夫『女官通解』[15]である。中でも浅井は、律令時代の官制を記したものとして知られる『職原抄』には女官に関する記載がないとして、『令義解』や『延喜式』、『禁秘抄』などの資料を用いた検討に加え、『源氏物語』や『枕草子』といった文学作品などの幅広い資料に基づいて、令制下における女官の実態を明らかにした。現在でも、平安時代の女官に関する説明として両書の指摘が踏襲されることが多い。その後、大化の改新から鎌倉前期に至るまでの後宮の総合的な研究がなされた角田文衞の大著『日本の後宮』[16]や、令制下から平安時代に至るまでの後宮における女性のあり方に加え、女性たちによって創造された文化や文芸にまで及ぶ考察がなされた須田春子『律令制女性史研究』[17]『平安時代後宮及び女司の研究』[18]によって実在の女房集団の位相についての検討が進められた。

また、一九六〇年代には紫式部の本名に関する論争がおこり、角田文衞は紫式部が藤原香子という本名を持つと論じたが[19]、その指摘に対してはさまざまな反論が発表され[20]、その中で平安時代における女房制度の実態の解明が進められてきた。さらに、加納重文は「女房と女官―紫式部の身分―」において、宮仕女性を「女房」と「女官」とに大別し、「女房」が「女官」の上級に位置する女性に用いられる呼称であることを指摘したうえで、「女房」は官職を持つ「女官系女房」とそうした資格を持たない「非女官系女房」とに分かれることを論じ[21]、紫式部が後者に含まれる「私的上級侍女」であることを考証している[22]。

これらの研究において見られるように、女房の実態をとらえるためには女官も含めて考えなければならず、その両者は密接に関わり合っている。内侍所[23]や御匣殿[24]に関する所京子の論考や、尚侍や典侍[25]、命婦[26]、女蔵人[27]などに関する論考が歴史学と文学の両方向から出されているが、女性たちは職掌や位階の有無に関わりなく、それぞれの役割を持ち、集団的に宮廷や貴人に仕えている。本書ではむしろそれらを「女房」として位置づけ、多角的総合的に分析することによって物語の新たな側面を浮き彫りにできるのではないかと考える。

三　召人と乳母・乳母子

『源氏物語』研究において女房は、主要な登場人物たちと同様に、物語世界を構築するひとりの作中人物としての研究が進むこととなるが、その中でとくに区別されて論じられてきたのがいわゆる「召人」と乳母・乳母子である。

「召人」については阿部秋生の論考[28]が嚆矢であり、「自分の仕へてゐる主人又は主人格の男性と肉軀的關係をもってゐる女房のこと」を「召人」と定義したうえで、男女相互の愛情関係を基礎にして始まることや、妻と同じ待遇を求められないこと、社会的に公認されている男女関係ではないことを指摘し、『源氏物語』の中で「召人」と記される二例（蛍兵部卿宮の「召人」、鬚黒の「召人」である中将のおもと・木工の君）のほか、光源氏に仕える中将の君や中務の君、葵の上に仕える中務の君や中納言の君も光源氏の「召人」であるとし、女三の宮に仕える按察の君も薫の「召人」とみなす。この論を受けて、武者小路辰子は、「中将の君」をはじめ多くの似た呼称を持つ女房は、「召人となるほどのよい女房像」の中にのみ設定され、その恋愛までもが女房という枠の中に縛られているとして、「召人」があくまでも女房であることを強調する。[29]さらに、三田村雅子は『源氏物語』において最も「道具的」であり「ただの形代」や「人形」として扱われやすかったのが「召人だちたる人々」であることを指摘したうえで[30]、女君の「代理視点」であった「召人」の視点が物語が進むにつれて次第に「独自性」が高まるようになると論じる。[31]「召人」たちの視線や存在は、他の女房とは異なる独自な様相を呈する物語の重要な構成要素であるとされ、「召人」については近年に至るまでさまざまな立場から多くの論が出されている。[32]

また、乳母・乳母子については吉海直人の精力的な研究がある。[33] 吉海は、「乳母学」という独自の用語を提唱したうえで、乳母の歴史的な変化をはじめ、「乳母子」や「乳主」といった関連用語、『源氏物語』に登場する乳母のほか、同時代の文学作品における乳母の様相を論じ、乳母が授乳のみならず養君の教育にも携わることや、成人した後も仕え続けること、「乳付」と乳母が必ずしも同義ではないこと、養君と乳母子が同年に生まれたとは限らないことなどを指摘した。その後も、『源氏物語』に登場する乳母と女君との関係性に着目して乳母の位相を検討している。[34] さらに、新田孝子『栄花物語の乳母の系譜』では『栄花物語』に記される多くの乳母の出自について詳細な検討がなされている。[35] 平安時代においては、社会的に乳母が重く扱われていたが、その状況が『源氏物語』にも反映されていることが指摘されており、主人の最も近くに仕える女房のひとりとしてその存在は看過できない。加えて、池田大輔は『源氏物語』に登場する乳母子について、「乳母子」と「乳母の子」との書き分けに着目して論じており、[36]『源氏物語』に登場する乳母や乳母子については、乳母および乳母子の歴史的実態をふまえながら、細かな描写にも留意することで物語内の存在意義について考察が深められている。

「召人」や乳母・乳母子は、他の女房とは異なる形で主人との関係を構築しており、独自な様相を呈することで早くから注目されてきた。とはいえ、あくまでも女房として扱われる存在であり、性格を異にするこれらの人々をも「女房」ととらえて検討することで、その多様性とともに女房集団のあり方が明確になってくるであろう。

四　女房研究の高まり

物語文学作品における女房に関する研究としては、齋木泰孝が『物語文学の方法と注釈』で『うつほ物語』や『落窪物語』における女主人と女房の関係性や仲介者となる女房のはたらきに着目しつつ、『狭衣物語』の女房について論じるが、(37)『源氏物語』に登場する女房についても、主要な登場人物たちを取り巻く女房を脇役として片付けるのではなく、むしろそうした人々をひとりの作中人物ととらえることによって物語の新たな読みの検討が進められている。加藤宏文は『源氏物語の端役たち』において、五十四帖それぞれで目立った活躍を見せる端役を取り上げて、物語展開に不可欠な存在であることを明示した。(38)また、久保朝孝・外山敦子編『端役で光る源氏物語』でも十二人の登場人物が取り上げられている。(39)たとえば女房に関係する論考としては、末摘花物語における大輔命婦と乳母子の侍従、(40)藤壺物語における王命婦、(41)夕顔物語における女童、(42)紫の上物語における少納言の乳母、(43)玉鬘求婚譚における若い女房、(44)女三の宮の婚姻に関係する乳母たち、(45)落葉の宮の親類の女房である小少将が取り上げられている。(46)これらの論考は、物語あるいは登場人物について新たな読みの可能性を提示しつつ、従来の読みの中に端役を位置づけていくものでもあった。また、『人物で読む『源氏物語』』には「後見・脇役事典」がまとめられており、主要な登場人物の後見や女房、女童など、物語に登場する女房を概観することができる。(47)

そうした物語文学作品の作品世界と関わる女房の研究としては、外山敦子が『源氏物語の老女房』で若い女房ばかりに注目が集まることを課題としてあげて、老齢の女房が果たす役割を論じ、(48)陣野英則『源氏物語論―女房・書かれた言葉・引用―』では物語の語り手・書き手としての女房の役割、女房の言動が主要な登場人物の人生に与えた影響、女房と女主人との間の身分・待遇の連続性が指摘されている。[49] さらに、古田正幸『平安物語における侍女の研究』では、とくに「後見」とされる人々や乳母、乳母子について『落窪物語』や『狭衣物語』などの検討がなされ、[50] 千野裕子『女房たちの王朝物語論』でも『うつほ物語』や『狭衣物語』が取り上げられるなど、幅広い文学作品における女房研究が進展している。[51] また、『源氏物語』における女房の研究としては、山口一樹による玉鬘の女房集めや、[52] 宮の君の出仕、[53] 弁の君の発話に着目した論考もあり、[54] 女房の言動の重要性が示されている。

一方で、歴史学の方面からも研究が進められており、加納重文『平安文学の環境―後宮・俗信・地理―』によって、歴史学と文学研究の両分野における総合的な女房のあり方がまとめられている。[55] また、総合女性史学会編『女性官僚の歴史―古代女官から現代キャリアまで―』が古代の女官から現代のキャリアに至るまでの女性を通史的にまとめ、[56] 伊集院葉子『古代の女性官僚―女官の出世・結婚・引退―』では女官としての出仕から引退までの経過が示されている。[57]

さらに、文学作品の担い手や享受者としての女房にも注目され、諸井彩子『摂関期女房と文学』では、摂関期の中でも藤原道長・頼通の時代を中心に、当時の実在した女房たちの社会的な立場を明らかにするとともに、女房たちが形成したサロンのありようをはじめ、文化活動全体の実態の究明がなされている。[58] また、松薗斉『中世禁裏女房の研究』では、平安時代後期の堀河天皇から室町時代を経て、戦国時代の後奈良天皇までの掌侍（内侍）の復元を中心とし、宮中における女房の職務や出自が明らかにされるとともに、女房日記の記述からその役割や実態が検証されている。[59] 同じく中世文学における女房に着目したものとしては、田渕句美子『女房文学史論―王朝から中世へ―』があり、とくに宮廷に仕える女房の役割や職能を明らかにしつつ、女房を「時代、宮廷、主君、文化を照らし出す存在」と位置づけ、「当事者であり、観察者であり、語り手・表現者であり、文化を継承・運搬・伝達し、歴史と宮廷を語り伝えていく役割」を持つものとしたうえで、平安時代の女房のほか、『うたたね』や『とはずがたり』、『無名草子』、

『阿仏の文』などから見える女房の実態についても論じている。[60] 最近でも、今関敏子が『宮廷女房の語る中世―内侍司の視座―』で『讃岐典日記』や『弁内侍日記』など、宮廷女房の手による作品群に光を当てて分析している。[61]

このように、近年、女房に関する研究は高まりを見せている。歴史的資料を用いて平安時代の女房の実態や制度の解明が進められると同時に、物語に登場する女房に関する記述からそれぞれの人物像が明らかにされ、物語を構成し発展させる重要な要素としての位置づけがはかられている。

五　本書の目的と構成

『源氏物語』の物語世界は姫君や男性貴族などの主要な登場人物だけで作り出されているのではなく、周囲には必ず女房の存在がある。多様に描かれる女房によって主人たる者の人物像が造型され、女房がさまざまなふるまいを見せることによって物語が構築され、展開していくのである。もちろん『源氏物語』の女房には、平安時代の女房の実態が反映されてもいるため、歴史的な背景を精査することも求められよう。しかしながら、『源氏物語』はあくまでも虚構を描く物語文学作品であり、物語内の表現の検討なくしては、『源氏物語』における女房の様相を明らかにすることはできない。呼び名の有無や登場場面の多少にかかわらず、女房の言動や存在に関わる描写を丁寧にすくいあげ、物語に語り出されるその姿を見つめることが『源氏物語』の読みを深化させるためには必要なのである。

本書はこうした視座のもと、十一の論考を四部に分けて構成し、源氏物語において女房と女主人、作品世界とがどのように関わるかを論じていく。

「I　物語をひらく女房」では、とくに密通と邂逅に関わる女房を取り上げ、女房の言動や存在、不在から登場人物の関係性が始発、進展する物語世界について論じる。第一章「王命婦論──「賢木」巻における「いとほしがりきこゆ」の対象を起点として──」では、「賢木」巻における光源氏と藤壺との密通の後に王命婦が抱く「いとほしがりきこゆ」という心情を始発として、命婦という存在の位相や『源氏物語』における王命婦と藤壺との関係性を明らかにする。第二章「女三の宮の十二人の女房──「若菜下」巻の密通をよびおこすもの──」では、「若菜下」巻の葵祭の御禊の前日に語られる「斎院に奉りたまふ女房十二人」に着目し、十二人の女房を奉ることで見えてくる女三の宮の立場と柏木との密通との関わりについて検討する。第三章「「今参り」考──「東屋」巻における匂宮と浮舟との邂逅をめぐって──」では、「東屋」巻の匂宮と浮舟の邂逅場面において、「例ならぬ童」が邂逅の契機となったことに加え、当該場面で「今参り」という語が三度重ねられていることに着目し、浮舟が「今参り」と位置づけられることと匂宮との邂逅の関連性を論じる。

「Ⅱ　主人をかたどる女房」では、女房の人物造型や言動が主人たる女君の造型や心情、立場を示すこととなる物語の描写について論じる。第四章「大輔命婦の人物設定──「末摘花」巻における造型の意義をめぐって──」では、大輔命婦の出自が詳細に設定されることに着目し、母の左衛門の乳母、父の兵部大輔の両面からその人物造型を明らかにしたうえで、末摘花の物語に与えた影響について検討する。第五章「侍従の誓い──「蓬生」巻における「たむけの神」をめぐって──」では、「蓬生」巻において末摘花とその乳母子である侍従の別れの場面で侍従が詠んだ歌、「玉かづら絶えてもやまじ行く道のたむけの神もかけて誓はむ」に詠み込まれた「たむけの神」という語に着目し、末摘花周辺の女房に関わる描写を整理したうえで、「たむけの神」から読み取れる侍従と末摘花との関係性について論じる。第六章「中納言の君の代作──「常夏」巻における近江の君への返歌をめぐって──」では、弘徽殿女御のもとに近江の君から歌が送られてきたとき、弘徽殿女御の女房である中納言の君が返歌を代作することに着目して、代作が持つ効果について検討したうえで、姉妹間の贈答でありながら女房の代作を用いた意義と、そこから見える弘徽殿女御、近江の君それぞれの人物造型について論じる。

「Ⅲ　女房がつなぐもの」では、紫の上に仕える女房を取り上げて、幼少期から死後に至るまで女房と女主人とが共に生きる物語世界のありようについて考える。第七章「犬君のゆくえ―『源氏物語』における女童をめぐって―」では、「若紫」「紅葉賀」両巻に一度ずつ名前が見える女童、犬君に着目し、女童が持つ特性を明らかにしたうえで、犬君の存在と不在が紫の上の位置づけにどのように関与するかを論じる。第八章「渡殿の戸口の紫の上―「薄雲」巻における中将の君を介した歌をめぐって―」では、「薄雲」巻で光源氏が明石の君のもとに向かう直前の紫の上との歌の贈答を取り上げて、中将の君という女房を媒介として「渡殿の戸口」でおこなわれたことの意義を考察し、中将の君が果たした役割について論じる。第九章「よるべなき中将の君―「幻」巻における紫の上追慕をめぐって―」では、紫の上死後を描く「幻」巻における中将の君と光源氏との歌の贈答に着目し、とくに中将の君の歌に詠み込まれた「よるべの水」という語から、紫の上に向けた中将の君の思いを明らかにするとともに、紫の上と女房との結びつきのありようを論じる。

「Ⅳ　女官が見つめるもの」では、女官が物語に関わる場面を取り上げて、官職を持つ女房を登場させることの意義について検討する。第十章「「春宮の宣旨なる典侍」論―「若菜上」巻の御湯殿の儀をめぐって―」では、「若菜上」巻で明石女御が産んだ皇子の御湯殿の儀に「春宮の宣旨なる典侍」が登場したことについて、史上の御湯殿の儀や東宮宣旨の例をふまえつつ、「春宮の宣旨なる典侍」がもたらす役割を論じる。第十一章「藤典侍論―「夕霧」巻における雲居雁との贈答をめぐって―」では、「夕霧」巻の藤典侍と雲居雁との歌の贈答場面を取り上げ、藤典侍と雲居雁との立場の違いが物語の描写に与える影響を論じる。

以上の構成によって、本書では、『源氏物語』に描かれる女房の言動や存在に着目し、女房が物語に介在することで構成、展開する物語世界のありようを明らかにする。

注

（1） 三谷邦明「解説」（『日本文学研究資料叢書 源氏物語Ⅰ』有精堂、一九六九年）、池田和臣「研究史と研究書解題」（秋山虔編『別冊国文学 源氏物語必携』学燈社、一九七八年一二月）、高橋亨「解説」（『日本文学研究資料叢書 源氏物語Ⅳ』有精堂、一九八二年）、吉海直人『源氏物語研究ハンドブック（一）』（翰林書房、一九九九年）、高田祐彦「源氏物語研究の課題」（秋山虔編『別冊国文学 新・源氏物語必携』学燈社、一九九七年九月）、上原作和・吉海直人・野村倫子「座談会『源氏物語』の端役達―「作中人物論」の可能性―」（上原作和編『人物で読む『源氏物語』（二〇）浮舟』勉誠出版、二〇〇六年）、諸井彩子「序章」「主要参考文献」（『摂関期女房と文学』青簡舎、二〇一八年）などを参照した。
（2） 阿部秋生「源氏物語執筆の順序（上）―若紫の巻前後の諸帖に就いて―」「源氏物語執筆の順序（下）―若紫の巻前後の諸帖に就いて―」『国語と国文学』一六―八・九、一九三九年八・九月。
（3） 玉上琢彌「源語成立攷―擱筆と下筆とについての一仮説―」『国語国文』一〇―四、一九四〇年四月。
（4） 武田宗俊「源氏物語の最初の形態（上）」「源氏物語の最初の形態（下）」『文学』一八―六・七、一九五〇年六・七月。
（5） 秋山虔「源氏物語―その主題性はいかに発展しているか―」『日本文学講座』（三）河出書房、一九五一年。
（6） 玉上琢彌「物語音読論序説―源氏物語の本性（その一）―」『国語国文』一九―三、一九五〇年一二月。
（7） 玉上琢彌「源氏物語の読者―物語音読論―」『女子大国文』七、一九五五年三月。
（8） 今井源衛「物語文学論」（『日本文学』八―九、一九五九年九月）、中野幸一「源氏物語の草子地と物語音読論」（『学術研究』一三、一九六四年一二月）など。
（9） 西郷信綱「女流日記と随筆」『日本古代文学史』岩波書店、一九五一年、一七三〜一七四頁。
（10） 益田勝実「源氏物語の荷ひ手」『日本文学史研究』一一、一九五一年四月。

(11)　今井源衛『源氏物語の研究』未来社、一九六二年。
(12)　秋山虔「女房たち―バイプレーヤーとしての活躍ぶり―」玉上琢彌編『鑑賞日本古典文学（九）源氏物語』角川書店、一九七五年。
(13)　清水好子「侍女たち」『源氏の女君　増補版』塙書房、一九六七年。
(14)　和田英松『官職要解』明治書院、一九〇二年→『新訂　官職要解』講談社学術文庫、一九八三年。
(15)　浅井虎夫『女官通解』五車楼、一九〇六年→『新訂　女官通解』講談社学術文庫、一九八五年。
(16)　角田文衞『日本の後宮』学燈社、一九七三年。
(17)　須田春子『律令制女性史研究』千代田書房、一九七八年。
(18)　須田春子『平安時代後宮及び女司の研究』千代田書房、一九八二年。
(19)　角田文衞「紫式部の本名」『古代文化』一一、一九六三年七月。
(20)　岡一男「或る源氏物語論―紫式部の本名―」（『むらさき』三、一九六四年一一月）、今井源衛「紫式部本名香子説を疑う」（『国語国文』三四―一、一九六五年一月）、増田繁夫「紫式部の女房生活」（『中古文学』三、一九六九年三月）、加納重文「続・女房と女官―紫式部の創造―」（『女子大国文』八〇、一九七六年一二月）など。なお、増田繁夫の研究の成果については、『評伝　紫式部―世俗執着と出家願望―』（和泉書院、二〇一四年）にまとめられている。
(21)　加納重文「女房と女官―紫式部の身分―」『国語と国文学』四九―三、一九七二年三月。
(22)　平安時代の「女房」や「女官」という語に関しては、木下かすみ「女房―王朝時代の家女房を中心として―」（『史窓』三二、一九七四年三月）、野村忠夫・原奈美子「律令宮人制についての覚書―「宮人」と「女官」―」（『続日本紀研究』一九二、一九七七年八月）、榊原邦彦「「ごたち」と「女房」と」「平安時代の「女房」「「女房」「女御」「女院」「女官」」（『平安語彙論考』教育出版センター、一九八二年）にも指摘がある。
(23)　菊池（所）京子「「所」の成立と展開」（『史窓』二六、一九六八年三月）、所京子「平安時代の内侍所」（『皇学館論叢』二―六、一九六九年一二月）。
(24)　所京子「御匣殿の別当」（『芸林』二一―六、一九七〇年一二月）、「御匣殿の別当・補遺」（『芸林』二二―六、一九七一年一二月)。

(25) 後藤祥子「尚侍攷―朧月夜と玉鬘をめぐって―」(『日本女子大学国語国文学論究』二八、一九六七年六月)、上井久義「内侍」(『史泉』五〇、一九七五年四月)、加納重文「典侍考」(『風俗』一七―四、一九七九年八月)、並木和子「平安時代の内侍について」(『國學院雑誌』八八―一一、一九八七年一一月)など。

(26) 後藤祥子「源氏物語の女房像―靫負命婦の場合―」(『むらさき』一三、一九七五年六月)、加納重文「命婦考」(山中裕編『平安時代の歴史と文学　文学編』吉川弘文館、一九八一年)など。

(27) 河村政久「平安朝女蔵人考」『風俗』一五―一、一九七六年一二月。

(28) 阿部秋生「「召人」について」『日本文学』五―九、一九五六年九月(後に『源氏物語研究序説』第一篇 源氏物語の環境 第二章「作者の環境」(東京大学出版会、一九五九年)に収録、三六三頁)。

(29) 武者小路辰子「中将の君―源氏物語の女房観―」『日本文学』八―一二、一九五九年一二月。

(30) 三田村雅子「源氏物語における形代の問題―召人を起点として―」『平安朝文学研究』二―一〇、一九七〇年一二月。

(31) 三田村雅子「源氏物語の視線と構造―召人の眼差しから―」『源氏物語とその前後 今井卓爾博士喜寿記念』桜楓社、一九八六年。

(32) 「召人」の研究史については、諸井彩子「〈召人〉考」(『摂関期女房と文学』青簡舎、二〇一八年)に詳しい。

(33) 吉海直人『平安朝の乳母達―『源氏物語』への階梯―』世界思想社、一九九五年。乳母や乳母子に関する先行研究については、「乳母関係論文目録」(同書収録)に詳しい。

(34) 吉海直人『源氏物語の乳母学―乳母のいる風景を読む―』世界思想社、二〇〇八年。

(35) 新田孝子『栄花物語の乳母の系譜』風間書房、二〇〇三年。

(36) 池田大輔「『源氏物語』侍女考―「乳母子」と〈乳母の子〉―」『論輯』三五、二〇〇七年三月。

(37) 齋木泰孝『物語文学の方法と注釈』和泉書院、一九九六年。

(38) 加藤宏文『源氏物語の端役たち』渓水社、二〇〇六年。

(39) 久保朝孝・外山敦子編『端役で光る源氏物語』世界思想社、二〇〇九年。

(40) 久保朝孝『源氏物語』端役論の意義と可能性―末摘花をめぐる端役を例に―」(注(39)掲載書収録)。
(41) 植田恭代「端役からみる藤壺―母后と王命婦―」(注(39)掲載書収録)。
(42) 外山敦子「夕顔物語を演出する端役たち―光源氏の随身と夕顔に仕える女童―」(注(39)掲載書収録)。
(43) 吉井美弥子「紫の上と少納言の乳母、そして女房たち―「存在」と「不在」の意義―」(注(39)掲載書収録)。
(44) 陣野英則「玉鬘と弁のおもと―求婚譚における「心浅き」女房の重要性―」(注(39)掲載書収録)。
(45) 倉田実「内親王女三の宮の婚姻と端役たち―承香殿女御・乳母たち・左中弁など―」(注(39)掲載書収録)。
(46) 湯淺幸代「落葉の宮をめぐる人々―一条御息所・小野の律師・小少将―」(注(39)掲載書収録)。
(47) 勝亦志織・中丸貴史「後見・脇役事典」上原作和編『人物で読む『源氏物語』(一)～(二〇)』勉誠出版、二〇〇五年～二〇〇六年。
(48) 外山敦子『源氏物語の老女房』新典社、二〇〇五年。
(49) 陣野英則『源氏物語論―女房・書かれた言葉・引用―』勉誠出版、二〇一六年。
(50) 古田正幸『平安物語における侍女の研究』笠間書院、二〇一四年。
(51) 千野裕子『女房たちの王朝物語論―『うつほ物語』『源氏物語』『狭衣物語』―』青土社、二〇一七年。
(52) 山口一樹「玉鬘の物語における女房集め」『中古文学』一〇三、二〇一九年五月。
(53) 山口一樹「蜻蛉巻における宮の君の出仕」『日本文学ノート』五六、二〇二一年七月。
(54) 山口一樹「弁の君の発話」『国語国文』九〇―一二、二〇二一年一二月。
(55) 加納重文『平安文学の環境―後宮・俗信・地理―』和泉書院、二〇〇八年。
(56) 総合女性史学会編『女性官僚の歴史―古代女官から現代キャリアまで―』吉川弘文館、二〇一三年。
(57) 伊集院葉子『古代の女性官僚―女官の出世・結婚・引退―』吉川弘文館、二〇一四年。
(58) 諸井彩子『摂関期女房と文学』青簡舎、二〇一八年。
(59) 松薗斉『中世禁裏女房の研究』思文閣、二〇一八年。
(60) 田渕句美子『女房文学史論―王朝から中世へ―』岩波書店、二〇一九年。なお、『阿仏の文』については、田渕句美子らによる注釈が刊行されており〈田渕句美子他編『阿仏の文〈乳母の文・庭の訓〉注釈』青簡舎、二〇二三年〉、宮廷女房の実態を鮮明に読み取ることができる。

（61）今関敏子『宮廷女房の語る中世―内侍司の視座―』青簡舎、二〇二四年。

I

物語をひらく女房

第一章　王命婦論

――「賢木」巻における「いとほしがりきこゆ」の対象を起点として――

一　「いとほしが」る王命婦

「賢木」巻において光源氏が藤壺の邸にあらわれたとき、藤壺に仕える女房である王命婦が応対する。三条宮に退出していた藤壺のもとを訪れた光源氏は、藤壺に自らの思いの丈を綿々と訴える。王命婦は、それによって気分を悪くした藤壺を乳母子の弁と共に介抱し、光源氏を塗籠に押し込めるのであった。しかし、光源氏は塗籠を出て藤壺のもとに押し入り、二人は一夜を共に過ごすこととなる。明け方になって王命婦たちが促すと光源氏は自邸へ帰っていくが、いつもなら必ず送る後朝の文すら送らず、宮中にも東宮にも参上せずに引き籠る。その後の藤壺と王命婦に関しては次のように記されている。

宮も、そのなごり例にもおはしまさず。かうことさらめきて籠りゐ、おとづれたまはぬを、命婦などはいとほしがりきこゆ。宮も、春宮の御ためを思すには、御心おきたまはむこといとほしく、世をあぢきなきものに思ひなりたまはば、ひたみちに思し立つこともや、とさすがに苦しう思さるべし。

（「賢木」②一一三頁）

光源氏が邸に帰った後、藤壺も、光源氏が押し入った時のことが後を引いて気分が優れないままでいた。さらに、光源氏はわざとらしく引き籠もって文も送ってこないという。そうした状況を見た王命婦の心情は「いとほしがりきこゆ」と記され、藤壺は光源氏が根に持つようなことがあっては東宮が不憫だと思いつつ、出家を思い立たれては困ると心配に思っていることが語られる。

当該場面において王命婦が抱く「いとほしがりきこゆ」という心情の対象については、二通りの解釈がある。たとえば『萬水一露』が「閑源氏のちと無興し給てこもりたまふ也」という注をつけるように(1)、光源氏が引き籠もっていることに対しての心情と解するものがある。一方で吉澤義則『對校源氏物語新釋』では、「藤壺もあの事のあつて後、そのひゞきで御不例でいらせられるし、源氏が斯くわざと引籠つて中宮に音信もなさらぬ事を命婦などは気の毒がつて居る」と説明されている(2)。この指摘は、藤壺と光源氏の両者のことを思いやっての心情と位置づけるものであろうが、王命婦の「いとほしがりきこゆ」は藤壺と光源氏のどちらに向けられたものと解すべきであろうか。

王命婦が「いとほしが」る相手が藤壺であるとするならば、それは藤壺に仕える女房として当然の感情であるといえよう。しかし、光源氏であるとするならば、王命婦は、自らの仕える藤壺ではなく、藤壺を苦しめる張本人ともいえる光源氏をいたわしく思っているということになる。『源氏物語』における「いとほし」の語については、陣野英則(3)や今井久代(4)による詳細な考察があるが、王命婦が抱いた「いとほしがりきこゆ」の対象を考えるためには、そもそも王命婦がどのような女房であったかを明らかにすることが必要になろう。

王命婦については、秋山虔が「藤壺物語に従属する人物像」を呈しており「それ自体として独自な行動と性格を示しているのではない」と論じ、[5]原田真理が「王命婦は個性を持った人物としては描かれなかった」ものの「信頼厚い女房であった」と指摘しているように、[6]従来、王命婦については光源氏と藤壺とを結びつける存在としてとらえられてきた。また、針本正行は、王命婦は「皇族の禁忌を管理し、保持する人物」として最適だったのであり、藤壺との逢瀬を実現させるべく藤壺を「たばかる」ために「『王命婦』という皇族出身の女房が要請されたともいえる」と述べ、[7]二人を結びつけるための王命婦の属性を指摘した。さらに、植田恭代は、王命婦の描写に繰り返し用いられる「たばかる」に関して「手引きのキーワードであった『たばかる』が、今度は光源氏を帰すための策をめぐらす際に用いられている」として、「たばかる」の用いられ方に変化が見られることを指摘したうえで、王命婦は「藤壺と宿世をともにする女性」であると述べる。[8]一方、加藤宏文は、王命婦をめぐる文体に注目しつつ、王命婦が「草子地と多くの接点」を持つとしながらも、その立場があくまで「傍観者的」であることを指摘する。[9]

そうした中、篠原昭二は、王命婦は「主人公とあまりに近いが故にかえって独立性を持たず、主人公に附属するものとしてのみ存在する」人物であるとしつつも、「命婦の存在なくして光と藤壺の関係は成立しなかったということとは全く別次元において、命婦は物語世界に存在している」として、「命婦自身が主題を負う者」とのとらえ方を示唆している。[10]「主題を負う者」とまでいえるかはおくとしても、王命婦を物語を動かすひとりの作中人物としてとらえてみると、当該場面における王命婦の心情はどのように理解されてくるのであろうか。

まずは王命婦が置かれていた命婦という立場について、歴史上の命婦の実態を探り、『源氏物語』における命婦、さらには王命婦自身のありようへと考察を進めていきたい。そのうえで、王命婦と藤壺、光源氏の関係性をふまえつつ、当該場面の「いとほしがりきこゆ」を始発とすることで読み取れる王命婦の存在意義を明らかにする。

二　命婦の役割

命婦については、『律令』によって命婦自身が五位以上の位を持つ内命婦と、五位以上の男性の妻である外命婦とがいたことがわかり[11]、朝参をすることや[12]、その際に着用する衣服は規定されているものの[13]、具体的な職掌は定められていない。ただし、「衣服令」において内命婦の位階とその衣服に関する規定が見えるが[14]、内命婦は五位以上と定められつつも、一位や二位といった高位の命婦の衣服にまで規定がなされていることから、位階が拡散し、厚遇を受ける者もいたことが認められる。さらに内命婦は、後宮に出仕して仕官する場合には「宮人」と呼ばれて太政官八省の男性官人と同じような待遇を受けたとされ[15]、「上流社交貴婦人」的なあり方を示したとする指摘もある[16]。

また、平安時代の命婦に関しては、加納重文の論に詳しく、それに拠れば（一）依然として内外の別があること、（二）内親王・女王と比べられて、律令下の貴婦人の面影も残していること、（三）即位の大礼に恒常的な位置を持つこと、（四）祭祀・饗宴などに臨時に奉仕すること、（五）高位から下位に至る広範囲の拡散現象が見られること、（六）斎宮に配され、女官長たる性格を持つこと、（七）院宮においては、首位の官女として配下の女蔵人・女孺を指揮する立場にあったことがわかる[17]。さらに、一条天皇の時代においては、女蔵人から命婦、命婦から掌侍、典侍といった昇進も珍しくはなかったとされ[18]、私的女房から公的女官へと転換していく命婦もいたと考えられる。しかし、官職名ではないということに変わりはなく、加納は、命婦は「女房」と評される上層侍女の一員という認識をされるようになったと述べている[19]。

具体的な職掌が定められていない命婦は、それぞれがさまざまな役割を負う。まず注目したいのは「使い」としての役割である。たとえば、『栄花物語』に記される内蔵命婦は、藤原道長の五男藤原教通の乳母として仕える道長家女房であり、教通の妻が亡くなったときには教通のもとへ参上して、道長のことばや倫子の心遣いなどを伝え、あれこれと話をして慰める（巻第二十一「後くゐの大将」②三八五頁）。また、『枕草子』に記される少納言命婦は、一条天皇からの文を定子に届ける際に、ただ文を渡すだけではなくその前の晩の宮中での出来事といった、いわば宮中の噂のような他愛のないものをも定子に啓上した（一五月ばかり、月もなういと暗きに」二四七～二四九頁）。

一方、『紫式部日記』においては、男性貴公子と舟遊びを楽しむ命婦の姿も目にすることができる（一四六～一四七頁）。一見すると、その姿はただ遊びを楽しんでいるかのように見えるが、もちろんそれだけではないであろう。主家の繁栄のためには男性貴族との関わりが欠かせない。命婦は、外と内とをつなぐことを目的として男性貴族たちと接触する機会を作っていたとみることができる。

ただし、主人の命やその意図を汲んで外部に働きかける役割を担う命婦もいれば、それとは別に、家の内部に留まって、その役割を負う命婦の姿も見られる。とくに、御産時における命婦の活躍は目を見張るものがある。道長家女房の内蔵命婦は、『紫式部日記』においては彰子の出産に奉仕する姿が記され（一三一～一三三頁）、『栄花物語』には妍子や威子、嬉子の出産にも奉仕し、「いづれの御前たちの御をりも、まづものの上手に仕うまつる」と語られており（巻第二十五「みねの月」②四九四頁）、自ら取り上げ役を買って出るほどまでに御産に関して優れた技能を身につけた女房であったと考えられる。

また、命婦は乳母と重なる性質を持つようになったとも指摘されており[20]、『栄花物語』では選子内親王の乳母として仕えた侍従命婦など複数の命婦が乳母として仕えたと記されている[21]。また、脩子内親王の乳母として仕えたとされる少輔命婦（巻第五「浦々の別」①二七三頁）については、『紫式部日記』には敦成親王の乳母として仕え、禁色を許されるまで身分が高くなることが記されている（一六二頁）。さらに、定子の乳母として仕えた命婦の乳母は母方の叔母にあたるともされ[22]、近親者が仕える例も見える。このように、命婦が乳母になることは平安時代には多く見られることであり、それは、それらの命婦が養育者としての役割を望まれていたということを示していると考えられる。

命婦は、外でも内でも重要な役を担うことが多く、そのために自然と主人との親密さも深くなっていたと推察され、そのような役割を担うことによって命婦は密事を知ることにもなる。たとえば、中宮彰子の乳母であった可能性が指摘されているのが[23]、『紫式部日記』や『栄花物語』に記される大輔命婦であるが[24]、大輔命婦は、もとは道長室の倫子付き女房であり、倫子と共に道長家に入って道長家女房として仕え、彰子の入内とともに彰子付き女房となったとされている[25]。彰子の懐妊が疑われたとき、『栄花物語』には「大輔命婦に忍びて召し問はせたまへば」とあり（巻第八「はつはな」①三八七頁）、道長は事情をたずねるために大輔命婦を召している。その時点で彰子の懐妊を知っていたのは彰子本人と大輔命婦だけであり、大輔命婦は彰子と親密な関係にあったからこそ、中宮の懐妊という非常に重要な密事を共有していたのであろう。

このように命婦は、具体的な官職を持つ女官とは異なり、主人が必要とする役割を担うことのできる者が、主人の考えによって集められたと考えられる。そうした意味において、たしかに命婦には特定の職掌はなかったといえよう。しかし、それは命婦に役割がないというわけではなく、むしろそれぞれに個別の役割を負うことを求められて出仕しているといえる。つまり、主人は個々に異なる活躍の仕方を期待して集めているのであり、いわば命婦は、集団として存在することで主人の要求に応える女房なのである。さらに、そのようにして主人の要請によって女房組織に入ったということだけでなく、役割上、主人の近くに伺候することも多かったため、他の女房よりも私的なつながりの強い女房であったと考えられるのである。

それでは、『源氏物語』において王命婦は、どのような役割を負うことを求められて藤壺の女房組織に出仕しているのであろうか。それを明らかにするためにも、まずは『源氏物語』に登場する他の命婦の描かれ方を明確にしたい。

三　『源氏物語』における命婦

『源氏物語』に登場する命婦たちを登場順に記すと、靫負命婦、上の命婦、王命婦、大輔命婦、少将命婦、左近命婦、中将命婦、兵衛命婦となる。この中で、上の命婦と左近命婦はそれぞれ一箇所にその名が見えるだけであるため、[26]ここではそれ以外の命婦の描写を見ていきたい。

まず、靫負命婦は「桐壺」巻において、桐壺更衣の死後、桐壺帝の使いを務める女房として登場する。そもそも靫負命婦の呼び名にある「靫負」とは「弓箭を帯して宮廷諸門の警護にあたった」官人を指し、律令下では衛門府が令制以前の靫負の職務を継承していたため、衛門府の別称として「靫負府」という呼称が用いられていたと指摘されており、[27]靫負命婦の親族には靫負府に属する者がいたと推察される。この靫負命婦は、公的な勅使の典侍とは別に桐壺帝が桐壺更衣の母のもとへ遣わした女房であったが、「年ごろ、うれしく面だたしきついでにて立ち寄りたまひし」とあり（「桐壺」①三〇頁）、靫負命婦が母君のもとを訪れるのは初めてではないということがわかる。靫負命婦は桐壺帝直属の命婦であり、そのような立場にあるからこそ桐壺帝が私的に遣わすことができたのであろう。つまり、靫負命婦は桐壺更衣の死後という、弘徽殿側への配慮を必要とする状況でも動くことができるほどまでに桐壺帝との私的な強いつながりを有していたのである。

もう一人、重要な役割を担う命婦は、「末摘花」巻において登場する大輔命婦である。大輔命婦が光源氏に末摘花のことを話したことによって二人は出会い、歌を交わし、光源氏が末摘花のもとに通うようになる。本来は桐壺帝付きの命婦であるにもかかわらず、大輔命婦の描写は光源氏と末摘花との関わりの中でなされるものであり、末摘花物語が展開するうえで欠かせない存在になっている。大輔命婦は、「いといたう色好める若人」(「末摘花」①二六六頁)であると記され、その母君が光源氏の乳母の中で大弐の乳母に次ぐ位置にある左衛門の乳母であることから光源氏の乳母子にあたることがわかる。一方、末摘花との関係に関しては詳しいことは記されていない。しかし、大輔命婦の父は「わかむどほり」であり、末摘花は「故常陸の親王の末にまうけていみじうかなしうかしづきたまひし御むすめ」であることから(「末摘花」①二六六～二六七頁)、両者は宮家の女性という点で共通しており、大輔命婦は宮家の事情に精通していたと推察される。このことから考えると、光源氏とは乳母子という親密な立場にあり、その相手になる宮家の女性末摘花の事情をよく知る立場にある女房として選ばれたのが大輔命婦なのであろう。その大輔命婦が媒介となることによって、光源氏と末摘花の物語が展開していったのである。[28]

そして、「絵合」巻においても複数の命婦の姿が記され、その命婦たちは加納重文の指摘するような「上流社交貴婦人」的性格を示す。[29]「絵合」巻において催される二度の絵合のうちの一度目に、少将命婦、中将命婦、兵衛命婦の名が見える(「絵合」②三八〇頁)が、このときの絵合は歌合の模倣とされる村上天皇主催の天徳四年内裏歌合に准拠している。天徳四年内裏歌合については、『御記』に典侍や命婦らの発案によって催されたものであると記され、[30]当日の「念人(方人)」には多くの命婦が含まれていることから、[31]命婦が歌合の主要な立場の構成員になり得たことは明らかであろう。「絵合」巻の絵合において、列席した女房たちが「心にくき有職」であるとされる(「絵合」②三八〇頁)ことと、他の「あさはかなる」若い女房などは絵合の様子を覗くことすら許されなかった(「絵合」②三八二～三八三頁)ことをふまえると、絵合に参加することを許された女房たちが絵画に関していかに優れた見識を持っていたかということがわかる。これらのことを合わせると、この三人の命婦は、公的あるいは準公的な場において文化的な物の批評のできる知見を持った女房として描かれていると考えることができるのである。

『源氏物語』の中の命婦たちはそれぞれ担う役割が異なっている。私的な使いを務める靫負命婦、事情を熟知し物語を展開させるための媒介となる大輔命婦、貴婦人としての優れた見識を持つ少将命婦、中将命婦、兵衛命婦。それぞれが特有の存在する意義を持ち、異なる要求に基づいて登場しているのである。

こうしたことをふまえてみれば、王命婦もまた特有の存在意義を有して物語に登場していると考えられよう。続いては、『源氏物語』に描かれる王命婦の役割を探ってみたい。

四　王命婦の役割

王命婦に「命婦」として与えられた役割はいったい何だったのであろうか。それを考えるために注目したいのが、次の記述である。

御湯殿などにも親しう仕うまつりて、何ごとの御気色をもしるく見たてまつり知れる御乳母子の弁、命婦などぞ、あやしと思へど、かたみに言ひあはすべきにあらねば、なほのがれがたかりける御宿世をぞ、命婦はあさましと思ふ。（「若紫」①二三三頁）

「若紫」巻で藤壺の懐妊が発覚したとき、弁と命婦が藤壺の懐妊にいち早く気付いたとされ、王命婦が乳母子の弁と共に藤壺の湯殿に奉仕していることが語られる。

平安時代において湯殿は、「主人と女房との親密な対話の場であり、時に女房が日常空間では面と向かって話せない、主家の抱える問題の本質に触れ、代弁することのできる場である」と指摘され、湯殿に奉仕する女房は、「主人の健康状態を確認しつつ、対話によって日常生活における主家の人間関係のほころびを繕い、家政の調整をはか」る役割があるともされている。[32]この指摘をふまえれば、王命婦は藤壺の最も近いところに仕え、家政の中心にあって生活全般を差配できる立場にあったと考えられ、王命婦は、藤壺の女房集団において中心的な役割を担い、藤壺の支えとなることを要請されて出仕したのだと理解できる。つまり、王命婦は他のどの女房よりも藤壺とのつながりが深い女房だったのである。

また、王命婦は出家後も東宮の女房として出仕を続けることとなるが、それは藤壺が王命婦を「御かはり」として伺候させていたからであった（「須磨」②一八二頁）。王命婦のように、出家した女房が再び宮中に出仕することは管見の限りでは見えず、このことに関しては「作者の誤り」[33]や「作者の不注意」[34]などと指摘されている。しかし、そのように不審に思われるほどのことをしてまで王命婦を登場させ続けているということは、それほどまでに王命婦の存在が必要とされていたことのあらわれであると考えられる。それでは、出家後の王命婦に求められた役割は何だったのであろうか。

それについて考察する際に注目したいのは、「薄雲」巻において王命婦が登場したときの立場である。「薄雲」巻において王命婦が登場したとき、「命婦は、御匣殿のかはりたるところに移りて、曹司賜りて参りたり」（「薄雲」②四五七頁）と記されており、御匣殿別当に任ぜられたことがわかる。[35]王命婦はすでに出家したにもかかわらず、御匣殿別当という公的な官職に就いているのである。

御匣殿に関して所京子は、朱雀天皇御代の藤原忠平の娘貴子を御匣殿別当の「文献上の確実な初見」であるとしたうえで、その時点では「天皇の侍妾化」はしておらず、むしろ「後宮での権力者」であったと指摘しつつ、天皇の侍妾化は冷泉天皇御代の藤原超子の頃からであるとしている[36]。さらに、『延喜式』や『西宮記』の記述を引きながら、御匣殿成立過程においては「御入浴や御洗髪にも御匣殿の女官が奉仕したのであり、これが御匣殿の日常的な職掌であったのであろう」とも指摘している[37]。

このことをふまえて王命婦のあり方を考えると、すでに出家した王命婦が東宮や帝の妻となるための前段階として御匣殿別当に就いているとは考えにくいため、王命婦が御匣殿別当になったのは冷泉帝の後宮を差配するためであると推察される。また、王命婦が藤壺の湯殿に奉仕していたことと、御匣殿の女官として冷泉帝の湯殿に仕えていた可能性があることは関連があるものとみることができる。藤壺亡き後も藤壺の意向をその生活に反映し、光源氏との関係を保持するためにはそれまでの藤壺と光源氏の事情、つまり冷泉帝の出生の秘密を熟知している王命婦の存在が必要とされたのであろう。このときの御匣殿別当は、王命婦であるからこそ務められる立場だったのである。

以上見てきたように、王命婦は藤壺と最も親密な関係にあり、つながりの強い女房であった。また、私的な女房として藤壺に信頼されていたからこそ、出家後も御匣殿別当という公的な立場に任命され、冷泉帝の後見的な立場にあり続けることを求められたのであろう。王命婦は、私的にも公的にも藤壺と最も親密な関係にあったのである。

また、王命婦は内面的にも藤壺と近いところにあったと考えられる。「若紫」巻において王命婦の行動は「いかがたばかりけむ」と記され、王命婦が光源氏の手引きをし、藤壺との密通を実現させる（「若紫」①二三〇～二三一頁）。ここで王命婦は、光源氏の求めに応じる形になっており、一見すると王命婦が光源氏のために行動していたように思われるが、実際はそれだけではなかったのであろう。先にも述べたように、そもそも王命婦は、光源氏ではなく藤壺に仕える女房であって、その立場を考えても、両者の心理的距離は非常に近かったことが推察される。しかし、藤壺が不義の子を宿しているとわかってからは、藤壺と王命婦との関係性に変化が見られ、王命婦は次のように嘆く。

人のもの言ひもわづらはしきを、わりなきことにのたまはせ思して、命婦をも、昔思いたりしやうにも、うちとけ睦びたまはず。人目立つまじう、なだらかにもてなしたまふものから、心づきなしと思す時もあるべきを、いとわびしく思ひの外なる心地すべし。

（「紅葉賀」①三二七～三二八頁）

光源氏との接触を続ける王命婦の行動は、たしかに、自らの思いを抑え込み、母として中宮として冷泉帝のために政治的なあり方へと転換しようとしている藤壺の決心に反する行動であった。しかし、王命婦は、藤壺が内心では光源氏に思いを寄せていることに気付いており、その思いに応えようとしていたのだと思われる。つまり、王命婦による光源氏の手引きや両者の媒介を務める立場は、物語の表にあらわれる藤壺が要求していることとは食い違ってしまったものの、その裏にある光源氏に惹かれる藤壺の思いとは一致していたのである。

『源氏物語』において描かれる王命婦の行動や心情は、藤壺の心情と密接に関連しており、中宮としてのあり方の中で生きる藤壺が、中宮としては表現することの許されなかった思いを代弁したものであると考えられる。王命婦は、中宮としての藤壺ではない姿、つまり光源氏に心寄せる藤壺の姿を具現化した、いわば藤壺の内面を体現する存在といえるのではないだろうか。

五　藤壺の内面を照らし出す王命婦

これまでに考察してきたことをふまえたうえで、本章の起点とする「賢木」巻における密通後の場面について考えてみたい。当該場面において王命婦が「いとほしが」る相手は光源氏であると考えられる。とはいえ、それは王命婦自身が光源氏に対して「いとほしがりきこゆ」という感情を抱き、光源氏に寄った立場にあるということを示しているのではなく、この「いとほしがりきこゆ」は、本来は藤壺が光源氏に対して抱いている思いなのである。しかし、物語はそれを、藤壺の思いとして描くのではなく、王命婦の心情として語る。

王命婦は、藤壺と内面的にも立場的にも最も親密な女房であって、湯殿にも奉仕した。さらに、藤壺に最も信頼された女房であったからこそ、出家後も東宮の女房として出仕し、御匣殿別当にまで任ぜられたのであろう。王命婦は、常に藤壺と相即不離な関係にあり、物語に描かれない藤壺の姿をも体現する。物語に描かれた王命婦の心情は物語にひそめられた藤壺の思いを照らし出すものとして機能しているのであった。

王命婦と藤壺中宮は、表面上はその関係に変化を生じさせながらも、根底でのつながりは揺るぎないものであった。「須磨」巻において王命婦は、自らの手引きした密通によって冷泉帝が生まれ、その後も苦しみ続けた藤壺と光源氏の姿を回想し、それらの一連の出来事を悔やみ、「わが心ひとつにかからむことのやうにぞおぼゆる」と苦しむ心情を吐露する（「須磨」②一八三頁）。また、王命婦の最後の登場場面は、次のように記される。

命婦は、御匣殿のかはりたるところに移りて、曹司賜りて参りたり。大臣対面したまひて、このことを、「もし物のついでに、つゆばかりにても漏らし奏したまふことやありし」と案内したまへど、「さらに。かけても聞こしめさむことをいみじきことに思しめして、かつは、罪得ることにやと、上の御ためをなほ思しめし嘆きたりし」と聞こゆるにも、ひとかたならず心深くおはせし御ありさまなど、尽きせず恋ひきこえたまふ。

（「薄雲」②四五七～四五八頁）

光源氏が王命婦を訪れ、生前藤壺が冷泉帝に出生の秘密を明かすようなことはなかったかとたずねると、王命婦は「さらに」とそれを否定したうえで、藤壺が秘事の漏洩を恐れ、冷泉帝が罪を得ることになりはしないかと案じていたのだと明かす。王命婦は、そのような藤壺の姿を最も近くで見ていたのであり、藤壺亡き後もその姿を回想しているように、その態度を我が身の指針としていたのであった。

王命婦は、藤壺の女房集団の一員として家政を取り仕切ることで繁栄と安定を願い、最も親密な女房として藤壺のそばに仕えて思いを代弁し、藤壺亡き後も最後まで藤壺が願ったことを遂行し続ける。そうした王命婦の姿こそ、『源氏物語』に描かれなかったもうひとつの藤壺の姿を如実に語るものなのであった。

注

（1）伊井春樹編『萬水一露』（一）源氏物語古注集成（二四）桜楓社、四六六頁。
（2）吉澤義則『對校源氏物語新釋』（一）国書刊行会、四一一頁。
（3）陣野英則「「総角」巻の困惑しあう人々―「いとほし」の解釈をめぐって―」『源氏物語論―女房・書かれた言葉・引用―』勉誠出版、二〇一六年。なお、「いとほし」に関する辞書類の指摘や先行研究についても、同論に詳しい。
（4）今井久代『源氏物語』の「いとほし」が抉るもの―「かわいそうで、見ていられない」心―」（『東京女子大学紀要論集』七〇―一、二〇一九年九月)、「古語「いとほし」について―恥ずかしい自分を見つめる目―」(『日本文学』七〇―一二、二〇二一年一二月)。

(5) 秋山虔「女房たち―バイプレーヤーとしての活躍ぶり―」玉上琢彌編『鑑賞日本古典文学(九)源氏物語』角川書店、一九七五年、四五三〜四五四頁。

(6) 原田真理「源氏物語の女房達」『平安文学研究』七八、一九八七年一二月。

(7) 針本正行「「須磨」巻の王命婦」『平安女流文学の表現』おうふう、二〇〇一年、一四一頁。

(8) 植田恭代「端役からみる藤壺―母后と王命婦―」久保朝孝・外山敦子編『端役で光る源氏物語』世界思想社、二〇〇九年、五一・五六〜五七頁。

(9) 加藤宏文「端役登場の文体―王命婦から小侍従へ―」『国文学攷』九九、一九八三年九月。

(10) 篠原昭二「作中人物の眼と心と行動と―女房像の意義―」『国文学』二二―一、一九七七年一月。

(11) 『律令』の「職員令 中務省条」に記載がある内命婦について、『令義解』では「婦人帯五位以上。曰内命婦也。五位以上妻。曰外命婦也。」と説明されている(新訂増補国史大系『令義解』巻一「職員令 中務省条」吉川弘文館、三二頁)。

(12) 新訂増補国史大系『令義解』巻一「後宮職員令 朝参行立次第条」吉川弘文館、六九頁。

(13) 内命婦は自らの位によって衣服の色が規定され、外命婦は夫の官位の色以下とされている(新訂増補国史大系『令義解』巻六「衣服令 内命婦条」吉川弘文館、二一六頁)。

(14) 新訂増補国史大系『令義解』巻六「衣服令 内命婦条」吉川弘文館、二一六頁。

(15) 須田春子『律令制女性史研究』千代田書房、一九七八年、九〇頁。

(16) 加納重文「命婦」『平安文学の環境―後宮・俗信・地理―』和泉書院、二〇〇八年、一四一頁。

(17) 加納重文「命婦」『平安文学の環境―後宮・俗信・地理―』和泉書院、二〇〇八年、一四一〜一四四頁。なお、記号は私に附した。

(18) 角田文衞「紫式部と女官の組織」『角田文衞著作集(七)紫式部の世界』法藏館、一九八四年。

(19) 加納重文「女房と女官―紫式部の身分―」『源氏物語と紫式部』角川学芸出版、二〇〇八年。

(20)　加納重文「命婦」『平安文学の環境―後宮・俗信・地理―』和泉書院、二〇〇八年。
(21)　選子内親王に仕えた侍従命婦のほかは、脩子内親王の乳母として仕えた少輔命婦（後述）や媄子内親王の乳母として仕えたと考えられる中将命婦（『栄花物語』巻第七「とりべ野」①三二七・三四八～三四九頁）などがいる。
(22)　新編日本古典文学全集『枕草子』「ねたきもの」一八〇頁、頭注。
(23)　加納重文「命婦」『平安文学の環境―後宮・俗信・地理―』和泉書院、二〇〇八年。
(24)　大輔命婦は、彰子の出産（『紫式部日記』一三三頁）や敦成親王の五日の御産養（『紫式部日記』一四四頁）、五十日の祝い（『栄花物語』巻第八「はつはな」①四一八頁）などに奉仕している。
(25)　新編日本古典文学全集『紫式部日記』登場人物一覧、二六七頁、「大輔の命婦」項。
(26)　上の命婦は桐壺帝からの授け物を手にとって左大臣に渡す様子が記されている（「桐壺」①四六～四七頁）。また、左近命婦は、大輔命婦と光源氏とのやり取りを聞いた周囲の女房たちの発言にその名が見え、赤鼻の持ち主として女房たちの間で知られていることがうかがえる（「末摘花」①三〇一頁）。
(27)　笹山晴生「靫負府」『国史大辞典』吉川弘文館。
(28)　末摘花の物語において大輔命婦の人物設定が果たした意義については、本書第四章「大輔命婦の人物設定」参照。
(29)　加納重文「命婦」『平安文学の環境―後宮・俗信・地理―』和泉書院、二〇〇八年、一四一頁。
(30)　『御記』には「天徳四年三月卅日巳巳、此日有女房歌合事。去年秋八月、殿上侍臣闘詩。爾時、典侍命婦等相語曰、男已闘文章女宜合和歌。及今年二月、定左右方人。」とある（萩谷朴『増補新訂　平安朝歌合大成』（一）同朋舎出版、一九九五年、三七〇頁）。
(31)　天徳四年内裏歌合に「念人（方人）」として列席した女性をまとめて記すと次のようになる（萩谷朴『増補新訂　平安朝歌合大成』（一）同朋舎出版、一九九五年、三八〇～三八一頁）。

左　中将更衣　宰相更衣　藤典侍　少弐命婦　右衛門命婦　兵衛命婦

右　弁更衣　按察更衣　橘宰相　少納言命婦　右衛門命婦　美濃命婦　越後命婦

(32)　岩原真代『『源氏物語』の住環境―「湯殿」における藤壺と王命婦を中心として―」『源氏物語の住環境―物語環境論の

視界―』おうふう、二〇〇八年、二四頁。

（33）玉上琢彌『源氏物語評釈』（三）角川書店、六三頁。

（34）新編日本古典文学全集『源氏物語』「須磨」②一八三頁、頭注。

（35）大津直子は、王命婦は御匣殿別当の後任となったのではなく、別当の直廬を継承したものとする（「藤壺の「御かはり」としての王命婦―冷泉帝の治世安泰の論理―」『文学・語学』二一六、二〇一六年八月）。

（36）所京子「御匣殿の別当」『平安朝「所・後院・俗別当」の研究』勉誠出版、二〇〇四年、一四〇〜一四一頁。

（37）所京子「御匣殿の別当」『平安朝「所・後院・俗別当」の研究』勉誠出版、二〇〇四年、一二二頁。

第二章　女三の宮の十二人の女房

――「若菜下」巻の密通をよびおこすもの――

一　「斎院に奉りたまふ女房十二人」について

『源氏物語』「若菜下」巻において語られる柏木と女三の宮の密通は、もとより偶発的におこったものではなかった。この密通をめぐっては、研究史においても、女三の宮の人柄や柏木の心理、紫の上の発病や朱雀院の病など、さまざまな要因が指摘されてきたが(1)、密通を招き寄せるのはその中の一つというわけではなく、それらがそれぞれに緊密な関係を有しながら二人を密通へ導いているといえる。いずれかが異なる様相を呈していたら、密通という事態の生じ方も違っていたと考えられるが、物語はその密通がおこる状況をどのように語っていくのであろうか。

四月十余日ばかりのことなり。御禊、明日とて、斎院に奉りたまふ女房十二人、ことに上﨟にはあらぬ若き人童べなど、おのがじし物縫ひ化粧などしつつ、物見むと思ひまうくるも、とりどりに暇なげにて、御前の方しめやかにて、人しげからぬをりなりけり。近くさぶらふ按察の君も、時々通ふ源中将せめて呼び出ださせければ、下りたる間に、ただ、この侍従ばかり近くはさぶらふなりけり。よきをりと思ひて、やをら御帳の東面の御座の端に据ゑつ。さまでもあるべきことなりやは。

（「若菜下」④二二三頁）

物語は、密通がおこる当日のことを、「四月十余日ばかりのこと」と語りはじめる。そして、この日は葵祭の御禊を翌日に控えた日であったとする。女三の宮方では、女三の宮が斎院に奉る「十二人」の女房をはじめ、「ことに上﨟にはあらぬ若き人童べ」や「物見むと思ひまうくる」者までもがそれぞれ御禊の準備に追われていたといい、女三の宮の「御前の方」が「人しげからぬをり」となっていたことを語ったうえで、さらに、按察の君も源中将に呼び出されて不在で、女三の宮の御前に伺候していたのは乳母子の小侍従ただ一人であったことも付け加える。つまりこの日、女三の宮の周囲には小侍従以外に女房の姿がなかったのである。柏木が女三の宮のもとに忍びこむのは、まさにこの「人しげからぬをり」のことなのであり、このように語られる女三の宮の周囲の状況こそが、密通を可能にしていたのであった。

柏木と女三の宮の周囲の人々に関しては、すでに、加藤宏文が、第一部で光源氏と藤壺の密通の手引きをした王命婦と対比させつつ、柏木と女三の宮の間を取り持った小侍従に着目して論じ(2)、吉海直人が、その理由を不明としながらも、乳母の不在こそが密通をひきおこす状況をつくり出したことを論じる(3)。しかし、ここで注目したいのは、女三の宮から斎院に奉る「女房十二人」の存在である。もちろん、この密通に小侍従の存在が不可欠であることに疑いはないが、その小侍従も、女三の宮の周囲に「十二人」もの女房がいる状況では手引きすることはかなわなかったであろうし、乳母の不在についてもこの「十二人」の女房と何らかの関わりが考えられよう。

この「十二人」の女房の身分については、「上臈であろう」とする玉上琢彌の指摘(4)に従ってよいと思われるが、斎院に派遣された理由についてはどうであろうか。「手伝い(5)」や「手助け(6)」のため、あるいは「綺羅をかざるため(7)」などともされるが、この「十二人」もの上臈女房の不在が、柏木と女三の宮の密通の機会をつくり出していることを重視すれば、さらに考察を深める必要がある。「十二人」という人数まで明示され、密通の直前にその不在が語られる女房たちの具体的な役割とは、はたしてどのようなものなのであろうか。

本章では、「斎院に奉りたまふ女房十二人」に着目し、その具体相を考えるとともに、女三の宮が置かれている立場を明らかにしながら、「若菜下」巻の密通をよびおこすものについて考えてみたい。

二　女三の宮の女房組織と乳母

女三の宮の「十二人」の女房は、葵祭の御禊に際して女三の宮から斎院に派遣される人々であるとされるが、それらの女房は、女三の宮の女房組織の中でどのような位置を占めているのであろうか。

「鈴虫」巻において、出家した女三の宮の持仏開眼供養が営まれる折に、女三の宮のもとには、女房が「五六十人ばかり」集っていると語られる(「鈴虫」④三七五頁)。この人数が日常的なものであったかについては物語は語っていないが、たとえば、『栄花物語』に、藤原氏の子女たちの入内等の折に伴われる女房の人数が「女房四十人」などと語られていることからすれば(8)、皇女である女三の宮の女房組織としては、「五六十人ばかり」の規模を想定してよいと考えられる。

また、同じ「鈴虫」巻では、女三の宮の女房たちについて次のような記述が見られる。

御弟子に慕ひきこえたる尼ども、御乳母、古人はさるものにて、若き盛りのも、心定まり、さる方にて世を尽くしつべきかぎりは、選りてなんなさせたまひける。さる競ひには、我も我もときしろひけれど、大殿の君聞こしめして、「あるまじきことなり。心ならぬ人すこしもまじりぬれば、かたへの人苦しう、あはあはしき聞こえ出で来るわざなり」と、諫めたまひて、十余人ばかりのほどぞかたち異にてはさぶらふ。

（「鈴虫」④三七九〜三八〇頁）

女三の宮と共に尼になったのは、「御乳母」や「古人」のほかは、一部の若い女房だけであり、それは、光源氏によって選ばれた「十余人ばかり」であったとされる。女三の宮の女房について、「おとなおとなしき」女房は少なく、「若やかなる容貌人のひたぶるにうちはなやぎされぱめる」人が多いとも評されていた（「若菜上」④一三三頁）ことからすると、女三の宮の女房組織は、若々しく華やかな女房たちが母体となって構成され、「十余人ばかり」の人々が中核をなしていたとみることができる。そして、「御乳母、古人はさるものにて」と乳母がまずあげられているように、その中心にいたのが「御乳母」なのであった。

女三の宮の乳母たちは、朱雀院が女三の宮の婿選びに苦慮していた折に相談を持ちかけられるなど（「若菜上」④二七頁）、信頼の厚い女房であったことが推察されるが、吉海直人はこれらを「母方が人選」したとする。(9) 女三の宮の乳母たちを、女三の宮の母である藤壺女御が選んだとする指摘であるが、その選定には父である朱雀院の意向も反映されていたと考えることができないだろうか。たとえば、『栄花物語』は、藤原安子が選子内親王を出産後に薨去したことを述べた後に、選子の乳母について「侍従命婦かねてもしか思ししことなれば」出仕したと語っており（巻第一「月の宴」①四五頁）、生前、母親である安子が娘の乳母を選んでいたと解することができる。さらに、安子の四十九日の法要の際には次のような記事がある。

御乳母の侍従命婦をはじめとして、小弐命婦、佐命婦など、二三人集りて仕うまつる。これはもとの宮の女房、みな内かけたるなりけり。
（巻第一「月の宴」①四八頁）

「もとの宮の女房」とは、亡き安子の女房であったことを示すが、「みな内かけたる」ともあり、「御乳母の侍従命婦」をはじめとした命婦たちは、父の村上天皇の女房を兼ねていたことがわかる。選子の乳母は、母方によって選ばれたと考えられるが、それらの者たちが父方とのつながりも有していた人であったことは注目してもよいであろう。

『源氏物語』においても、女三の宮の母、藤壺女御は娘を残して薨去してしまった。その薨去がいつのことであったかは明らかではないが、朱雀院の退位の時期（「若菜上」④一八頁）と重なるとすれば、女三の宮がまだ幼少であった頃のことと考えられる。(10)「世の中を恨みたるやうにて亡せたまひにし」（「若菜上」④一八頁）と語られる藤壺女御が、一人残されることになる女三の宮の将来を不安に思い、安子と同じように、自分の女房を女三の宮の乳母に選んだとしても不自然ではなかろう。しかも、それらの乳母が朱雀院の相談役として扱われることからすれば、乳母に選ばれた女房たちは朱雀院の女房を兼ねていたとみることができてくるのである。

乳母たちは、女三の宮が光源氏と共寝をする夜もそばに控え（「若菜上」④六八～六九頁）、また、光源氏が不在の夜に「御座のほとり」に伺候していた「さるべき人」（「若菜下」④二二三頁）も乳母たちであると考えられる。ところが、密通の折に女三の宮の御前に乳母たちの姿はない。斎院に奉られる「十二人」の女房の中には乳母たちも含まれていたとみなければならない。

紫の上の発病にともなって六条院が人少なである中で（「若菜下」④二一五頁）、女三の宮は、乳母を含めた「十二人」もの上臈女房を「斎院」に奉り、密通がおこる状況をつくり出してしまったこととなる。それでは、女三の宮が「十二人」の女房を派遣しなければならなかった相手である「斎院」とはいったいどのような人物であったのだろうか。

三　当該場面における「斎院」

まず、『源氏物語』における斎院について確認しておきたい。[11]

（1）桐壺帝御代の斎院　　子細不明
（2）朱雀帝御代の一人目の斎院　　弘徽殿大后腹の桐壺帝第三皇女
（3）朱雀帝御代の二人目の斎院　　桃園式部卿宮の女、朝顔姫君
（4）冷泉帝御代の一人目の斎院　　桃園式部卿宮の女、朝顔姫君
（5）冷泉帝御代の二人目以降の斎院　　子細不明
（6）今上帝御代の斎院　　子細不明（当該場面の「斎院」）

（1）の桐壺帝御代の斎院は、末摘花の乳母子である侍従が出入りしていたとされる（「末摘花」①二九一頁）人物であるが、「葵」巻においてすでに退下したことが語られている（「葵」②二〇頁）。その後に斎院に卜定されたのが、（2）

の弘徽殿大后腹の桐壺帝第三皇女であり、朱雀帝御代の途中で桐壺帝の喪によって退下したとされる（「賢木」②一〇三頁）。そして、そのとき、斎院に卜定されるのに適した内親王がなかったことから、（3）の女王である桃園式部卿宮の女、朝顔姫君が卜定され（同前）、冷泉帝御代も引き続き斎院を務めるが、桃園式部卿宮の薨去にともなって退下したという[12]（「朝顔」②四六九頁）。

斎院の交替については、『延喜式』で未婚の内親王あるいは女王が天皇の即位にともなって卜定されることが規定されている[13]。しかし、淳和天皇御代の時子内親王や鳥羽天皇御代の官子内親王の例などに、当帝の譲位による退下の例が見られるものの[14]、斎院は「斎宮のように必ずしも天皇の代替わりごとに交替しているわけではな」いとも指摘され、退下の理由として「父母の喪、自身の死、及び斎院の任に耐え得ないと判断された病」の四つがあげられている[15]。『源氏物語』では、たしかに、（2）の桐壺帝第三皇女と（3）（4）の朝顔姫君は、史上の斎院と同じように親族の喪によって退下するが、（1）の桐壺帝御代の斎院の退下と（2）の桐壺帝第三皇女の卜定についてはどうであろうか。

そのころ、斎院もおりゐたまひて、后腹の女三の宮ゐたまひぬ。帝、后いとことに思ひきこえたまへる宮なれば、筋異になりたまふをいと苦しう思したれど、他宮たちのさるべきおはせず、儀式など、常の神事なれど、いかめしうののしる。（「葵」②二〇頁）

「そのころ」とは、桐壺帝の退位および朱雀帝の即位の頃のことを示しているが、斎院の退下と卜定もそれと連動しているととらえてもよいであろう。

「若菜下」巻の当該場面においては、「斎院」に奉られる「十二人」の女房の他の、選に入らなかった女房たちの御禊を待ち望む様子が語られているが、そこには「葵」巻の新斎院の御禊（「葵」②二〇～二二頁）が想起でき、当該の「斎院」が卜定されたのも、「葵」巻と同様、今上帝という新しい帝の即位にともなうものとみることができる。

では、当該の「斎院」は誰なのであろうか。まずは今上帝の内親王、あるいは今上帝のきょうだいにあたる朱雀院の内親王が想定されてくるが、[16] 今上帝の女一の宮はこのときまだ幼少であり、[17] 女二の宮はまだ誕生していないことか[18]ら、当該の「斎院」は朱雀院の内親王であったと考えられてくる。朱雀院の内親王は四人いるものの、[19] そのうち、女二の宮（落葉の宮）と女三の宮を除外すれば、その候補は女一の宮か女四の宮ということになる。両者に関しては物語に詳述されることはなく、母が誰かも不明である。『正嘉本源氏古系圖』に「女一宮のおはしましけるにや」とあるが、[20] 女一の宮に限定する根拠は物語の本文からは見出しがたい。しかし、『萬水一露』が当該の「斎院」について「女三宮へもちかき便ある人」と指摘することは注目すべきであろう。女一の宮と女四の宮のどちらかであったとしても、当該の「斎院」は女三の宮の姉妹にあたる皇女であり、だからこそ女三の宮は葵祭の御禊に際してその支援として上臈女房を派遣しなければならないのであった。

以上述べてきたように、当該の「斎院」は、女三の宮の姉妹、朱雀院の内親王であったと考えられるが、姉妹であるとはいえ、なぜこのとき女三の宮は「十二人」もの上臈女房を奉るのであろうか。「十二人」の女房に求められた役割を検討することによって考察したい。

四　「十二人」の女房の役割

「末摘花」巻において、末摘花の乳母子である侍従が斎院への出仕と兼務していることが語られており（「末摘花」①二九一頁）、侍従は日常的に斎院に出入りしていたと考えられる。また、斎院の御禊の行列やその禄の記述[22]からは、御禊の当日に多くの人々が奉仕したことがわかるが、それらはすべてが斎院司の女官あるいは日頃から斎院に仕える人々ではなかったことが指摘されている。[23]

『後撰和歌集』にも次のような例が見える。

斎院の禊の垣下に殿上の人〴〵まかりて、あかつきに帰て、馬がもとにつかはしける

右衛門

我のみは立もかへらぬ暁にわきても置ける袖の露哉

（『後撰和歌集』巻第十五・雑一・一〇九四）

右の歌は、「斎院の禊の垣下」に奉仕した「右衛門」から「馬」に送られた歌である。「右衛門」に関しては、男性であるという説[24]もあるものの、「左大臣家の女房[25]」、あるいは「小野宮家にゆかりのある女房[26]」ともされており、もしそうであれば、「禊の垣下」には他家から女房が派遣されていたことになる。つまり、御禊の折に斎院のもとに「手伝い」のために他家から女房が派遣されることは、それほど珍しいことではなかったといえる。しかし、「若菜下」巻の当該場面においては、斎院に奉られる女三の宮の女房たちが装束を整えていることや、乳母を含めた上臈女房であ

ることから、その役割は給仕等の実務ではなかったとみなければならない。

『栄花物語』には、馨子内親王の初斎院入りの御禊の日に女房たちが参り集う様子が語られており（巻第三十一「殿上の花見」③二一七頁）、その行列の子細が『左経記』長元五年（一〇三二）四月廿五日条に記されている。

次典侍車、〈割注略〉次女別当車、次宣旨車、〈割注略〉次出車六両、〈五女房、一童、車副各六人、皆褐冠布帯脛布〉、次馬寮車四両、〈女官等可乗也、而不乗、如何〉、

（『左経記』三四〇頁）

御禊の行列には、「典侍」のほか「女別当」や「宣旨」の車が続き、その後に「出車」が「六両」連なっていたことが記される。出車とは、「女車の簾の下から女房装束の袖や裾を出して飾りとしたもの」[27]で、その車は六人の公卿たちから一両ずつ供奉されたものであった。[28]

これによれば、出車の数は定められていたと考えられるが、『狭衣物語』には次のような場面も見える。

世の人のことごとしきありさまに思ふらんしるしに、出だし車の飾りなど、例にはまさりたらんを見よかしとて、やがて候ふ人々、数を引き続くべくも思し掟てける。

（『狭衣物語』巻三②一四六頁）

堀川大殿は、世間の人々が盛大な催しを期待しているのに応えて、「出だし車」の飾りが通例よりも華やかなのを見せようと、日頃から斎院に仕える女房たちが全員車に乗って行列に供奉するよう準備する。これは記録ではない例であるが、『狭衣物語』には歴代斎院の事績や作者自身が斎院に奉仕した体験が活用されていることも指摘されている。[29]

この御禊は、「初斎院での潔斎を終えた斎院源氏の宮が初めて賀茂神社に参るための禊ぎを兼ねる」ものであり、[30] 禊を華美なものにして世間の注目を集める手段として、規定を超えた出車の供奉がおこなわれていた実情がうかがえるのである。

ほかにも御禊の行列に出車が連なる例は多くあり、たとえば『中右記』寛治四年（一〇九〇）四月九日条には次のように記される。

御車次典侍、〈師子□糸毛□以下無前駈、幷私出車〉、斎院女別当、〈同、〉宣旨、〈糸毛歟〉、次出車五両、〈女房廿人、装束躑躅重云々、蘇芳衣五、紅染打衣、蘇芳織物唐衣、青単衣歟〉、童女車一両、

（『中右記』（一）三四頁）

先に見た『左経記』と同じく、「典侍」「女別当」「宣旨」の車が連なった後、続く「五両」の「出車」に装束を整えた「廿人」の女房が乗っていることが叙述される。これによれば、出車一両の定員は四人であることがわかる。また、大嘗会の御禊の行列についての『栄花物語』の「大宮より三つ、中宮より三つ」という記述（巻第十「ひかげのかづら」①五一一頁）と、『御堂関白記』長和元年（一〇一二）閏十月廿七日条の「唐車三両、是皇大后宮女房乗之」や「三車中宮女方乗之」といった記述（（中）一七八頁）からは、彰子と妍子からそれぞれ供奉された三両分の女房が行列に奉仕したことがわかり、行列に参加するために他家の女房が派遣された例も確認できる。

高貴な人から人や車を貸与することは「儀式を権威付け」ることであった。[31] 華やかな装束を身にまとった女三の宮の上臈女房たちが出車に乗って御禊の行列に連なることは、まさにその役割を果たすのにふさわしいといえよう。女房の「十二人」という数は、三両の出車に相当する。女三の宮は、中宮と同じ規模の出車によって斎院の御禊を権威

づけているのであった。このときの斎院が女三の宮の姉妹にあたる皇女であったとすれば、「十二人」の女房の派遣は当然のことと理解される。ただ、なぜその役割を今上帝や他の姉妹たちではなく、女三の宮が担うこととなったのであろうか。さらに考えてみたい。

五　女三の宮の立場と密通

「若菜下」巻の当該場面の葵祭の御禊に想起される「葵」巻の新斎院の御禊については、次のような記述がある。

> 祭のほど、限りある公事に添ふこと多く、見どころこよなし。人からと見えたり。御禊の日、上達部など数定まりて仕うまつりたまふわざなれど、おぼえことに容貌あるかぎり、下襲の色、表袴の紋、馬、鞍までみなととのへたり、とりわきたる宣旨にて、大将の君も仕うまつりたまふ。
>
> （「葵」②二〇〜二一頁）

この朱雀帝即位と同時期におこなわれた葵祭は、定められた公の行事のほかに付け加わることが多く、「見どころこよなし」とされる。「今年はこの斎院の最初の祭の行事なので、見栄えのするようにきまり以上のことをする」と指摘されるが、(32)その最たるものが光源氏の行列への参加である。御禊の日には、決まった人数の上達部が供奉するのとは別に、光源氏が「とりわきたる宣旨」を受けて奉仕したことが語られている。先に確認したとおり、このときの斎院は弘徽殿大后腹の桐壺帝第三皇女である。「宣旨」が帝の下命であることはいうまでもないが、新斎院が「帝、后いとことに思ひきこえたまへる宮」（「葵」②二〇頁）であったことをふまえれば、そこには桐壺院の強い意向をみてとることができる。しかも、このときは朱雀帝即位後の初めての御禊であった。御禊を含めたさまざまな儀式には新斎院の存在を世に示し、朱雀帝御代の繁栄を印象づけようとする桐壺院の意図を読み取ることができるのである。賀茂祭は天皇家にとって「家族的（天皇家）な祭祀」であるとも指摘され(33)、いわば天皇家が主導し、その権威を世に示すことのできる大きな機会なのであり、桐壺院はその天皇家を牽引する存在なのであった。

当該場面の御禊もまた、今上帝即位後の初めての御禊であったと考えられ、新しい天皇家が主導し、その権威を世に示す機会であったと解することができる。しかも、一度は冷泉帝に移った皇統が、今上帝の即位によって朱雀院の血脈に戻ってきた(34)。このときの御禊はそのことを示す重大な行事なのであり、そこには、新しい帝、また新しい斎院の父である朱雀院の力が不可欠となる。しかし、朱雀院はすでに出家しており、その代わりに天皇家の権威を示す役割を担ったのが女三の宮なのであった。

女三の宮は、朱雀院の出家を前に光源氏に降嫁しており（「若菜上」④六一頁）、これは光源氏による後見を期待したものであったととらえられるが(35)、実際は光源氏が女三の宮に愛情を注ぐことはなかった。その実情に気付いていた朱雀院は両者の関係を案じ（「若菜下」④二六七頁）、次のように女三の宮自身の格上げをはかっている。

姫宮の御事をのみぞ、なほえ思し放たで、この院をば、なほおほかたの御後見に思ひきこえたまひて、内々の御心寄せあるべく奏せさせたまふ。二品になりたまひて、御封などまさる、いよいよはなやかに御勢ひ添ふ。

（「若菜下」④一七六〜一七七頁）

朱雀院は、出家後も女三の宮のことだけを気にかけ、光源氏を表向きの後見としつつも、今上帝に対しても女三の宮への「御心寄せ」を求め、女三の宮は、朱雀院の意向を受けた今上帝によって「二品」に叙せられている。女三の宮が昇叙されうる最上の品位は二品であったと考えられ、[36]この叙品によって女三の宮は最も品位を高められた皇女となったのである。

女三の宮は、朱雀院、さらには今上帝によって与えられた格の高さに加え、世の人々からも重く扱われる（「若菜下」④一六六頁）など、皇女の中でもこのうえない地位にある女宮なのであった。そうした立場をふまえれば、出家した朱雀院に代わって天皇家の権威を担うのに最もふさわしいのは女三の宮ということになろう。「斎院」に奉られた「十二人」の女房とは、そうした天皇家の権威を具現化した存在であったということができ、だからこそ女三の宮の女房組織の中でも中核にあたる乳母を含めた上﨟女房を送らなければならなかったのである。そしてまた、女三の宮の主要な女房の中には、朱雀院と深い関わりを持つ女房も含まれていたと考えられ、それらの女房を御禊の行列に参加させることによって、そこに色濃く朱雀院の存在が示されることになるのであった。

女三の宮は、朱雀院の意向によって天皇家の中で最も品位を高められた皇女であったが、そのことこそが女三の宮に柏木を引き寄せることになってしまった。そもそも、女三の宮は朱雀院の鍾愛の姫宮として世の評判となり、多くの求婚者がいた（「若菜上」④三六頁）。その中で最も女三の宮に憧れを抱いたのが柏木であった。柏木は、女三の宮が幼い頃からその評判を耳にし、「帝のかしづきたてまつりたまふさま」を聞いたことによって「かかる思ひもつきそめ」たとされる（「若菜下」④二一八頁）。すなわち、柏木にとって朱雀院の鍾愛が恋情の始発に置かれており、こうした柏木であれば、女三の宮に対して朱雀院が愛情を示せば示すほど恋心が募っていくのは当然のことなのであった。

朱雀院は、女三の宮に対する愛情、さらには光源氏への不信から女三の宮自身の格上げをはかり、女三の宮は二品に叙せられる。二品の内親王となった女三の宮は、天皇家を代表する役割を果たすべき皇女なのであり、だからこそ、斎院の御禊の折に、斎院の権威、さらには今上帝の権威に付与するために「十二人」もの主要な上臈女房を出さなければならなかった。もちろん、柏木はその不在を小侍従の手紙によって知ったわけである（「若菜下」④二三二頁）が、「十二人」の女房の不在は、柏木にとってまたとない密通の機会をつくり出していく。朱雀院が女三の宮を深く愛し、格上げをはかればはかるほど、密通は避けられないものとして物語によびおこされてくるのであった。

朱雀院の鍾愛の姫宮である女三の宮は、その愛情を一身に受け、今上帝からも最上の品位を与えられる。また、准太上天皇である光源氏に降嫁して確かな後見を得るなど、女三の宮を取り巻く状況は盤石であるかのようにみえる。しかし、それこそが柏木の恋情を募らせ、女三の宮にとっては重い負荷となる。「斎院に奉りたまふ女房十二人」という叙述は、このうえない皇女として厚遇される女三の宮のあり方とともに、その厚遇こそが密通をよびおこしていくというあまりに皮肉な物語世界の様相を照らし出しているのである。

注

（1）女三の宮と柏木の密通に関する先行研究の代表的なものとしては、森一郎「女三の宮事件の主題性について―柏木との事件に関する一考察―」（『源氏物語の方法』桜楓社、一九六九年）、重松信弘「源氏物語における女三宮事件の意義（二）―密通事件を中心として―」（『国文学研究』八、一九七二年一一月）、清水好子「源氏物語の主題と方法―若菜上・下巻について―」（『清水好子論文集（一）源氏物語の作風』武蔵野書院、二〇一四年）、久富木原玲「源氏物語の密通と病」（『源氏物語と和歌の論―異端へのまなざし―』青簡舎、二〇一七年）などがある。

（2）加藤宏文「端役登場の文体―王命婦から小侍従へ―」（『国文学攷』九九、一九八三年九月）、「王命婦から小侍従へ―「かくろへごと」展開の視点―」（森一郎編『源氏物語作中人物論集』勉誠社、一九九三年）。

（3）吉海直人「女三の宮の乳母達」『源氏物語の乳母学―乳母のいる風景を読む―』世界思想社、二〇〇八年。

（4）玉上琢彌『源氏物語評釈』（七）角川書店、四〇九頁。「上﨟ではない」とする指摘もある（佐伯梅友『源氏物語講読』（上）武蔵野書院、四三七頁）が、「十二人」の女房が上﨟女房でないとすれば、ここで言及される女房とは別に上﨟女房が伺候していることになり、それでは物語が語る「人しげからぬ」状況と齟齬をきたすため、「十二人」の女房は上﨟女房であるととらえてよかろう。

（5）吉澤義則『對校源氏物語新釋』（四）国書刊行会、六五頁、頭注）、佐伯梅友『源氏物語講読』（上）武蔵野書院、四三七頁）。

（6）新日本古典文学大系『源氏物語』「若菜下」③三六三頁、頭注。

（7）玉上琢彌『源氏物語評釈』（七）角川書店、四〇九頁。

（8）『栄花物語』においては、彰子の入内に際して伴う女房などに関して「女房四十人、童女六人、下仕六人なり」（巻第六「かかやく藤壺」①三〇〇頁）と記されるほか、妍子の東宮参入（巻第八「はつはな」①四四二頁）や威子の入内（巻第十四「あさみどり」②一三七頁）に際しても四十人の女房が付いていることが記されている。

（9）吉海直人「女三の宮の乳母達」『源氏物語の乳母学―乳母のいる風景を読む―』世界思想社、二〇〇八年、一〇〇頁。

（10）女三の宮の年齢は、「若菜上」巻では「十三四ばかり」（「若菜上」④一八頁）であるとされている。現行の年立てに従えば、誕生は「賢木」巻から「須磨」巻の頃と考えることができ、これは朱雀院退位の三、四年前にあたる。

（11）『源氏物語』における斎院に関する近年の研究としては、植田恭代『『源氏物語』の朝顔斎院」（後藤祥子編『平安文学と隣接諸学（六）王朝文学と斎宮・斎院』竹林舎、二〇〇九年）、原槇子『『源氏物語』に描かれた斎王」（『斎王物語の形成―斎宮・斎院と文学―』新典社、二〇一三年）、浅尾広良「朱雀帝御代の始まり―葵巻前の空白の時間と五壇の御修法―」（『源氏物語の皇統と論理』翰林書房、二〇一六年）、今井上『『源氏物語』賀茂斎院箚記―付・歴代賀茂斎院表―」（『専修国文』九六、二〇一五年一月）などがあげられる。

（12）退下が語られるのは「朝顔」巻であるが、桃園式部卿宮が薨去したのは「薄雲」巻であり（「薄雲」②四五三頁）、朝顔姫君は「薄雲」巻の時点で退下したと推察される。

（13）新訂増補国史大系『延喜式』（前）巻六　神祇六「斎院司式　定斎王条」吉川弘文館、一三一頁。

（14）「賀茂斎院表」『平安時代史事典』（資料・索引編）角川書店。また、所功は朱雀天皇・村上天皇御代の婉子内親王を加えた三例の斎院を「当帝譲位」あるいは「当帝譲位カ」とし（所功「斎院（賀茂斎王）一覧」『国史大辞典』吉川弘文館）、堀口悟は後朱雀天皇御代の娟子内親王を加えた四例が当帝の譲位によって退下した可能性を指摘している（「斎院交替制と平安朝後期文芸作品―『狭衣物語』を中心として―」『古代文化』三一―一〇、一九七九年一〇月）。

（15）所功「斎院」『国史大辞典』吉川弘文館。

（16）浅尾広良は、成人天皇が即位していた時代には斎王は天皇の娘が担うのが基本であったものの、幼帝が即位するようになってからは、天皇の姉妹が斎王を務めることが多くなったことを指摘している（「朱雀院御代の斎宮・斎院」『源氏物語の皇統と論理』翰林書房、二〇一六年）。

（17）女一の宮は、「若菜下」巻において紫の上が養育する幼少の姫宮であることが語られる（「若菜下」④一七七～一七八頁）。

（18）女二の宮は、「宿木」巻の時点で一四歳であるとされ（「宿木」⑤三七四頁）、女二の宮の誕生は薫が一〇歳の頃であった。

（19）朱雀院の御子たちに関しては、「春宮をおきたてまつりて、女宮たちなむ四ところおはしましける」と語られ（「若菜上」④一七頁）、東宮（今上帝）のほかに四人の内親王がいることが知られる。

（20）池田亀鑑編『源氏物語大成』（一三）資料篇』中央公論社、一九八五年、二一八頁。

（21）伊井春樹編『萬水一露』（三）源氏物語古注集成（二六）桜楓社、四六二頁。

（22）『延喜式』巻六（斎院司式）をはじめ、『儀式』一や『西宮記』恒例二（賀茂祭事）、『江家次第』六（御禊前駆定）にも詳しい記述がなされている。

（23）川出清彦「斎院内の生活をしのぶ―大斎院前の御集を読みて―」（『神道史研究』一六―一、一九六八年一月）、榎村寛之「『斎宮式』の構造とその特殊性―『斎院司式』と比較しつつ―」（『伊勢斎宮の祭祀と制度』塙書房、二〇一〇年）。

（24）新日本古典文学大系『後撰和歌集』巻第十五・雑一・一〇九四・右衛門、脚注。

（25）日本古典文学大系『歌合集』貞元二年（九七七）八月十六日三条左大臣頼忠前栽歌合、一二八頁、頭注。

（26）所京子『斎王和歌文学の史的研究』国書刊行会、一九八九年、三九〇頁。

（27）中村太郎「出車」『平安時代史事典』（上）角川書店。

（28）『江家次第』には、

可被出禊祭両日檳榔毛車六両事、

源大納言家／右衛門督家／新中納言家／藤中納言家／右大弁家／宰相中将家／車副各六人、〈可着冠、褐衣、袴、布帯従院可受、〉

（新訂増補故実叢書『江家次第』巻六「御禊前駆定条」明治図書出版、二〇〇頁）

とあり、御禊の行列で用いる出車は六人の公卿から供奉されることが規定されていたことがわかる。なお、／は改行を示す。

（29）所京子「『狭衣物語』にみる斎院の史的考察」『斎王の歴史と文学』国書刊行会、二〇〇〇年。

（30）新編日本古典文学全集『狭衣物語』巻三②一四九頁、頭注。

（31）野田有紀子「行列空間における女性―出車を中心に―」『古代文化』五六―五、二〇〇四年五月。

（32）新編日本古典文学全集『源氏物語』「葵」②二二頁、頭注。

（33）榎村寛之「〈講演〉賀茂斎王―千二百年の歴史と文学―　賀茂斎院の成立と特色―賀茂斎王と伊勢斎王―」シンポジウム参考資料『京都産業大学日本文化研究所紀要』一六、二〇一一年三月。

（34）秋澤亙は、「朱雀と今上帝とをつなぐ王統こそがまさしく正系なのであり、冷泉はそこから逸脱した緊急避難的な天皇に過ぎなかった」と指摘している（「朱雀帝の退位」『源氏物語の准拠と諸相』おうふう、二〇〇七年、一五五頁）。

（35）女三の宮の降嫁に関しては、今井源衛「女三宮の降嫁」（『今井源衛著作集（二）源氏物語登場人物論』笠間書院、二〇〇四年）や、今井久代「皇女の結婚―女三の宮降嫁の呼びさますもの―」（『源氏物語構造論―作中人物の動態をめぐって―』風間書房、二〇〇一年）をはじめとする多くの論考がある。

（36）安田政彦は、「史実のうえでは二品とされた内親王は、后腹ではあっても斎宮を務めて以後の叙品で長生しなかった場合、臣下に降嫁した場合などは、一品に至らなかった」と指摘している（「親王・内親王」日向一雅編『平安文学と隣接諸学（四）王朝文学と官職・位階』竹林舎、二〇〇八年、四二五～四二六頁）。

第三章　「今参り」考

――「東屋」巻における匂宮と浮舟との邂逅をめぐって――

一　匂宮と浮舟との邂逅場面

『源氏物語』「東屋」巻、匂宮が二条院の西の対で浮舟を見出すところから両者の物語は始まる。匂宮が中の君のいる二条院にやってきたとき、あいにく中の君は洗髪中であり、女房たちは若君に付き添っていたため姿が見えなかった。暇を持て余した匂宮は、邸の中を歩き回ることとなる。

若君も寝たまへりければ、そなたにこれかれあるほどに、宮はたたずみ歩きたまひて、西の方に例ならぬ童の見えけるを、今参りたるかなど思してさしのぞきたまふ。中のほどなる障子の細目に開きたるより見たまへば、障子のあなたに、一尺ばかりひき離けて屏風立てたり、そのつまに、几帳、簾に添へて立てたり。帷子一重をうち懸けて、紫苑色のはなやかなるに、女郎花の織物と見ゆる重なりて、袖口さし出でたり。屏風の一枚畳まれたるより、心にもあらで見ゆるなめり。今参りの口惜しからぬなめりと思して、この廂に通ふ障子をいとみそかに押し開けたまひて、やをら歩み寄りたまふも人知らず、こなたの廊の中の壺前栽のいとをかしう色々に咲き乱れたるに、遣水のわたりの石高きほどいとをかしければ、端近く添ひ臥してながむるなりけり。（「東屋」⑥六〇頁）

邸の中を「たたずみ歩」く匂宮は、「西の方」において傍線部「例ならぬ童」の姿に目をとめ、波線部「今参りたるか」などと思って中を覗く。「中のほどなる障子」の向こうには屏風が立てられ、その端に簾に添えて几帳が立てられていたが、そこから紫苑色の華やかな袿に女郎花の織物かと思われるものを重ねている袖口がさし出ていた。そこで匂宮は、二重傍線部「今参りの口惜しからぬなめり」と思って「この廂に通ふ障子」を押し開けて中に入り、「端近く添ひ臥してながむる」女君を見出す。このとき匂宮によって見つけ出された女君こそが浮舟なのであった。浮舟は将来を案じた母、中将の君の依頼で二条院の中の君のもとに託されていたのであるが、匂宮はそれを知るよしもない。この後、匂宮は浮舟を「あさましきまであてにをかしき人」と感じつつ、騒ぎに気付いた女房の右近が浮舟を敬う態度をとることから、「いとおしなべての今参りにはあらざめり」と考えて関心を深めていくのである（「東屋」⑥六三頁）。

匂宮と浮舟との邂逅場面においては、動詞を含め「今参り」という語が三度にわたって用いられている。その中で波線部「今参りたるか」については注釈間で見解に相違が見え、匂宮が目にとめた「例ならぬ童」に対して「今参りたるか」と疑念をもったとするものがある一方で、(1) 浮舟自身を「今参り」の女房ととらえたとするものもある。(2) 前者のように、新参の女童に対するものであれば、「例ならぬ童」自身が「今参りたる」者であると考えていることになり、後者の新参の女房のことであれば、「例ならぬ童」の存在によってその主人にあたる「今参りたる」女房がいることを想定していることとなるが、「今参りたるか」として「さしのぞき」、さらに、障子の隙間から中を覗き込んでいくことからすれば、「例ならぬ童」によってその奥に「今参り」の女房の存在が想定されているととらえられる。

従来、匂宮は正篇の「主人公」である光源氏の「すき」と「まめ」を薫と分有する存在と指摘されるなど[3]、深い道心を抱く薫と対照的に位置づけられてきた[4]。ただし、匂宮は光源氏とは異なり、物語内において「あだ人」（「紅梅」⑤五二頁）と言われるように、「心の赴くままに奔放に行動する色好み」[5]などとも評される[6]。そうした「あだ人」たる匂宮のあり方からすれば、当該場面において初めて目にした浮舟に近付いていくのも頷けよう。

しかし、本章で重くみたいのは、「今参り」に対して関心を抱くという匂宮のふるまいである。匂宮と浮舟との邂逅場面において「今参りたるか」「今参りの口惜しからぬなめり」「いとおしなべての今参りにはあらざめり」と、「今参り」に類する語が三度重ねられ、その度に匂宮が浮舟に強く引き寄せられていく。邂逅場面において「今参り」ということばが繰り返し用いられ、浮舟が「今参り」の女房であると認識されることが、匂宮と浮舟との物語においてどのように関わっていくのであろうか。

本章では、匂宮が二条院で浮舟を初めて見出す場面を始発点に、「今参り」という語そのものについて検討したうえで、浮舟を取り巻く人々の浮舟に対する意識のあり方を明らかにし、浮舟が「今参り」と認識されることで描き出される物語世界について考えてみたい。

二　「今参り」の人々

まずは、『源氏物語』および他作品において「今参り」であると語られる人々の例を見ておきたい。『源氏物語』には「東屋」巻の当該場面の三例以外に、「今参り」という語が四例見える。そのうち一例は近江の君が召し使う樋洗童が「いと馴れてきよげなる、今参りなりけり」とされる例（「常夏」③二四九頁）だが、それ以外はすべて浮舟の周辺で用いられている。

浮舟の母である中将の君は、浮舟が薫と共に上京することになった折、女房や女童の数が足りていないとして、信頼できる筋から集めるよう指示するが、「今参りはとどめたまへ」と言って、新参の女房は宇治に留めさせる（「浮舟」⑥一六八頁）。中将の君は上京後に女二の宮方と騒ぎをおこすことを危惧して慎重な準備を求めているとされ[7]、浮舟の女房集団に「今参り」の女房が入ることを認めないことは、「今参り」の者を信用していない中将の君の意識によるものといえよう。このとき中将の君の指示によって集められた者たちは、「今参り童」が浮舟の話し相手となるように（「浮舟」⑥一八二頁）、主人の近くまで召されることもあったが、それでも中将の君は「今参り」の者に対して厳しい視線を向ける。浮舟が失踪した後、中将の君は女房たちから事情を聞く中で、誰かが事を画策したのではないかと考えるが、そのとき「今参りの心知らぬやある」とたずねており（「蜻蛉」⑥二〇九頁）、真っ先に「今参り」の者を疑うのである。

このように、中将の君は一貫して「今参り」の者に対して警戒心を抱いているが、「今参り」の者はなぜ過剰なまでに警戒されなければならなかったのであろうか。『源氏物語』以外の作品にも「今参り」の者の描写はあるが、そこにはむしろ周囲の人々に受け入れられるか否かがわからず、おずおずと自身の置かれた立場や環境をうかがう「今参り」の様子が語られている。

『枕草子』には、廂につけた車に乗るために女房たちが渡殿を通って行く折に、「まだうひうひしきほどなる今まゐり」が「つつましげ」にしていることが語られているが（「関白殿、二月二十一日に、法興院の」四〇五頁）、次のような記述も見える。

御返りまゐらせて、すこしほど経てまゐりたる。いかがと、例よりはつつましくて、御几帳にはた隠れて候ふを、「あれは今まゐりか」など笑はせたまひて、……（「殿などのおはしまさで後、世の中に事出で来」二六三頁）

しばらく里に下がっていた清少納言が定子のもとに参上したとき、定子に送った文を気にして遠慮がちにいたところ、「あれは今まゐりか」と笑われたという。定子をはじめ周囲の人々は清少納言が「今まゐり」ではないことをわかっていながらも、「つつまし」い様子でいたため「今まゐり」ということばを使って戯れを言っていることから、「つつまし」さが「今参り」によく見えるふるまいであったことがわかる。

また、『栄花物語』にも、禎子内親王の「今参りたる御乳母」が、道長が近くに来るだけで「いとどもの恥づかしげ」になる場面があり（巻第十一「つぼみ花」②二六頁）、新たな環境にまだ適応していない人々の不慣れな様子が描き出されているが、「今参り」が「つつましげ」であり「恥づかしげ」な様子を見せるのは当然のこととも言える。「今参り」の者たちは既存の女房集団に新たに参入する者であるがゆえに、新たな環境や周囲の人々の様子をうかがわざるを得ないのであった。

一方、そうした「今参り」を迎える側の人々もまた「今参り」の者の様子をうかがい、試すかのような行動を見せる。『伊勢大輔集』の詞書には和歌の力量を見定めようとする人々の様子が語られている。

女院の中宮と申しける時、内におはしまいしに、ならから僧都のやへざくらをまゐらせたるに、こ年のとり

いれ人はいままゐりぞとて紫式部のゆづりしに、入道殿きかせたまひて、ただにはとりいれぬものをとおほせられしかば

いにしへのならのみやこのやへ桜けふ九重ににほひぬるかな

（『伊勢大輔集』五）

伊勢大輔が奈良から届いた八重桜を受け取って彰子に奉る役を務めたとき、伊勢大輔が紫式部からその役を譲られたばかりの「いままゐり」であったため、道長が桜を題材にした和歌を詠ませて力量を試そうとし、伊勢大輔はそれに応えて見事な歌を詠んだ。優れた力量を持って出仕した者は、能力を示すことで受け入れられ、組織の一員として認められていくこととなるが、その場には他の女房ばかりでなく主人もおり、主人に認められるか否かまで試されていたのである。また、『十訓抄』には彰子のもとに出仕した琴を弾くことに長けている「今参り」の者が、紫式部によって「いはこす」と琴に由来する名をつけられたことが語られている（一ノ二十三、六五頁）が、その能力が評価された「今参り」は、名を与えられ、認められていったのである。

もちろん、「今参り」の者が受け入れられていくといっても、「今参り」を取り巻く人々の中で、男性たちと女房集団とでは「今参り」に対する印象が異なっているようにも思われる。『枕草子』には「今参り」に対して好奇の視線を向ける人々の様子が次のように描かれている。

殿ばらなどには心にくき今まゐりの、いと御覧ずるきはにはあらぬほど、ややふかしてまうのぼりたるに、うちそよめく衣のおとなひなつかしう、ゐざり出でて御前に候へば、物などほのかに仰せられ、子めかしうつつましげに、声のありさま聞ゆべうだにあらぬほどに、いと静かなり。

（「心にくきもの」三三一頁）

中宮の御前に「いと御覧ずるきはにはあらぬ」女房が「子めかしうつつましげ」な様子で出仕していることが語られるが、その女房は「殿ばらなどには心にくき今まゐり」であるとされている。清少納言はその「今参り」の女房に対して決して好意的な感情は抱いていないことがうかがえるが、男性たちにとっては身分や器量など関係なく、「今参り」であることこそが惹きつけられる要因になっているのである。[8]「今参り」に警戒心を抱くことなく近付いていく男性たちに対して、女房集団に属する人々は簡単に受け入れることはできない。「今まゐりのさし越えて物知り顔に教へやうなる事言ひ、うしろ見たる、いとにくし」（『枕草子』「にくきもの」六八頁）とも語られているように、「今参り」の者が出過ぎた態度をとることは嫌われ、女房集団が「今参り」に向ける視線はその外部にある男性たちのそれより厳しく、「今参り」の者を排除しかねないものだったのである。

「今参り」の者たちとは、女房集団にとっては内なる部外者であったといってよかろう。「今参り」は、新たに参入した組織の一員でありながらも異質な存在として扱われ、いつ排除されるかもわからない不安定な立場にあり、古参の女房たちは「今参り」を品定めするかのようにその一挙手一投足を見つめている。『源氏物語』において中将の君は「今参り」の者に対して一貫して警戒心を抱いたが、それは中将の君にとって「今参り」の者たちは、女房として迎え入れたとはいえ、あくまでも部外者にほかならず、いつ裏切るかわからない者たちであったからであろう。「今参り」は、何かあれば真っ先に疑われ、追い払われるべき対象ととらえられていたのである。

しかしながら、ここで注意しておきたいのは、「今参り」とされる者は女房や女童といった主家に仕える者であったということである。「今参り」ということば自体が示しているように、「今参り」は主人のもとに参入するものであって、召し使われることが前提となっている。そのように考えれば、たとえそれが誤解であったとしても、浮舟が「今参り」とされることは、そのあり方を検討するうえで看過できないことのように思われる。

そもそも「今参り」はどこからやってきて、どのように扱われるものなのであろうか。「今参り」の実態を考えてみたい。

三　「今参り」を好む匂宮

『落窪物語』には、女君の婚姻の折に「今参り」の女房が集められる例が見える。四の君の九州下向にあたっては「今参りども」が「十余人ばかり」集まり「いと今めかしうをかし」と語られ（巻之二、一四八頁）、落窪姫君と少将の結婚のためには「今参りども」が「日に二、三人参り」、「いとはなやか」な邸の様子が描かれている（巻之四、三二七頁）。結婚によって形成された新しい家に新しい女房や女童が集められるのは、もちろん家の拡大による必要性から生じたものであるが、それらの「今参り」が「今めかし」「はなやか」と語られることは注目される。「今参り」はたんなる機能的な役割ばかりでなく、その家の威勢を示す役割も担っていたのである。『源氏物語』においても、末摘花が二条東院に転居する折には「よろしき童べなど」（「蓬生」②三五三頁）、玉鬘が六条院に移るときには「よろしき童、若人など」（「玉鬘」③一二六頁）、中の君の上京の折には「よき若人、童など」（「早蕨」⑤三五一頁）、浮舟の上京の折には「童のめやすきなど」（「浮舟」⑥一五六～一五七頁）がそれぞれ求められているが、そこでも「よろしき」「よき」「めやすき」などと形容される。そこで新参の者たちに求められているのは、まずは見た目であったといってよかろう。美麗な「今参り」の者たちは、新たな家やその主人を華やかに見せ、家を彩る存在なのであった。(9)それでは、このような「今参り」はどこからやってくるのであろうか。

たとえば、『栄花物語』における、彰子が入内する折の記事には「女房四十人、童女六人、下仕六人」を伴うことが語られているが、とくに女童については詮子や一条天皇、道長などから奉られているとされ、「院人、内人、宮人、殿人など」のようにどこから奉られたかということが女童の呼び名となっているという（巻第六「かかやく藤壺」①三〇〇頁）。「「宮人」は彰子方で見つけた童女、「殿人」は道長方から出した童女の意か」ともされる[10]が、新参の女童が彰子に近い者から献上されていることがわかる。また、『源氏物語』「若紫」巻において紫の上が二条院に連れてこられた後の場面には次のようにある。

「人なくてあしかめるを、さるべき人々、夕づけてこそは迎へさせたまはめ」とのたまひて、対に童べ召しに遣はす。「小さきかぎり、ことさらに参れ」とありければ、いとをかしげにて四人参りたり。（「若紫」①二五七頁）

光源氏は、紫の上に仕える女房が少ないことを気にかけ、女房を按察大納言邸から呼び寄せるよう指示しつつ、女童については自身に仕えていた者を与えている。この例は、光源氏が紫の上を盗み出すように連れてきた折のものであるため、ややさしひいて考えなければならないが、新参の女童の選定には細心の注意がはらわれていたことがわかる。[11]

女君の転居や婚姻の折には新たに女房や女童が参入していたが、それらの者たちは、女君の近親者や縁者が選ぶものであった。しかし、先にあげた『源氏物語』の末摘花や玉鬘の転居の折には光源氏が女童を「求め」させている[12]ように、その選ばれた「今参り」が縁者であったとは限らない。また、中の君のもとには「去年の冬、人の参らせたる童」が仕えているとされるように（「浮舟」⑥一一三頁）、「今参り」の参入は転居や婚姻の折ばかりでなく、日常的にあったことがうかがえる。古参の女房たちは、外部から参入した「今参り」を用心深く迎え入れ、その主人である女君はそうした女房集団を差配していたのであった。[13]

二条院の女房たちを差配する女主人は、中の君であったといえる。しかし、この二条院の女房集団の特徴は、それらが匂宮の管理下にあったとみられることにある。先にあげた「去年の冬、人の参らせたる童」は「顔はいとうつくしかりければ」とされると同時に、「宮もいとらうたくしたまふなりけり」とされる（「浮舟」⑥一一三頁）。匂宮は「顔」の「うつくし」い女童に目をつけ、それを可愛がっているのである。

匂宮が浮舟を「今参り」の女房と誤解して言い寄ったことを知らされた中の君は、「さぶらふ人々もすこし若やかによろしきは見棄てたまふなく」と語り、そばに仕える女房の中でも若々しくて器量のよい者は放っておかない匂宮の性情を「あやしき人の御癖」であると評している（「東屋」⑥六四頁）。また、女房の右近や少将は中の君にひけをとらない浮舟の美しさを目にしつつ、「いとかからぬをだに、めづらしき人をかしうしたまふ御心を」と語り（「東屋」⑥七一～七二頁）、匂宮が若く美しい女房に対して興味を持ち、中でも新参の女房に対してはとくに強い好奇心を示す人物であるとする。つまり、匂宮は二条院の主人として女房や女童に気を配っているのではなく、「あだ人」とも言われる気質によって女房や女童を見つめているのであり、中でも新参の女房、いわゆる「今参り」の者に対しては強い関心を示していくのであった。

匂宮のそのような志向性には、気質はもとより、匂宮の置かれた状況も少なからず影響を与えていよう。匂宮は、母である明石中宮から軽々しく忍び歩きをすることを諫められ、[14]「御心につきて思す人あらば、ここに参らせて、例ざまにのどやかにもてなしたまへ」と、召人として扱うよう言われ続けていた（「総角」⑤三〇三頁）。さらに、匂宮の姉宮である女一の宮のもとに参ったときには、女一の宮のもとに出仕している「やむごとなき人の御むすめ」をはじめ「めづらしき人々」に言い寄るなど（「総角」⑤三〇五頁）、外部から参入した女房が日常的に匂宮の興味の対象となっていたのである。たしかに、「今参り」は華やかな外面を持つ者であった。しかし、そのような「今参り」を好む匂宮の色好み性は、王者性と関わる光源氏の色好みとはまったく質を異にするものであったといえよう。[15]

匂宮が浮舟に強く引き寄せられていったのも、浮舟を「今参り」の女房であると認識したことによるものであった。ただし、『源氏物語』および他作品において「今参り」として語られるのは女房や女童であり、浮舟は「今参り」として二条院にやってきたのではなかった。それにもかかわらず、匂宮は浮舟を「今参り」として認識することとなる。なぜそのような誤解が生じたのであろうか。「今参り」ではないにもかかわらず、「今参り」として認識されていく浮舟のあり方についてさらに検討してみたい。

四　「今参り」としての浮舟

「東屋」巻の浮舟との邂逅場面において匂宮が「今参りたるか」と興味を示したのは、そこに「例ならぬ童」が見えたためであった。この女童の存在によって匂宮はその奥に「今参り」の女房がいると判断したのであるが、「例ならぬ童」とはどのような者なのであろうか。

そもそも、二条院に入る前、中将の君と共に常陸介のもとで生活していた浮舟は、「女房など、こなたにめやすきあまたあなる」とされるように、「めやすき」女房にかしずかれた姫君であったが、常陸介の実娘の婚姻にともない、それらの女房は連れて行かれてしまった（「東屋」⑥三七頁）。そのため、浮舟が二条院に移動する折には「乳母、若き人々二三人ばかり」を伴うだけで（「東屋」⑥四一頁）、「例ならぬ童」のような女童を連れていたことは見えない。したがって、匂宮が見た「例ならぬ童」は、もともと浮舟に仕えていた者ではなく、二条院に入った折に中の君から与えられた者であり、匂宮も知らない女童であることをふまえると、「今参り」の女童であったと考えられる。このとき、匂宮は「新参の女童を外で見かけたので、その主人にあたる新参の家柄のよい女房かという推測[16]」をしたと考えてよいだろう。そして、この女童はそのまま浮舟に仕えることになっていたらしい。

灯明うともして物縫ふ人三四人ゐたり。童のをかしげなる、糸をぞよる。これが顔、まづかの灯影に見たまひしそれなり。うちつけ目かとなほ疑はしきに、右近と名のりし若き人もあり。君は腕を枕にて、灯をながめたるまみ、髪のこぼれかかりたる額つきいとあてやかになまめきて、対の御方にいとようおぼえたり。

（「浮舟」⑥一一九〜一二〇頁）

匂宮が宇治を訪れたとき、「をかしげなる」童を見つけるが、その女童は「かの灯影に見たまひしそれ」であると語られ、再び匂宮が浮舟を見出す場面で「例ならぬ童」と同じ女童の存在が見える。このとき浮舟はすでに二条院を離れているものの、中の君から与えられた女童がそのまま浮舟付きの女童として仕えているのであった。

女童もいない浮舟に女童を与えるのは中の君の配慮であったということはできよう。しかし、「今参り」は未だ女房集団に慣れていない内なる部外者であった。中の君がそのような「今参り」を浮舟に与えることは、どのような扱いを意味するのであろうか。

近江の君は、弘徽殿女御に文を送るための使いとして、女房ではなく「今参り」の樋洗童を遣わす（「常夏」③二四九頁）。女御のもとに樋洗童を遣わすこと自体、近江の君の烏滸なる性質を示しているのであるが[17]、近江の君はそうした「今参り」を使わざるを得なかったともいえる。この女童の出自は明らかではないが、近江の君が内大臣の管理下にある状況から推して、内大臣が近江の君に与えた者であると考えてよかろう。女房として出仕する女君に仕える女房や女童の姿は、たとえば、宮の君のもとに薫が訪れた場面に見え、宮の君の周囲には「をかしき宿直姿」の女童が二、三人と、「すこしおとなびたる」女房がいるとされ（「蜻蛉」⑥二七三頁）、女一の宮に出仕してもなお女房や女童を伴う例も確認できる。(18)とはいえ、内大臣も近江の君を弘徽殿女御に出仕させようとしているものの、重々しく扱うつもりはなく、(19)近江の君には女御のもとに遣わすべき者も与えられることはなかったのであろう。

女童は、御簾の外にいて人々にその姿をさらしながら雑用をおこなう者であり、その存在は家を彩り、その主人のあり方を示す。匂宮は新参の「例ならぬ童」を目にしたとき、そこに「今参り」の女房がいると考えた。それは、浮舟が二条院においては「今参り」の女房として処遇されていたということを示しているにほかなるまい。

浮舟をそうした状況に置いたのは中の君である。中の君は、中将の君から依頼を受けたとき、「故宮のさばかりゆるしたまはでやみにし人を、我ひとり残りて、知り語らはんもいとつつまし」（「東屋」⑥三九頁）と、浮舟は父八の宮が生前認知しなかった人であることを気にかけ、浮舟を受け入れるか否かを迷っている。結局は受け入れることに同意したものの、「西の廂の、北に寄りて人げ遠き方」（「東屋」⑥四一頁）に部屋をしつらえて浮舟を人目につかないようにしたうえ、「げに見苦しからでもあらなんと見たまふ」と他人事のような考えを持っており（「東屋」⑥五〇頁）、浮舟に対して積極的に関わろうという意識が見えない。光源氏は、紫の上を二条院に迎えた折に自身の女童を与えていたが、中の君は浮舟に未だ部外者ともいえる「今参り」の女童を与える。中の君は浮舟を自身の妹の姫君というよりは、女房に近い者として扱っているのであった。

もちろん、そうした扱い方は、中の君の心情のみによって生じるものではなかろう。浮舟が薫によって宇治に移された後は、「きたなげなき女房」が「あまた」仕えていたとされるが（「浮舟」⑥一一五頁）、これは薫の特別な配慮によるものであったと考えられる。薫は浮舟が匂宮に連れ出され、女一の宮に仕えさせて他の召人と同じように扱われることを気にかけている（「浮舟」⑥一七五～一七六頁）が、むしろそのような扱いが本来の浮舟の立場なのであり、だからこそ薫は多くの女房を付けることで浮舟の格上げをはかっているのである。一方で中の君は、八の宮の姫宮として社会的に認知されていない浮舟に対して、匂宮の管理下にある二条院の女童や女房たちを思うままに与えることがかなわなかったのである。

匂宮は、浮舟との邂逅場面において「今参りたるか」「今参りの口惜しからぬなめり」「いとおしなべての今参りにはあらざめり」と、「今参り」に類する語を重ねながら浮舟に対する関心を深めていく。「今参り」ということばが女房や女童にのみ用いられていたことをふまえると、匂宮は浮舟を新参の女房であると認識していたのであり、だからこそ強く引き寄せられていったといえる。そうした匂宮の意識は両者の物語の後半に至っても変わることがない。

右近は、よろづに例の言ひ紛らはして、御衣など奉りたり。今日は乱れたる髪すこし梳らせて、濃き衣に紅梅の織物など、あはひをかしく着かへてゐたまへり。侍従も、あやしき褶着たりしを、あざやぎたれば、その裳をとりたまひて、君に着せたまひて、御手水まゐらせたまふ。姫宮にこれを奉りたらば、いみじきものにしたまひてむかし、いとやむごとなき際の人多かれど、かばかりのさましたるは難くやと見たまふ。（「浮舟」⑥一五五頁）

匂宮は、傍線部のように、女房の侍従が付けていた裳をとって浮舟に付けさせ、手水の世話をさせている。これは明らかに浮舟を女房と見ていることを示している。[20]さらに、波線部では女一の宮のもとに浮舟を奉仕させたならば、と考えており、薫が危惧していたような、女房として仕えさせて召人にしようという発想を抱いている。匂宮は物語を通じて浮舟を女房としてしかみていないのである。

「東屋」巻の邂逅場面において、匂宮は浮舟に対して「今参りたるか」と思い、興味を示した。常陸介のもとで、多くの女房たちに囲まれていた浮舟は、たしかに姫君として存在していたのであろう。しかし、その女房たちを奪われ、二条院に移ってきた浮舟は「今参り」の童を与えられるだけの「今参り」の女房でしかなかった。そうした意味において、匂宮の誤解は誤解ではなかったともいえる。異母姉妹である中の君には妹として扱われず、匂宮には一貫して女房としてみられる中で、薫だけが浮舟の格上げをはかろうとしていた。しかし、もともと八の宮の女房であった中将の君の娘という浮舟の出自を考えれば、浮舟は女房を超える立場にはなり得なかったのである。

浮舟が匂宮に「今参り」の女房だと認識されたことで両者の物語が始まっていく。二人が結ばれることがあろうとも、浮舟は匂宮の召人になるほかはない。「東屋」巻の邂逅場面において、二人の物語が男女の物語には発展し得ないことがすでに規定されていたのである。

注

（1）『岷江入楚』（中野幸一編『岷江入楚』（四）源氏物語古註釈叢刊（九）武蔵野書院、三五五頁）、『湖月抄』（『源氏物語湖月抄（下）増注』講談社学術文庫、七一六頁、頭注）、新潮日本古典集成（「東屋」⑦三〇八頁、現代語訳）、日本古典文学全集（「東屋」⑥五三頁、頭注）、新日本古典文学大系（「東屋」⑤一五四頁、脚注）、新編日本古典文学全集（「東屋」⑥六〇頁、頭注）、梅野きみ子他編『源氏物語注釈』（一〇）風間書房、四一八頁）。

（2）佐伯梅友『源氏物語講読』（（下）武蔵野書院、三九〇頁、現代語訳）、玉上琢彌『源氏物語評釈』（（一一）角川書店、三八四頁、現代語訳）、日本古典文学大系（「東屋」⑤一六四頁、頭注）、日本古典文学全集（「東屋」⑥六五三頁、現代語訳）、新編日本古典文学全集（「東屋」⑥六一頁、現代語訳）。

（3）野村精一「源氏物語の人間像Ⅳ宇治大君」『源氏物語の創造　増訂版』桜楓社、一九七五年。
（4）主な先行研究として、大朝雄二「匂宮論のための覚え書き」（『源氏物語の探究』（二）風間書房、一九七六年）、鈴木泰恵「匂宮―負性の内面化とヒーロー喪失―」（今井卓爾他編『源氏物語講座（二）物語を織りなす人々』勉誠社、一九九一年）などがある。
（5）山上義実「匂宮試論―色好みの魅力と限界―」上原作和編『人物で読む『源氏物語』（一八）匂宮・八宮』勉誠出版、二〇〇六年、三〇五頁。
（6）稲賀敬二は、「早蕨」巻までの匂宮は周囲の人々によって「〈好色人〉の虚像を結ばされ」ていたものの、「宿木」巻になると変容し、浮舟物語は「浮気な〈好色人〉匂宮の定着とともに始まる」と論じる（「匂宮―『源氏物語』の人物造型―」『稲賀敬二コレクション（三）『源氏物語』とその享受資料』笠間書院、二〇〇七年）。また、主な先行研究として、仲田庸幸「恋愛と仏道―薫と匂宮―」（『源氏物語の探究』（九）風間書房、一九八四年）、甲斐睦朗「源氏物語の人物把握の一方法―匂宮の人間像を中心に―」（上原作和編『人物で読む『源氏物語』（一八）匂宮・八宮』勉誠出版、二〇〇六年）、長尾美都子「浮舟―薫・匂宮の愛情について―」（『平安文学研究』七三、一九八五年六月）などがある。
（7）新編日本古典文学全集『源氏物語』「浮舟」⑥一六八頁、頭注。
（8）新編日本古典文学全集頭注は「若い殿方にとっては新参の女房は好奇心の対象である」とする（「心にくきもの」三三一頁）。
（9）齋木泰孝は視覚の対象となる女童は主人たる女君の境遇を端的にあらわす者であるとし（「侍女の職能分担（大人、童、下仕など）―円融・花山朝、宇津保・落窪の世界―」『物語文学の方法と注釈』和泉書院、一九九六年）、蟹江希世子は女童が女君および家の権力・経済力や趣味・教養といったすべてを象徴する役割を担うことを指摘する（「平安朝「童」考―物語の方法として―」『古代文学研究（第二次）』六、一九九七年一〇月）。
（10）新編日本古典文学全集『栄花物語』巻第六「かかやく藤壺」①三〇一頁、頭注。
（11）『栄花物語』における威子の入内の折の記事には「童女は、その夜の御車寄するまで選り調へさせたまへるほど推しはかるべし」とあり（巻第十四「あさみどり」②一三七頁）、慎重に女童の選定がなされていたことがうかがえる。

（12）玉鬘が六条院入りの際に女房を集めることについては、山口一樹「玉鬘の物語における女房集め」（『中古文学』一〇三、二〇一九年五月）に詳しい。
（13）「家」における女主人のあり方については、服藤早苗『平安朝の家と女性―北政所の成立―』（平凡社、一九九七年）など。
（14）三村友希は明石中宮の「匂宮に対する〈いさめ〉」について、今上帝や夕霧の思惑を集約し、「母親としての監督権と支配権を最大限に行使」した「自信に満ちた主張であった」とする（「明石中宮の言葉と身体―〈いさめ〉から〈病〉へ―」『姫君たちの源氏物語―二人の紫の上―』翰林書房、二〇〇八年、一六〇〜一六六頁）。
（15）鈴木日出男は、折口信夫のいろごのみ論をふまえつつ「〈いろごのみ〉とは相手の魂に深く作用して、その心を奪いとることのできるもののことである」とする（「〈いろごのみ〉と和歌」『源氏物語虚構論』東京大学出版会、二〇〇三年、二五〇頁）が、「刹那的享楽的な情熱で何ら未来への保証を持たない」とも評される匂宮のあり方（大朝雄二「源氏物語の匂宮―横笛、御法の巻および続篇十三帖―」『国文学』三四―九、一九八九年七月）は、光源氏のそれとは異なっているといえよう。
（16）梅野きみ子他編『源氏物語注釈』（一〇）風間書房、四一八頁。
（17）新編日本古典文学全集頭注は「女御方への使者としては下賤すぎる」と指摘する（「常夏」③二五〇頁）。また、近江の君は研究史においても笑われる女君として位置づけられ、研究史については稲垣智花「近江の君―ある〝愚か者〟の場合―」（今井卓爾他編『源氏物語講座（二）物語を織りなす人々』勉誠社、一九九一年）にまとめられている。
（18）『栄花物語』においては道兼女の出仕の折に「大人十人、童女二人、下仕」を整えたことが記されている（巻第十四「あさみどり」②一四三頁）。
（19）内大臣は「女御の御方などにまじらはせて、さるをこの者にしないてむ」と考えており（「常夏」③二四一頁）、新編日本古典文学全集頭注は「自分の不見識を非難されないために、娘を誰の目にもそれと分る道化者に仕立てよう」としていると指摘する（同上）。
（20）新編日本古典文学全集頭注は「浮舟に褶を着けさせて洗面の介添をさせるのは、召使としての扱い」であるとし、「浮舟の身分も見当がついた」ことを示すと指摘する（「浮舟」⑥一五五頁）。また、諸井彩子は、この記述などをふまえつつ、「匂宮にとって浮舟はあくまで〈召人〉に準ずる女房と同列の存在であった」と述べる（「〈召人〉考」『摂関期女房と文学』青簡舎、二〇一八年、一六〇頁）。

II

主人をかたどる女房

第四章　大輔命婦の人物設定

――「末摘花」巻における造型の意義をめぐって――

一　大輔命婦の登場場面

『源氏物語』「末摘花」巻では、光源氏が末摘花のもとに導かれていく。光源氏を導いたのは大輔命婦という女房であった。大輔命婦は、「末摘花」巻にのみ登場する女房であり、大きな特徴として、両親を含めて、出自が詳細に設定されることがあげられる。

左衛門の乳母とて、大弐のさしつぎに思いたるがむすめ、大輔命婦とて、内裏にさぶらふ、わかむどほりの兵部大輔なるむすめなりけり。いといたう色好める若人にてありけるを、君も召し使ひなどしたまふ。母は筑前守の妻にて下りにければ、父君のもとを里にて行き通ふ。

（「末摘花」①二六六頁）

ここではまず、大輔命婦の両親について語られる。母は左衛門の乳母と呼ばれる光源氏の乳母であり、光源氏が大弐の乳母の「さしつぎ」に思っている人であるとされている。父は、「わかむどほりの兵部大輔」であるが、「末摘花」巻の時点においては、左衛門の乳母と兵部大輔はすでに離縁しており、左衛門の乳母は筑前守の妻となって下っているという。さらに、兵部大輔については次のようにも語られる。

父の大輔の君は、ほかにぞ住みける。ここには時々ぞ通ひける。命婦は、継母のあたりは住みもつかず、姫君の御あたりを睦びて、ここには来るなりけり。（「末摘花」①二六七～二六八頁）

兵部大輔は「ほかにぞ住みける」とあり、すでに左衛門の乳母とは別の女性と関係を持ち、共に住んでいるのであった。その継母になじめない大輔命婦は「姫君の御あたり」を頼って末摘花に奉仕しているのだという。また、大輔命婦自身については、先にあげた箇所で「いといたう色好める若人」であるとされ、内裏に仕える女房でありながらも、光源氏も召し使っていることが語られているのである。

『源氏物語』において、これほどまでに出自が詳細に設定される女房は稀である。今井源衛は大輔命婦を「もっともリアルに内面的な動きを見せる」人物であるとし、大輔命婦の動きが末摘花物語を展開させるものであるとしている(1)。また、末摘花と大輔命婦との関係性については、白方勝が「女房同然の立場であった」としているが(2)、坂本共展は「故常陸宮邸で、命婦は末摘花の女房待遇ではない」とし(3)、陣野英則は末摘花だけでなく光源氏に対しても「擬似的な主人」で「中途半端」な関係にあると論じており(4)、大輔命婦が光源氏と末摘花の両者に対して女房の立場になかったことを指摘するのである。また、大輔命婦と物語展開との関わりについては、西郷信綱や陣野英則は「をこ」物語としての末摘花物語が要請した存在であることを論じており、西郷は大輔命婦を光源氏の「乳兄弟」ととらえ、[5]陣野は「視点人物」としての役割に注目するが、[6]ここで取り上げたいのは、大輔命婦が光源氏の乳母の子としてだけでなく、末摘花ともつながりがあるように描かれ、母左衛門の乳母や父兵部大輔の具体的な官職や現在の状況とともに語られているということである。吉海直人は、大輔命婦は「片や源氏の乳母子、片や末摘花の親類という二重構造」を持つ人物であり、「その複雑な人間関係が物語展開の契機になっている」と述べる。[7]大輔命婦は「末摘花」巻における光源氏と末摘花の物語を展開させるためには欠かせない存在であるが、それゆえに、ほかに類を見ないほど細かな人物設定をされていることには、物語上の意味を読み取るべきであろう。

本章では、大輔命婦の出自について父方と母方の両面からとらえ直し、大輔命婦が「大輔命婦」として詳細な人物設定のもとに造型されることの意義を明らかにしたうえで、「末摘花」巻における末摘花物語をかたどる女房としての大輔命婦のあり方を考察する。

二　左衛門の乳母の位置

まず、大輔命婦の母である左衛門の乳母について考えてみたい。

左衛門の乳母は、光源氏の乳母であるとされるが、『源氏物語』に見える光源氏の乳母としては、左衛門の乳母のほかにもう一人、大弐の乳母がいる。大弐の乳母については、「夕顔」巻で光源氏が見舞いに行く場面が見える（「夕顔」①一三五頁）が、光源氏が最も信頼し、重んじていた乳母であることがさまざまな形で描写されている。たとえば、大弐の乳母の子どもとしては、惟光をはじめ、惟光の兄の阿闍梨、娘とその婿の三河守（「夕顔」①一三七頁）、そして少将命婦の存在が見え（「夕顔」①一七六頁）、とくに惟光は光源氏に腹心の従者として仕える人物であった。また、光源氏は、大弐の乳母の見舞いに訪れたとき、幼い頃から大切に思う人々が離れていった中で、養ってくれる人は多くいたものの、大弐の乳母ほど親しく睦ぶ間柄の人はいなかったのだと言い、「人となりて後は、限りあれば、朝夕にしもえ見たてまつらず、心のままにとぶらひ参づることはなけれど、なほ久しう対面せぬ時は心細くおぼゆる」と、大弐の乳母に対する信頼や、格別に心を寄せる人であることを切々と語るのである（「夕顔」①一三九頁）。こうして光源氏と心を交わす大弐の乳母を見た子どもたちは、「おしなべたらぬ人の御宿世ぞかし」と、光源氏の乳母となったことの宿縁のすばらしさを感じるのであり（「夕顔」①一三九頁）、藤本勝義[8]や古田正幸[9]が論じるように、光源氏と大弐の乳母一族との関係が良好で、極めて親密な関係であることがうかがえる。

一方で、左衛門の乳母については、「末摘花」巻においてその存在が記されるだけであり、大弐の乳母ほどの詳しい描写は見えない。さらに言えば、大弐の乳母が光源氏本人と相対する場面が描かれるのに対して、左衛門の乳母は、すでに光源氏のもとを離れた人物として造型されるのである。

乳母に関しては、とくに親王や皇孫など、皇族に付けられる乳母について『律令』の「後宮職員令」において次のように規定されている。

凡親王及子者。皆給二乳母一。親王三人。子二人。所レ養子年十三以上。雖二乳母身死一。不レ得二更立替一。

（日本思想大系『律令』「後宮職員令　親王及子乳母条」岩波書店、二〇二頁）

この規定によれば、親王には三人、皇孫には二人の乳母が付けられることが定められ、親王や皇孫が十三歳以上になった場合には、乳母が没しても補充しないとされている。つまり、養君がある一定の年齢に達した後は、乳母は必要な存在ではなくなるのであり、とくに男君の乳母については、成長にともなってそばを離れることが多いと指摘されている。[10]こうしたことをふまえれば、左衛門の乳母が筑前守の妻となって光源氏のもとを離れたのがいつであるかは判然としないものの、光源氏が元服し、成長した後のことであれば、全く問題はなかったと考えられるのである。

しかしながら、吉海直人は、左衛門の乳母が筑前守の妻としてすでに下っていることについて、養君が成人した後の乳母の行動は自由だとしつつも、「乳母の論理からすれば、やはり離反は養君に対する裏切り行為とみることができる」と述べ、光源氏から見ても、左衛門の乳母には大弐の乳母ほどの愛着はなかったことを論じている。[11]このことは、左衛門の乳母が「大弐のさしつぎ」と語られる（「末摘花」①二六六頁）こととも関連しているであろう。「さしつぎ」については、二番手以降を指す語であるととらえられ、「一番との差は歴然としており、決して一番を脅かすような存在ではなさそう」であるともされ、マイナス評価が含まれた語であると論じられている。[12]光源氏の言動から考えても、左衛門の乳母は大弐の乳母ほどの重んじられ方ではなかったことがうかがえるが、それでも、一度は光源氏の乳母として選ばれた女房であり、その選定には、父である桐壺帝の意向も反映されていたであろう。

そもそも乳母は、典侍との強い関わりが指摘される女房でもあり、親王の乳母として仕えた女房は、養君が即位する折には典侍に任ぜられる例が多く見えることが多くの論考によってすでに指摘されている。[13]角田文衞は、「天皇は最も信頼のおける乳母を典侍に抜擢し、功績によって三位に叙し」たと論じており、[14]平安時代に見える天皇の乳母たちの多くは、養君が成長した後には後宮の中枢を担う女房として活躍する人々だったのである。しかしながら、「末摘花」巻で大輔命婦が登場する折には、左衛門の乳母はすでに筑前守の妻として下っていることが語られている。光源氏はすでに臣籍に降下しており、大弐の乳母が尼として生涯を終えようとしている描写を見ても、光源氏の乳母たちが後宮で重んじられる可能性はすでになくなっていたと考えられよう。

左衛門の乳母と同じように、受領の妻として下る乳母の例としては、『枕草子』における「御乳母の大輔の命婦、日向へくだるに」の章段が思いおこされよう。そこでは、定子の「御乳母の大輔の命婦」が夫と共に日向に下ることになったことが語られ、別れるとき、扇に定子自身の手で歌を書いて贈り物としている（「御乳母の大輔の命婦、日向へくだるに」三五九頁）。その歌は「あかねさす日に向ひても思ひ出でよ都は晴れぬながめすらむと」と詠まれ、「日に向ひて」に日向をかけ、「ながめ」に長雨と物思いの意味を響かせたものであり、定子が受領の妻となって下る自らの乳母との別れを惜しみ、主従が心を交わす場面として描かれているのである。また、『源氏物語』においても、匂宮の乳母が下る例もある。

「絵師どもなども、御随身どもの中にある、睦ましき殿人などを選りて、さすがにわざとなむせさせたまふ」と申すに、いとど思し騒ぎて、わが御乳母の遠き受領の妻にて下る家、下つ方にあるを、「いと忍びたる人、しばし隠いたらむ」と語らひたまひければ、いかなる人にかはと思へど、大事と思したるにかたじけなければ、「さらば」と聞こえけり。これを設けたまひて、すこし御心のどめたまふ。この月の晦日方に下るべければ、やがてその日渡さむと思し構ふ。「かくなむ思ふ。ゆめゆめ」と言ひやりたまひつつ、おはしまさんことはいとわりなくある中にも、ここにも、乳母のいとさかしければ、難かるべきよしを聞こゆ。

（「浮舟」⑥一六二〜一六三頁）

匂宮は、浮舟を引き取ろうとする薫の計画を聞きつけ、その前に自分が奪ってしまおうと考える。そのときに隠す場所として選ぶのが、受領の妻となった乳母の家であった。この乳母の夫は、三月末頃には下る予定であるとし、ここでも、匂宮という皇族の男君の乳母が受領の妻となって下ることが見えるのである。『枕草子』の「御乳母の大輔の命婦」は下向する折に定子が別れを惜しむ様子が描かれるが、光源氏や匂宮の場合にはそうした描写はなく、むしろ乳母が下るという事柄だけが書かれているような印象を受ける。こうした差は、すでに指摘されているように、養君が男性か女性かによって乳母との距離感に違いが生じることとも関わると考えられるが、皇族の乳母として処遇されていた女房であっても、養君が成人した後にはその役目を終え、受領の妻として遠国へ下るのは、稀なことではなかったといえよう。また、乳母ではなくとも、『落窪物語』においてあこぎの叔母が「宮仕しけるが、今は和泉守の妻にてゐたりける」人であると語られる（巻之一、五〇頁）ほか、『源氏物語』でも浮舟の母である中将の君が八の宮のもとを離れた後、「陸奥国の守の妻」となり、後にはその夫が「常陸になりて下りはべりける」とされる（「宿木」⑤四六〇頁）ように、宮中の女房や皇族の女房として出仕していた女性が受領の妻となって下る例は見える。

こうした例をふまえると、「末摘花」巻において、光源氏の乳母であった左衛門の乳母が役目を終えた後に下るという設定についても、自らの身を保つための一般的な事柄としてみられていたことの反映と考えられるのである。さらに、浮舟の母である中将の君がその出自の高さを指摘される[15]一方で八の宮の邸を離れたように、こうした女性たちは、もとは皇族や上流貴族たちに仕え、政権の中枢とのつながりを期待された人々でもありながら、受領の妻となって都から離れていく存在として描かれているのであった。

三　兵部大輔の位相

一方で、大輔命婦の父は「わかむどほりの兵部大輔」であると記されている。

兵部大輔は兵部省の官人である。兵部省は「内外武官についての考選・補任などの人事、全国の兵士・兵器の管理、また城隍・烽火などの軍事施設の管理」を担うほか、「兵士の差発にも関与し、武事関係の年中行事にも携わるなど、兵政全般」にわたって掌る役所であった。(16)『律令』の「職員令」によれば、卿一人、大輔一人、少輔一人、大丞一人、少丞二人、大録一人、少録三人、史生十人、省掌二人、使部六十人、直丁四人が配され、(17)兵部大輔の官位は「正五位下」であった。(18)『官職秘抄』では八省の卿について「已上必以二親王一任レ之」と親王が任ぜられるとするが、誤りであるとの指摘も併せて記され、『職原抄』では次官である大輔について「民部、治部、兵部名家執レ之」と名家の人々が任ぜられるものであったことが記される。(19)兵部卿と兵部大輔は「古来の武門大伴・佐伯両氏のみならず、藤原氏をはじめ有力貴族の競望」する地位であるとされ、(20)森田悌によれば、「軍政の要に当たり本来は重要な官司であったが、やがて実質的権限が太政官へ集中するようになり、平安期に入ると形骸化の傾向を強くし」たことで兵部卿は名誉職化し、「兵部大少輔も地下諸大夫でなく名家出身の者が多く任用された」という。(21)

兵部卿と兵部大輔については、渡邉由紀が延喜元年（九〇一）から治安元年（一〇二一）までの間に任ぜられた人物をまとめているが、(22)あらためて新訂増補国史大系『公卿補任』（吉川弘文館）と本多伊平編『平安時代補任及び女人綜覧』（笠間書院、一九九二年）を参照し、大日本史料総合データベース・古記録フルテキストデータベース（東京大学史料編纂所）を使用した古記録類に関する調査の結果も合わせて、【兵部大輔補任表】としてまとめた。

【兵部大輔補任表】

※以下の表は、醍醐朝から一条朝までに見える兵部大輔をまとめたものである。

※作成にあたっては、新訂増補国史大系『公卿補任』（吉川弘文館）、本多伊平編『平安時代補任及び女人綜覧』（笠間書院、一九九二年）、『平安時代史事典』（角川書店、一九九四年）、大日本史料総合データベース・古記録フルテキストデータベース（東京大学史料編纂所）を参照した。

	人名	出自	任官および在任年月日	出典・備考
①	源宗于	光孝天皇孫 是忠親王男	延喜五年（九〇五）正月十一日	『三十六人歌仙人伝』
②	源嗣	嵯峨天皇孫 源融男	延喜十一年（九一一）六月十五日条に見える	『伏見宮御記』。『尊卑分脈』には、「副」という名で載り、「従四下兵部大輔、母、或嗣云々」とある。
③	源清平	光孝天皇孫 是忠親王男	延喜二十三年（九二三）正月十二日	『公卿補任』
④	忠望王	光孝天皇孫 是忠親王男	延長八年（九三〇）二月十二日条に見える	『西宮記』
⑤	由道王（源由道）	仁明天皇孫 本康親王男	承平六年（九三六）四月七日～天慶六年（九四三）十二月二十四日条に見える	『九条殿記』（承平六年（九三六）四月七日条・天慶二年（九三九）六月二十九日条）および『本朝世紀』（天慶元年（九三八）十一月十日条・天慶五年（九四二）四月七日条）には「由道王」とあり、『日本紀竟宴和歌』（天慶六年（九四三）十二月二十四日条）には「源朝臣由道」とある。
⑥	藤原兼家	藤原師輔男	応和二年（九六二）五月十六日	『公卿補任』
	藤原忠輔	藤原国光男	天元三年（九八〇）六月一日条に見える	『御産部類記』には「兵部大輔藤原忠輔」とある（天元三年（九八〇）六月一日条）が、『公卿補任』で確認できるのは兵部少輔（天延四年（九七六）六月十六日）と兵部卿（寛弘五年（一〇〇八）十月三十日）のみであり、兵部大輔に任官されたことは見えない。
⑦	藤原実成	藤原公季男	長徳元年（九九五）正月十三日	『公卿補任』
⑧	藤原兼隆	藤原道兼男	長保三年（一〇〇一）正月二十四日	『公卿補任』

『源氏物語』が背景とする時代における兵部大輔の任官状況をとらえるために、醍醐朝から一条朝に限って掲出したが、当該の期間における兵部大輔としては、八名を確認することができた。[23] 兵部大輔は名家出身の者が任ぜられることが多いとされる官職であったが、①源宗于から⑤由道王までは天皇の孫にあたる人物たちであり、親王の子も多く見える。また、その中でも①源宗于や③源清平は、源氏姓を賜って臣籍降下し、国守を歴任した後に正四位下まで至ってはいるものの、皇族としての立場を維持できずに皇籍を離れた者が任ぜられるという様相が見える。一方で、⑥藤原兼家、⑦藤原実成、⑧藤原兼隆は後に政治の中枢で活躍する人々である。⑥藤原兼家は道隆・道兼・道長らの父であり、摂政・関白として政務の実権を握る地位まで上り詰め、⑦藤原実成や⑧藤原兼隆も正二位に至る。この三名のその後の出世の様相を見れば、兵部大輔は出世の過程で若い頃に任ぜられる官職のひとつともとらえられるが、兵部大輔に任ぜられたときの心象を考えるうえで注目したいのが『蜻蛉日記』における兼家に関する次の記事である。

……少納言の年経て、四つの品になりぬれば、殿上もおりて、司召に、いとねぢけたるものの大輔などいはれぬれば、世の中をいとうとましげにて、ここかしこ通ふよりほかのありきなどもなければ、いとのどかにて二三日などあり。

（上巻、応和二年五月、一二二頁）

兼家は兵部大輔に任ぜられた後、「世の中をいとうとましげ」に思い、他の所に出て行くこともせず、道綱母のもとにばかりいるという。「いとねぢけたるものの大輔」については、「出世コースでないポストだからであろう」とされ、[24] 高橋照美は応和二年（九六二）頃の兼家の任官について、有名無実化していた閑職ばかりに任ぜられていることを指摘する。[25]『大鏡』兼通伝では「この殿たちの兄弟の御仲、年頃の官位の劣り優りのほどに、御仲悪しくて過ぎさせたまひし」と記され（三二四頁）、兼通の息子たちの間でも出世に差がついていることから、兄弟仲を悪化させることにつながっていることが語られるほどであり、『蜻蛉日記』で道綱母が兵部大輔を「かの心もゆかぬ官」と評すように（上巻、応和二年五月、一二二頁）、兼家にしてみれば、兵部大輔に任ぜられることは不本意でしかなかったのであろう。さらに、兵部大輔からの出世については、『うつほ物語』において、正頼の五男である源顕澄の昇格が「右衛門督に兵部大輔、「いと難くなり給へり」と、世に言ふ」と記され（「国譲・下」七六三頁）、兵部大輔から右衛門督への昇格については難しいことであったとされている。平安時代の兵部大輔を見ても、⑦藤原実成が右衛門督に任ぜられた例はあるが、それは寛仁元年（一〇一七）のことであり（『公卿補任』）、長徳元年（九九五）の兵部大輔任官から二十二年が経った後のことであった。しかしながら、そもそも右衛門督に任ぜられることについては、竹内正彦が「出世という観点からすれば華々しい栄達の道を歩んでいるというよりは、やや停滞しているといった印象を与えるものであった」と指摘するように[26]、まさに不遇の官職だったのである。

また、兵部大輔の人物像について秋山虔他「蜻蛉日記注解」は「世間的な通念として、兵部省の大輔・少輔などは、その職柄からいっても、固陋で不粋な人物を連想しやすかった」と指摘し、『落窪物語』に見える面白の駒が兵部少輔であったことも「同じ感覚に基づく」例としてあげている[27]。史上の兵部大輔については、渡邉由紀が⑦藤原実成は長元九年（一〇三六）に太宰府の曲水宴において闘乱事件をおこし（『公卿補任』）、⑧藤原兼隆は厩舎人を殺害させる（『小右記』長和二年（一〇一三）八月一日条）などしていることから、兵部大輔に対して良い印象を抱くことは難しく、「風変わりで癖のある人物」が任ぜられる兵部省自体に「変わり者の集う役所」という印象が生じたと論じている[28]。兵部大輔はこうした印象を抱く官職だったからこそ、『蜻蛉日記』では「いとねぢけたるものの大輔」と記されたのであり、兼家が兵部大輔に任ぜられた後の態度がそれを如実にあらわしている。

以上のことをふまえてみると、兵部大輔に任ぜられることは、天皇や親王の血筋であっても皇籍に残ることはできない人々が担う官職という印象を与え、一方で、政治を担う官僚の道を進む人々にとっても不遇の地位であったといえる。また、「兵部大輔」という官職につく人の人物像としては、風流人を思わせることもありつつ、変わり者で、好ましくない官職という印象すら抱かせる役職であった。

四　『源氏物語』における「兵部」

『源氏物語』に見える兵部大輔については、池田亀鑑編『源氏物語事典』の「作中人物解説」であげられているのは大輔命婦の父一人であるが、兵部卿宮の項には、紫の上の父である式部卿宮、光源氏の弟宮である蛍兵部卿宮、今上帝の皇子で光源氏の孫にあたる匂宮の三人があげられている。[29] 史上の兵部卿については、延喜元年（九〇一）から寛仁五年（一〇二一）までの間に任ぜられた兵部卿一八名について、「風流人と呼べる人物」が多かったことに加えて、「閑職であるがゆえに政治に院不遇な立場の人物が、兵部卿に追いやられた場合もあった」とする指摘もあるが、[30]『源氏物語』に見える兵部卿はどのような人物と位置づけられるのであろうか。「賢木」巻には次のような描写がある。

兵部卿宮も常に渡りたまひつつ、御遊びなどもをかしうおはする宮なれば、いまめかしき御あはひどもなり。
（「賢木」②一四三頁）

政治の実権が右大臣方に移った後、憂悶を深める光源氏のもとに三位中将（もとの頭中将）や多くの君達が集まり、管絃の遊びや懸物をする様子が描かれる中で、「兵部卿宮」も常に参ることが語られ、この宮は管絃の遊びを得意とする人であるという。この「兵部卿宮」が誰のことを指すのかは諸説あるとされるものの[31]、兵部卿という立場にある人が管絃の遊びに親しむ人物として語られることは注目されよう。以下、『源氏物語』に見える三人の兵部卿宮について その人物像を検討してみたい。

紫の上の父である式部卿宮に関しては、池田亀鑑編『源氏物語事典』の「作中人物解説」では式部卿宮として詳細な人物解説がなされているが[32]、この人物は、兵部卿宮として物語に登場する。「桐壺」巻において、藤壺の入内を躊躇っていた母后が亡くなった後、「さぶらふ人々、御後見たち、御兄弟の兵部卿の親王など、かく心細くておはしまさむよりは、内裏住みせさせたまひて、御心も慰むべく」として、藤壺の入内を決める（「桐壺」①四二頁）。また、「若紫」巻では、かつて按察大納言の娘である故姫君のもとに通い、紫の上をもうけていたことが語られる（「若紫」①二一三頁）が、「須磨」「澪標」の両巻では、光源氏と冷えた関係にあった。「少女」巻に至って式部卿となり、「この御時にはましてやむごとなき御おぼえにておはする」と冷泉帝の信頼が厚く、娘を入内させている（「少女」③三一頁）。この兵部卿宮（式部卿宮）については、今井源衛が実在の式部卿宮為平親王がその源泉になっていることを指摘しており、その理由として、先帝の最上席の皇子でありながら帝位につかなかったことや、後に式部卿宮として世の重鎮となったこと、そして娘を女御として入内させたことをあげている[33]。この指摘に関しては批判的な見方も多く、他の親王との関わりを指摘する論が出されているものの[34]、星山健は、とくに「真木柱」巻に見える式部卿宮について、為平親王像の投影がなされていることを認め、式部卿宮に「〃不運の式部卿宮〃為平親王の面影」を付与するために重ね合わされたと論じている[35]。

一方で、蛍兵部卿宮については、「帝位から見放され」た宮であるとの位置づけもなされるものの[36]、人物像に関する描写にも注目されてきた。蛍宮は、帥宮の頃から「いとよしありておはする」人として描かれて冷泉院御前の絵合の判者を務め（「絵合」②三八六頁）、音楽・絵画・書道などに秀でた人物であるとされる（「絵合」②三九〇頁）。兵部卿になった後も朱雀院行幸では琵琶を弾き（「少女」③七三頁）、六条院春の町の船楽では「青柳折り返しおもしろくうたひたまふ」と催馬楽を謡う（「胡蝶」③一六九頁）ように、風流人として描写されるのである。また、白井たつ子が「光源氏の中年期の「すき」を補完する」役割を担うものであったと論じるが、[37]蛍宮と玉鬘や女三の宮との関わりの中においては、「あだ」なる側面も見出されるようになる。光源氏が玉鬘に対して蛍宮について話す際には、北の方に先立たれた後に独り身となっている蛍宮について、「人柄いといたうあだめいて」と浮気がちな気質であることを語り、通い所も多く、召人などの女性たちも多く仕えているのだと言う（「胡蝶」③一八〇〜一八一頁）。さらに、「若菜上」巻では、玉鬘への求婚が失敗に終わった後、女性たちを選り好みしていたものの、女三の宮の婿選びに際しては「いかがは御心の動かざらむ、限りなく思し焦られたり」と、心を動かす様子が語られるのである（「若菜上」④三七頁）。こうした蛍宮の描写について、阿部好臣は、求婚の場において「蛍宮の滑稽人としての姿が浮上してくる」ことを指摘し、女三の宮の求婚譚では「玉鬘の一件に比べ一段と滑稽人としての有り方を明確にしている」と述べる。[38]

「あだ」なる気質を持った兵部卿と造型される人物としては、第三部に登場する匂宮もあげられよう。匂宮は、今上帝と明石中宮との間の三の宮であり、「総角」巻では「筋ことに思ひきこえたまへる」と次の東宮にする意向がほのめかされる立場でもあった（「総角」⑤三〇三頁）。そのために、母の明石中宮からは「世の中にすいたまへる御名のやうやう聞こゆる、なほいとあしきことなり」と軽々しい忍び歩きを諌められ（「総角」⑤二七六頁）、「御心につきて思す人あらば、ここに参らせて、例ざまにのどやかにもてなしたまへ」と気に入った女性は召人にして仕えさせることを勧められることもあった（「総角」⑤三〇三頁）。そうした匂宮の「あだなる御本性」（「浮舟」⑥一〇八頁）について、久下裕利は、風流な「御あそびなどもをかしうおはする宮」なる兵部卿像を打破し、一転して色好み性を強くまとう存在ととらえつつ、「兵部卿宮の歴代のイメージからすれば、むしろこちらの方が妥当」であると述べる。(39)

以上のように、『源氏物語』に登場する三人の兵部卿宮は、兵部卿であった頃の紫の上の父式部卿宮や蛍宮のように親王としてみれば不遇な立場に置かれ、帝位からは遠い人物として造型されている一方、その気質については、風流な人であるうえに好色性を有し、滑稽な姿を見せる人物でもあった。こうした兵部卿像は、同じく兵部省の官人である兵部大輔にも通じるところがあろう。「末摘花」巻に見える兵部大輔は、左衛門の乳母と別れた後、新しい妻のもとに住み、常陸宮邸には時々通うだけであることが語られているのであり、移り気な色好み性もほのめかされている。そこに不遇な立場で風変わりな人物が多いという兵部大輔像を重ねてみると、「わかむどほりの兵部大輔」という描写がされたことだけで、その人物像を推し量るには十分だったのである。

五　左衛門の乳母と兵部大輔の女としての大輔命婦

ここであらためて大輔命婦の人物設定について考えてみたい。大輔命婦は、「いといたう色好める若人」であり、光源氏も召し使う女房であるとされていた（「末摘花」①二六六頁）。命婦は、宮中に仕える上級の女房であるものの、特定の職掌はなく、『源氏物語』に見える命婦たちも、それぞれが固有の役割を持って出仕している。(40)大輔命婦については、宮中において、「御梳櫛」に奉仕する女房として光源氏も召すことがあり（「末摘花」①二九八頁）、台盤所にいる様子も見える（「末摘花」①三〇一頁）。こうした出仕は、大輔命婦の母左衛門の乳母が光源氏の乳母として仕えたこととの関わりが考えられる。

養君が成長して役目を終え、後宮での厚遇が期待できない乳母が受領の妻となって下る例が見えることはすでに述べたが、受領の妻として下ることについては、末摘花の叔母に関する描写の中で「世におちぶれて受領の北の方になりたまへるありけり」と記されている（「蓬生」②三三二頁）ように、零落した身の上であることを示すものととらえられていたのであり、叔母は「おのれをばおとしめたまひて、面ぶせに思したりしかば」と末摘花の母に蔑まれたことを恨み、そのような姉妹がいるのは不名誉なことだったのだろうと推し量っている（「蓬生」②三三二頁）。一方で、『枕草子』「位こそなほめでたきものはあれ」の章段には次のようにある。

女こそなほわろけれ。内わたりに、御乳母は、内侍のすけ、三位などになりぬれば、重々しけれど、さりとてほどより過ぎ、何ばかりの事かはある。またおほやうはある。受領の北の方にて国へくだるをこそは、よろしき人のさいはひの際と思ひてめでうらやむめれ。

（「位こそなほめでたきものはあれ」三一六頁）

帝の御乳母は典侍や三位などになると重々しいものの、大方の女性がそうなれるわけでもなく、それに比べると、受領の北の方になって任国に下ることは、普通の身分の女性にとっては「さいはひの際」と羨むものであるとされている。大輔命婦の母左衛門の乳母は、光源氏の乳母として典侍になることが期待された人ではあったものの、「末摘花」巻の時点では筑前守の妻となって下っている。吉海直人は、これが光源氏による乳母に対する報奨行為の可能性を示唆するが、(41)左衛門の乳母が乳母としての役目を終えた後、次なる「さいはひ」を得たことは、光源氏の存在と無関係ではあるまい。それと同じように、大輔命婦自身が宮中に命婦として出仕することについては、光源氏の口利きによるものであるとする指摘があり、(42)大輔命婦のみならず、大弐の乳母の娘も少将命婦として出仕していることから、光源氏による後押しがあったことはうかがえる。[43] とはいえ、大輔命婦と光源氏は、乳母の子と養君として幼い頃から共に過ごしてきたことが推察されるが、「懸想だつ筋なく心やすきものの、さすがにのたまひ戯れなどして、使ひ馴らす」と記され（「末摘花」①二九八頁）、戯れ合うなどの親しさをうかがわせるものの、性的な関係を結ぶような間柄ではなかったとされる。

しかしながら、大輔命婦の気質としては「いといたう色好める若人」のほかにも、末摘花のもとから他の女性のところに行こうとする光源氏をからかう折には「これをあだあだしきふるまひと言はば、女のありさま苦しからむ」と言って大輔命婦を浮気な女として扱い（「末摘花」①二七〇頁）、父に黙って光源氏を末摘花と対面させることを決めたときには「あだめきたるはやり心」を持つ人として造型されている（「末摘花」①二七九頁）。こうした好色性は、兵部大輔である父の造型に通じるところがある。

大輔命婦の父、兵部大輔について本居宣長は『源氏物語玉の小櫛』において、「常陸親王の御子にて、末摘花君の御せうとの如く聞えたり」といい、兵部大輔は末摘花ときょうだいで、常陸宮の子であると指摘している。[44] その根拠として、兵部大輔が新しい妻と再婚して他の所に住んでいるという記述をあげ、わざわざ他の所に住んでいると書くからには、本来はきょうだいとして常陸宮邸に住むべきであるのにという意味が含まれていると述べる。一方で、その先の記述においては、「蓬生」巻に至って末摘花のもとに通ってくるのは「御兄弟の禅師の君」だけで、兵部大輔に関する記述がいっさい見えない（「蓬生」②三二九頁）ことから、「御せうとのやうにも聞え」ないとし、「これかれまぎらはしき事也」とまとめている。

こうした兵部大輔と常陸宮の関係性については、先行研究でさまざまに指摘されている。萩原廣道[45]や玉上琢彌[46]、新潮日本古典集成[47]は本居宣長の指摘に従って、兵部大輔は末摘花のきょうだいであるととらえている。一方、坂本共展は、大輔命婦は常陸宮の北の方（末摘花の母）や大弐の北の方（末摘花の叔母）ときょうだいであるとし、常陸宮は後に出て来る斎院（末摘花の乳母子、侍従が仕えている）ときょうだいで、この二人は一院の子ども、つまり桐壺帝のきょうだいであるとする。(48) また、吉海直人は兵部大輔が末摘花のきょうだいであることを想定しつつ、親王の子であればわざわざ「わかむどほり」であると記す必要はなく、もし末摘花ときょうだいであったとしても、母親が異なる異母きょうだいで兵部大輔は劣り腹の子ではないかと論じる。(49) このように、先行研究では、兵部大輔と常陸宮がきょうだいであるか否かに関する諸説が見えるが、いずれも物語には書かれておらず、確かな記述を見ることができないことから、新編日本古典文学全集をはじめとする注釈書では、末摘花の親類という程度の指摘にとどまっている。(50)

しかしながら、兵部大輔が「わかむどほり」であると語られ、皇統に連なる血筋の人物であるとされることは、兵部大輔と常陸宮や末摘花との関係性の深さを示すことにつながっている。「わかむどほり」は「斜陽族に対する一種の軽い軽侮をこめた言葉」であるとする指摘もあり、(51) かえって皇族の中では格下の人物であるという印象を強める語でもあった。そうした兵部大輔の位置づけは、「常陸宮」の立場とも関わっていよう。「常陸」については揶揄の対象となることが指摘されてきたが、常陸国に任官した人物については、松田豊子が常陸宮のみならず常陸介についても、「中枢勢力をもった公卿が任官する国ではなく」、「上席の常陸太守でさえ政治権力がなかった」と述べるように、(52) 常陸国は、政権の中枢からは外れた人物が任ぜられる場所であった。つまり、常陸宮と兵部大輔は、皇族でありながらも、宮としては不遇な立場に置かれた人物として共通した人物設定となっているのである。

このように大輔命婦は、光源氏と強いつながりを持つ母と、常陸宮家と強いつながりを持つ父との間の娘として設定されている。光源氏の乳母の娘であることに加えて、宮中への出仕が語られることで、光源氏を後ろ盾とする女房としてのあり方が示される。そして、兵部大輔の娘とされることで、不遇な「わかむどほり」の血筋にあり、さらに、色好み性を持つ女房であることが印象づけられているといえよう。すでに下った光源氏の乳母を母に持ち、兵部大輔を父に持つという人物設定は、大輔命婦が宮中で、あるいは常陸宮邸で置かれた立場を明確に示し、この後に登場する女君の物語の展開を予測させるものとして機能しているのである。とはいえ、大輔命婦は末摘花と光源氏の両方と関係を持ちつつも、直接的な主従関係を結ばない。末摘花と光源氏の双方とある程度の距離を保った形で、物語を展開させる役割を担うのである。

六　末摘花物語における大輔命婦

光源氏が末摘花の存在を知ったのは大輔命婦が伝えたことがきっかけであった。

故常陸の親王の末にまうけていみじうかなしうかしづきたまひし御むすめ、心細くて残りゐたるを、もののついでに語りきこえければ、「あはれのことや」とて、御心とどめて問ひ聞きたまふ。

（「末摘花」①二六六〜二六七頁）

大輔命婦は、亡き常陸宮が晩年にもうけて大切に養育してきた娘の心細い窮状を語る。この時点において光源氏が得た末摘花に関する情報は、没落した宮家の姫君ということであり、皇統に連なる女君の話であったからこそ、「あはれのことや」と心を寄せて興味を持つのである。それに対して大輔命婦は、「深き方はえ知りはべらず」と言って、詳しいことは知らないのだと断ったうえで末摘花について話し始めるのであるが（「末摘花」①二六七頁）、兵部大輔と常陸宮の関係と、大輔命婦が「姫君の御あたりを睦びて」通う（「末摘花」①二六八頁）ことをふまえれば、よく知らないということはなかったと考えられよう。大輔命婦は、末摘花の烏滸なる側面を光源氏に伝えることなく、宮家の女性としての幻想を抱かせたまま、光源氏を末摘花のもとへ導くのである。

しかしながら、大輔命婦は光源氏の手引きをすることに対して「わづらはし」という思いを抱き（「末摘花」①二六七頁）、一度は光源氏を導いて末摘花の琴を聞かせる（「末摘花」①二六八〜二七一頁）ものの、その後はなかなか積極的な動きを見せない。度重なる光源氏の催促によってようやく物越しの対面を決めたときにも、「御心につかずはさてもやみねかし、またさるべきにて、仮にもおはし通はむを咎めたまふべき人なし」などと思い（「末摘花」①二七九頁）、手引きした後に光源氏が気に入らなくても、一時的に通うようになったとしても、どちらでもよいと考える。光源氏を導くときに至っても、「わが常に責められたてまつる罪避りごとに、心苦しき人の御もの思ひや出で来むなど、やすからず思ひゐたり」と考え（「末摘花」①二八二頁）、責任逃れのために光源氏を導いたものの、かえって姫君がかわいそうなことになるのではないかと案じるのであった。こうした命婦の心情からは、末摘花の行く末を心配しつつも、何とかして光源氏とのつながりを維持しようとする積極的な考えは見えず、両者に対して一歩引いた考えを抱いていることこそが大輔命婦の立場を示しているといえよう。大輔命婦は、末摘花に寄り添い続けるのでもなく、光源氏の意のままに動くのでもない、男女の恋愛の仲立ちとなる女房としては特異な存在であった。

大輔命婦が光源氏を末摘花のもとへ導き、光源氏から末摘花に歌を詠みかけた後には、大輔命婦ではなく、末摘花の乳母子である侍従が代わりに歌を返している。侍従は「はやりかなる若人」であるとされるが、「いと心もとなうかたはらいたし」と末摘花をいたわり、末摘花を助けるためのふるまいを見せるのである（「末摘花」①二八三頁）。こうした行動と心情は大輔命婦とは異なるものであり、末摘花の女房としての侍従のあり方が示されていよう。光源氏が末摘花のもとに忍び入ることになっても、大輔命婦は「知らず顔にてわが方へ往にけり」と素知らぬ顔をして自らの局に下がる様子が描かれ（「末摘花」①二八四頁）、手引きのみを自らの役割と心得ているようですらある。この後、大輔命婦は、末摘花からの正月の装束の贈り物を光源氏に届け、その返事の文を託されたり（「末摘花」①二九八～三〇二頁）、光源氏が末摘花に送る正月の装束を届けたりはする（「末摘花」①三〇二頁）ものの、光源氏自身を末摘花のもとに導くことはなくなるのであった。

光源氏の乳母の娘であり、宮中に出仕する命婦でもあり、また、常陸宮邸に出入りする「わかむどほり」の兵部大輔の娘であるという大輔命婦の設定は、光源氏と末摘花の物語を展開させるうえではこのうえない立場の人物として造型されている。帝の皇子として生まれて臣籍降下した光源氏と、常陸宮の娘として没落した宮家の窮状の中に置かれた女君をつなぐためには、「わかむどほり」という両者に共通する出自を持つ女房が必要とされたのであろう。しかしながら、大輔命婦は光源氏と末摘花のどちらにも寄り添うことはなく、その役割を終えた後、物語から退場するのであった。

注

（1）今井源衛「末摘花の造型」『今井源衛著作集（二）源氏物語登場人物論』笠間書院、二〇〇四年、一一二頁。
（2）白方勝「末摘花巻の構造―大輔の命婦を視点にして―」『源氏こぼれ草』二七、一九九三年五月。
（3）坂本共展「源氏と末摘花」森一郎編『源氏物語作中人物論集』勉誠社、一九九三年、二一九頁。
（4）陣野英則「女房の話声とその機能―「末摘花」巻の大輔命婦の場合―」『源氏物語の話声と表現世界』勉誠出版、二〇〇四年、九七頁。
（5）西郷信綱「色好みの遍歴」『西郷信綱著作集（七）文学史と文学理論』所収『源氏物語を読むために』平凡社、二〇一一年、二九九頁。
(6) 陣野英則「女房の話声とその機能――「末摘花」巻の大輔命婦の場合――」『源氏物語の話声と表現世界』勉誠出版、二〇〇四年、一〇七頁。
(7) 吉海直人「親類の女房」『源氏物語の新考察――人物と表現の虚実――』おうふう、二〇〇三年、二六四頁。
(8) 藤本勝義「明石姫君の乳母と夕顔の乳母」『源氏物語の想像力――史実と虚構――』笠間書院、一九九四年。
(9) 古田正幸『『源氏物語』における乳母一族の系譜――大弐の乳母、惟光、藤典侍から六の君へ――』『平安物語における侍女の研究』笠間書院、二〇一四年。
(10) 吉海直人「乳母の歴史的展開」『平安朝の乳母達――『源氏物語』への階梯――』世界思想社、一九九五年。
(11) 吉海直人「末摘花の乳母達」『平安朝の乳母達――『源氏物語』への階梯――』世界思想社、一九九五年、二一二頁。
(12) 吉海直人「「さしつぎ」はナンバー2か」『『源氏物語』の特殊表現』新典社、二〇一七年、一五五頁。
(13) 中でも、角田文衞『日本の後宮』（学燈社、一九七三年）や加納重文「典侍考」（『平安文学の環境――後宮・俗信・地理――』和泉書院、二〇〇八年）に詳しい。また、角田文衞『日本の後宮』所収の「主要官女表」（学燈社、一九七三年）や、『平安時代史事典』（資料・索引編）所収の「日本古代後宮表」（角川書店）に平安時代の乳母・典侍等がまとめられている。
(14) 角田文衞「後宮の変貌」『日本の後宮』学燈社、一九七三年、一八〇頁。
(15) 高田祐彦は、浮舟の母の中将の君について、「父親を亡くして零落の身の上となり、叔母の八の宮北の方の縁をたよって宮家に仕えた」という経緯があったと想像できることを指摘し、「名門の血を引く者としての矜持」を見せることを論じる（「中将の君の身分意識をめぐって――浮舟物語論の序章――」『源氏物語の文学史』東京大学出版会、二〇〇三年、三八一頁）。
(16) 北啓太「兵部省」『国史大辞典』吉川弘文館。
(17) 日本思想大系『律令』「職員令　兵部省条」岩波書店、一七二頁。
(18) 日本思想大系『律令』「官位令　正五位条」岩波書店、一二八～一二九頁。
(19) 『古事類苑』「官位部十四　兵部省」吉川弘文館、九〇六頁。

(20) 日本思想大系『律令』「職員令 兵部省条」岩波書店、補注、五二三頁。
(21) 森田悌「兵部省」『平安時代史事典』(下) 角川書店。
(22) 渡邉由紀『蜻蛉日記』上巻にみる兼家―「いとねぢけたるものの大輔」考―」『大妻国文』三〇、一九九九年三月。
(23) 藤原忠輔については、『御産部類記』「代々浴殿読書役例」には「兵部大輔藤原忠輔」とある(図書寮叢刊『御産部類記』(下) 明治書院、四一九頁) が、『公卿補任』(新訂増補国史大系『公卿補任』吉川弘文館) では兵部大輔に任官されたことは確認できないため、人数には含めていない。
(24) 増田繁夫訳・注『かげろふ日記』全対訳日本古典新書、創英社、一九八五年、六八頁。
(25) 高橋照美「兼通と兼家の不和―「官位の劣り優り」の背景―」『立命館文学』六三〇、二〇一三年三月。
(26) 竹内正彦「「あはれ、衛門督」考―『源氏物語』における右衛門督をめぐって―」『源氏物語の顕現』武蔵野書院、二〇一二年、三五八頁。
(27) 秋山虔他「尾駁の駒(蜻蛉日記注解 十五)」『国文学解釈と鑑賞』二八―九、一九六三年七月。
(28) 渡邉由紀『蜻蛉日記』上巻にみる兼家―「いとねぢけたるものの大輔」考―」『大妻国文』三〇、一九九九年三月。
(29) 池田亀鑑『源氏物語事典』(下) 東京堂出版、三九〇頁。
(30) 渡邉由紀『蜻蛉日記』にみる章明親王―兵部卿宮についての一考察―」『大妻女子大学大学院文学研究科論集』九、一九九九年三月。
(31) 新編日本古典文学全集『源氏物語』「賢木」②一四三〜一四四頁、頭注。
(32) 池田亀鑑『源氏物語事典』(下) 東京堂出版、三五三〜三五四頁。
(33) 今井源衛「兵部卿宮―紫上の父―」『今井源衛著作集(二) 源氏物語登場人物論』笠間書院、二〇〇四年。
(34) 秋山虔「書評 今井源衛著『源氏物語の研究』」(『源氏物語の世界―その方法と達成―』東京大学出版会、一九六四年)、坂本昇「朝顔の生き方―親王の女(一)―」(『源氏物語構想論』明治書院、一九八一年)、藤本勝義「式部卿宮―「少女」巻の構造―」(『源氏物語の想像力―史実と虚構―』笠間書院、一九九四年)、田坂憲二「鬚黒一族と式部卿宮家―源氏物語における〈政治の季節〉・その二―」(『源氏物語の人物と構想』和泉書院、一九九三年) など。

(35) 星山健「「真木柱」巻における式部卿宮像と為平親王―子息達の官位に着目して―」『王朝物語史論―引用の『源氏物語』―』笠間書院、二〇〇八年、一二四頁。
(36) 鷲山茂雄「螢兵部卿宮」秋山虔他編『講座源氏物語の世界』(五)有斐閣、一九八一年、一五二頁。
(37) 白井たつ子『源氏物語』における「すき」の系譜―螢兵部卿宮を中心として―」『文芸研究』九四、一九八〇年五月。
(38) 阿部好臣「螢兵部卿宮の位相」『物語文学組成論Ⅰ源氏物語』笠間書院、二〇一一年、三三九頁。
(39) 久下裕利「兵部卿宮あるいは式部卿宮について」『王朝物語文学の研究』武蔵野書院、二〇一二年、五八頁。
(40) 本書第一章「王命婦論」参照。
(41) 吉海直人「末摘花の乳母達」『平安朝の乳母達―『源氏物語』への階梯―』世界思想社、一九九五年。
(42) 清水好子「侍女たち」『源氏の女君 増補版』塙書房、一九六七年。
(43) 吉海直人『源氏物語』の乳母達」『平安朝の乳母達―『源氏物語』への階梯―』世界思想社、一九九五年。
(44) 本居宣長『源氏物語玉の小櫛』本居宣長全集(四)筑摩書房、一九六九年、三九七頁。
(45) 萩原廣道『源氏物語評釈』櫻園書院、四二〇頁。
(46) 玉上琢彌『源氏物語評釈』(二)角川書店、一七四頁、鑑賞。
(47) 「兵部の大輔は宮家とよほど縁の深い人(末摘花の兄か)と考えられる」と指摘する(新潮日本古典集成『源氏物語』「末摘花」①二四七頁、頭注)。
(48) 坂本共展「源氏と末摘花」森一郎編『源氏物語作中人物論集』勉誠社、一九九三年。
(49) 吉海直人「末摘花の乳母達」『平安朝の乳母達―『源氏物語』への階梯―』世界思想社、一九九五年。
(50) 新編日本古典文学全集頭注は、「兵部大輔は常陸宮の縁者らし」いと指摘している(「末摘花」①二六六頁)。
(51) 今井源衛「兵部卿宮―紫上の父―」『今井源衛著作集(二)源氏物語登場人物論』笠間書院、二〇〇四年、一〇六頁。
(52) 松田豊子「源語常陸の表現映像―平安公卿の国司兼任―」『源氏物語の地名映像』風間書房、一九九四年、一八三頁。

第五章　侍従の誓い

――「蓬生」巻における「たむけの神」をめぐって――

一　侍従と末摘花の別れ

『源氏物語』「蓬生」巻では、末摘花とその乳母子、侍従との別れの場面が描かれる。侍従は、「末摘花」巻で「はやりかなる若人」（「末摘花」①二八三頁）と紹介され、斎院への出仕と兼務しつつ、乳母子として末摘花のそばに仕えて活躍してきた人物であった。「蓬生」巻において常陸宮邸が寂れたことが語られた後も、変わらずに伺候する様子が見えたものの、ついに末摘花のもとを離れることになるのである。

その契機となるのが「蓬生」巻で初めて登場する末摘花の叔母の存在である。叔母は、末摘花の母の姉妹であり、かつて「世におちぶれて受領の北の方」になったと末摘花の母に侮蔑されたことを恨みに思っているといい、報復として末摘花を自らの娘に仕えさせようと企てている（「蓬生」②三三一～三三三頁）。侍従は、出仕していた斎院が亡くなった後、少しでも縁故のあるところに出仕したいという思いから叔母のもとに通うようになり、叔母の夫の「甥だつ人」と婚姻関係を結ぶに至っている（「蓬生」②三三五頁）。そして、夫の大宰大弐への任官のために叔母一行が下向するにあたり、末摘花も連れて行こうとするが拒絶され、侍従のみを同行させることを決めるのであった。それを知った末摘花は悲しみ、侍従に贈り物をするとともに、二人は歌を交わす。

形見に添へたまふべき身馴れ衣もしほなれたれば、年経ぬるしるし見せたまふべきものなくて、わが御髪の落ちたりけるを取り集めて鬘にしたまへるが、九尺余ばかりにていときよらなるを、をかしげなる箱に入れて、昔の薫衣香のいとかうばしき一壺具してたまふ。

「たゆまじき筋を頼みし玉かづら思ひのほかにかけ離れぬる

故ままののたまひおきしこともありしかば、かひなき身なりとも見はててむとこそ思ひつれ。うち棄てらるるもことわりなれど、誰に見ゆづりてかと恨めしうなむ」とていみじう泣いたまふ。この人ものも聞こえやらず。「ままの遺言はさらに聞こえさせず、年ごろの忍びがたき世のうさを過ぐしはべりつるに、かくおぼえぬ道に誘はれて、遥かにまかりあくがるること」とて、

「玉かづら絶えてもやまじ行く道のたむけの神もかけて誓はむ

命こそ知りはべらね」など言ふに、「いづら、暗うなりぬ」とつぶやかれて、心もそらにて、引き出づれば、かへり見のみせられける。（「蓬生」②三四一〜三四二頁）

末摘花は、本来であれば「形見」として衣を贈るべきところであったが、現在の状況ではそれがかなわず、自らの抜けた髪で作った鬘を贈る。「いときよらなり」と表現されるそれは、「今の末摘花にとっては自らの与えられる最高の

もの」であり、長年仕え続けた侍従に対する「末摘花のできる精一杯のいたわり」を示しているとされる。(1) また、末摘花が詠んだ「たゆまじき」の歌については、「玉かづら」は「蔓草の総称」とされる歌ことばであるが、(2)「たゆ」「筋」「かけ」を縁語として詠み込みつつ、乳母子と主人という「侍従と自分の深い関係」を「形見の品に託して、惜別の情を詠」んだ歌であるとされている。(3) 末摘花は、侍従が離れて行く悲しみを詠み、見捨てられることへの恨めしさを切実に訴えてひどく泣くのである。それに対して侍従は、思いがけず末摘花のもとを離れることになった辛さを込めつつ、「玉かづら」の歌を詠むのであった。

ここでは、末摘花からの鬘を贈られ、「たゆまじき」の歌を受けたことに対して、侍従が「たむけの神もかけて誓はむ」と詠んだことに注目する。旅立つ人に鬘を贈ることについては、「道祖神と関係があるらしい」と指摘され、(4) 侍従は、古注釈以来、道祖神のことであるとされる「たむけの神」を詠み込んだ歌を返すのであるが、それは「さらに心はかはらし」と誓言しつつ、(5)「たとひくたるともやかてのほりて見とゝけ申さん」と、再びの上京を誓う思いが込められた歌であるととらえられている。(6) 末摘花から侍従への贈り物や、二人の歌に詠み込まれたことばからは、両者のつながりの深さがうかがえよう。そうした中で、主人に対する思いの強さを示すために「たむけの神もかけて誓はむ」という表現が選び取られたことには、どのような意義があるのだろうか。

本章では、侍従と末摘花との関係性のありようをとらえ直したうえで、末摘花から贈られた鬘とそれに付けられた歌、および侍従が「たむけの神」に込めた心情について、とくに和歌による表現からその意義を考察し、末摘花物語における侍従の位置づけを検討する。

二　末摘花の女房と侍従

まず、「蓬生」巻の別れの場面に至るまでに、侍従を含めた末摘花の女房たちがどのように描かれてきたかを見ておきたい。

末摘花の周辺で呼び名を持って登場する女房としては、侍従のほかに大輔命婦がいる。大輔命婦は、「末摘花」巻のみに見える女房で、「左衛門の乳母」という光源氏の乳母と「わかむどほりの兵部大輔」の間の娘である(7)（「末摘花」①二六六頁）。母は受領の妻となって下り、父は他の女性と関係を持っており、継母になじめない大輔命婦は「姫君の御あたり」を頼って末摘花邸に奉仕しているといい（「末摘花」①二六六〜二六八頁）、光源氏を末摘花のもとに導く役割を担う。しかし、二人の間を取り持ちながらも、積極的に末摘花のために動く様子は見えず、むしろ他人事のような思いを抱く距離感にあり、末摘花の女房であるか否かについても説が分かれる(8)など、光源氏も末摘花も「擬似的な主人」で「中途半端」な関係(9)にあるとされ、末摘花との深いつながりは見出せない。

また、「蓬生」巻においては、侍従以外の女房たちの動向も語られる。

すこしもさてありぬべき人々は、おのづから参りつきてありしを、みな次々に従ひて行き散りぬ。女ばらの命たへぬもありて、月日に従ひて、上下の人数少なくなりゆく。（「蓬生」②三二七頁）

「末摘花」巻で光源氏が末摘花のもとに通っていた頃には、噂を聞いた人々が自然と集まっていたが、光源氏の庇護がなくなった後は、次々に退散していったという。また、長年仕えてきたであろう女房が世を去ったことも重なり、人少なになっている邸の様子が語られているのである。光源氏の存在を期待して参り集うだけの人々は、末摘花をはじめ常陸宮邸に対する愛着はなく、末摘花との関係も深いわけではなかったのであろう。

一方で、侍従は「女君の御乳母子」として物語に登場する（「末摘花」①二八三頁）。池田大輔は、「「乳母子」、特に「○○の乳母子」と語られた場合には、その場面における主人との繋がりがより強固に、一蓮托生的存在として強調される」と指摘し[10]、吉海直人が「主従関係をすら越えた強い絆で結ばれた存在と見ることも可能かもしれない」と述べるように[11]、乳母子と主人との結びつきは、他の女房とは比べものにならないほど強いものであったといえよう。

『源氏物語』の乳母子たちは、たとえば光源氏の乳母子、惟光のように腹心の従者として仕えたり、女三の宮の乳母子、小侍従のように密通の手引きをしたりと、さまざまなはたらきを見せる。侍従は、「末摘花」巻においては、末摘花と光源氏との歌の贈答の場面で活躍が見える。光源氏が末摘花の寝所に入り込んだ折には、末摘花に代わって歌を作り、「人づてにはあらぬやうに」するために声に出して詠み（「末摘花」①二八三頁）、光源氏から文が届いた折には、返歌しあぐねる末摘花に「例の教へきこゆる」と歌を教えて書かせるなど（「末摘花」①二八七頁）、和歌の贈答に対応できる素養を持った女房として描かれている。しかしながら、乳母子であるという紹介のほかに末摘花が侍従に抱く具体的な心情や両者の関係性に言及されることはなく、末摘花にとっての侍従の存在の大きさが語られるのは「蓬生」巻に至ってからであった。

「蓬生」巻において、侍従は、出仕していた斎院が死去した後、末摘花の叔母のもとに出入りするようになったことが語られ、叔母の夫、大宰大弐が下向する際に末摘花も共に来て欲しいという誘いを常々伝えていた。しかしながら、末摘花がその誘いにのらなかったことで、侍従と末摘花とが別れることとなる。「蓬生」巻の当該場面においては、別れを悲しむ二人のやり取りが描かれているが、末摘花が「故ままののたまひおきしこともありしかば、かひなき身なりとも見はててむとこそ思ひつれ」と、「故まま」が言い残したことがあるのだから、ずっと自分の世話をしてくれるものと思っていたと言うと、侍従も「ままの遺言はさらにも聞こえさせず、年ごろの忍びがたき世のうさを過ぐしはべりつる」と言い、「まま」の遺言は今さら言うまでもなく心にとどめて長年耐えてきたのだと応じる（「蓬生」②三四二頁）。「まま」とは乳母の愛称であるとされるが[12]、「故まま」や「ままの遺言」と記されていることから、末摘花の乳母であった侍従の母はすでに死去していることが明らかになる。吉海直人は、姫君の乳母は「原則として一生養君のもとを離れない」とし、乳母の不在や死去は「姫君の薄幸・悲劇的未来を象徴」すると論じており[13]、乳母の死去がいつ頃のことであるかは定かではないものの、乳母を失った末摘花が頼ることができたのは、亡き乳母の遺言を胸に仕える侍従だけであっただろう。

そして、侍従が常陸宮邸から離れた後、残ったのは「老人」や「年経たる人」とされる年老いた女房たちばかりになっていたが、その中には、「侍従がをばの少将」も含まれていた（「蓬生」②三四六〜三四七頁）。これが侍従の母のきょうだいであるとすれば、母、叔母、そして侍従が末摘花の女房として出仕していたのであり、代々常陸宮邸に仕えて来た女房の一族であるとみることができよう。そうした縁から、末摘花は他の女房たちが退出しようとも、侍従だけは離れることはないと信じ切っていたのであり、侍従もそばを離れまいと強く思っていたであろう。当該場面において、「故まま」の遺言を持ち出して泣きながら思いを訴える末摘花の様子に、長谷川政春は「幼児性」を認めつつ、「家族的な縁者の中に安住している精神性」を読み取っており[14]、末摘花にとって侍従は、たんなる主人と女房という主従関係にとどまらず、ずっと共に生きてきた存在であったといえる。そのような侍従が末摘花のもとを離れることは、両者にとって大きな衝撃であったことがうかがえる。

以上のことをふまえると、侍従と末摘花の別れの場面における贈り物と歌の贈答には、並々ならぬ思いが込められていることが推測される。末摘花が侍従に伝えようとしたこと、侍従が「たむけの神もかけて誓はむ」と詠んだことについてあらためて考えてみたい。

三　手向けの位相

末摘花が侍従に鬘を贈ることは、侍従の歌に詠み込まれている「たむけの神」つまり道祖神との関係が指摘されてきた。道の神については、『倭名類聚抄』で「道祖　和名佐倍乃加美」「岐神　和名布奈止乃加美」「道神　和名太無介乃加美」と三種類の表記が見え、[15]それぞれ「さへの神」「ふなとの神」「たむけの神」と読めるが、これは「固有の神名としての存在ではなく、その神の持つ、遮る・防ぐ・手向けられるというような、性格や祭祀形態などの特徴によって表現されたもの」であるとされ、[16]侍従の和歌に詠まれた「たむけの神」は物を手向けられる、捧げられる神という性質を持っていたと考えられよう。

「手向け」は古代からおこなわれてきた習俗であり、これまでも多く論じられてきた。[17]『顕昭註』では「タムクトハ、掌ヲ合テ神ニ物ヲ献也」とされているが、[18]その語義については、神野志隆光がことばによって相手を従わせる「ことむけ」に通じる「神の霊威を自分に向けさせ、自らの安全のために働かしめる」ものであるとする一方で、[19]松田浩は「手向クル」とは「神を向けるのではなく、神に対して何らかのものを向ける」ものであると指摘する。[20]また、『風土記』などにおいては「行路妨害神の話が多」く見えることから、「荒ぶる神への畏怖から旅人は手向けを行」ったとされ、「積極的に神に加護を求めるのではなく、荒ぶる神を避けるための行為」であったという。[21]そうした行路妨害の神を慰めるために「袖振り」をし、自らの魂のこもる衣を捧げるようになったともされ[22]、「境の地」で詠まれた「土地や特定の景物」を詠み込む歌が歌枕と結びつく例も指摘される[23]。

一方、「手向け」を詠んだ歌としては、はやく『萬葉集』に一七例を見出すことができるが、石田春昭は、「手向け」の目的について、(一)難関の通過、(二)道中安全・無事帰還、(三)故旧(とくに恋人)との再会、(四)一般に恋人との逢瀬をあげ、(一)難関を通過させてもらうための手向けが発生点に近いものであるとしつつ、(二)(三)(四)と順番に意味が派生していったことを指摘している[24]。また、飯泉健司は、「万葉の手向け歌には、神霊の慰撫鎮魂と望郷との二面性がある」と指摘し、「家人や恋人との再会を願う歌が相当数存する」という[25]。たとえば、次の三首のような歌があげられよう。

長屋王、馬を奈良山に駐めて作る歌二首

佐保過ぎて　奈良の手向に　置く幣は　妹を目離れず　相見しめとそ　(巻第三・三〇〇・長屋王)

田口広麻呂の死にし時に、刑部垂麻呂が作る歌一首

百足らず　八十隈坂に　手向せば　過ぎにし人に　けだし逢はむかも　(巻第三・四二七・刑部垂麻呂)

いかならむ　名に負ふ神に　手向せば　我が思ふ妹を　夢にだに見む　(巻第十一・二四一八)

三〇〇番歌では、「妹を目離れず相見しめとそ」と恋しい人を思い、再会を願って手向けをしている。ほかにも、自分自身を父母の「愛子」と言って再会するために安全を願う歌もあり(巻第六・一〇二二)、父母や恋人といった近しい間柄の人々と再びあうための思いを抱いて「手向け」をする様子が見える。また、四二七番歌では「手向け」によっ

て死者に逢えるのではないかと詠み、二四一八番歌でも夢で逢うことも可能になると詠んでおり、「手向けには、離れた恋人との魂の逢瀬を実現するのに効果があった」という。[26]そうした歌は「手向けが共感関係のうえに行われ魂の交感」がなされることを詠むものであり、再会を求める歌の詠みぶりは「信仰的基盤を求める考え方」や「妹の魂を神に捧げる、人身御供の代用的な発想によるとするみかた」があったことの反映であると指摘されている。[27]

平安時代に至っては、八代集における「手向け」を詠む歌は『古今和歌集』に六例、『後撰和歌集』に四例、『拾遺和歌集』に一例、『後拾遺和歌集』に二例、『金葉和歌集』二度本に一例、『千載和歌集』に四例、『新古今和歌集』に三例がある。[28]たとえば『古今和歌集』の歌は、「このたびは幣もとりあえずたむけ山紅葉の錦神のまにまに」（巻第九・羇旅歌・四二〇・菅原道真）をはじめ、六首のうち五首で幣を手向けることが詠まれているが、「秋の山紅葉をぬさと手向くれば住む我さへぞ旅心地する」（巻第五・秋歌下・二九九・紀貫之）では、秋の山が紅葉を幣として手向けると詠まれるなど、秋という季節の美しさとともに詠まれる傾向がある。それは『萬葉集』に見えたような生命の危機とは離れた内容の歌となっている。

そして、『源氏物語』における「手向け」の関連語は、「手向」が二例と、「蓬生」巻の当該場面の「たむけの神」一例を見るのみである。[29]「手向」のうち一例は、「若菜上」巻で六条院春の町でおこなわれる蹴鞠の場において、柏木が女三の宮方の様子を「春の手向の幣袋にや」と評す場面であり[30]（「若菜上」④一四〇頁）、もう一例は、「夕顔」巻で空蟬が伊予に下るときの場面で、光源氏が「手向け心ことに」と思い、「こまやかにをかしきさまなる櫛、扇多くして、幣などわざとがましくて、かの小袿」も合わせて遣わしたという（「夕顔」①一九四頁）。神に手向けることそのものではなく、旅立つ人への餞別への言及は、平安時代の私家集に収録される歌にも見出される。餞別の品と神に祈りを捧げる「手向け」との関わりについて考えてみたい。

四　手向けと贈り物

「蓬生」巻の当該場面で末摘花が侍従に鬘を贈ったことについて、『河海抄』は次の二首をあげる。

伊勢集にものへゆく人にかつらやるとて
けつりこし心もありて玉かつら手向の神となるそ《か》うれしき《さ》〔真本成かうれしさ〕
ゐ中へゆく人にかつらとらすとて
君かためなてしもしるく此たひのたむけの神となるそうれしき

（玉上琢彌編『紫明抄・河海抄』角川書店、三三八頁）

『伊勢集』の歌では、「ものへゆく人」に鬘を贈ったことが詞書で示されたうえで、その鬘に添えた歌では「けつりこし心もありて玉かつら」と詠まれ[31]、丁寧に櫛で梳かして大切にしてきた鬘を「玉かづら」と表現し、それが「手向の神」となることを嬉しく思う心情が示されている。二首目の歌については、『河海抄』では歌集の名が示されていないものの、『忠見集』に収録された歌であることが確認できる。しかしながら、『河海抄』には「ゐ中へゆく人にかつらとらすとて」という詞書がついている一方で、『忠見集』の詞書は「ものにまかる人に、きぬ、ぬさたまふとて」となっており（『忠見集』一二九）、鬘ではなく衣や幣を贈ったときの歌とされている。詞書によって鬘か他の贈り物かという違いはあるものの、歌は「たむけの神となるぞうれしき」という表現で結ばれており、贈り物が「たむけの神」になるという発想のもとで詠まれた歌であることがわかる。
また、『能宣集』では、旅立つ人に対して「幣」を贈ることを詠む歌がある。

ものへまかる人にぬさつかはすとて
いろいろにふかきこころをそめてこそ君がたむけのぬさとなしけれ
（『能宣集』三巻・二一二）

この歌では、旅立つ相手に対する「ふかきこころ」を染めたからこそ、それを手向けの幣とするのだと詠んでおり、旅立つ人に贈る餞別の品に思いを込める様相がうかがえる。また、旅立つ人への贈り物となるのは幣に限らず、光源氏が櫛や扇を贈ったように、より多様なありようが見える。

田舎へまかりける人に、かはぎぬ、扇つかはすとて
世の常に思ふ別れの旅ならば心見えなる手向せましや
（『後拾遺和歌集』巻第八・別・四六七・藤原長能）

『後拾遺和歌集』の藤原長能の歌の詞書によれば、旅立つ相手への餞別として「かはぎぬ」と「扇」を贈ったといい、「かはぎぬ」には「来ぬ」あるいは「彼（か）は来ぬ」、「扇」には「逢ふ」を掛けると解され(32)、旅立つ人との別れを惜しみつつ再会を願う心情がそこに込められている。『長能集』に収録された同じ歌の詞書は「いづれのとしにか有りけん、からきぬあふぎなどとらせて、遠江にくだり侍りしに」となっており(33)（『長能集』一〇五）、「かはぎぬ」ではなく「からきぬ」を贈ったと記されているが、「きぬ」に託した思いは同じであろう。そうした餞別の品は、「心見え

なる手向」と詠まれており、「来ぬ」や「逢ふ」という手向けの品に託す思いがより顕著に見える。

さらに、次の『貫之集』の歌では、旅立つ継母にさまざまな贈り物をしている。

橘公頼の帥の筑紫へくだる時、其この安房守敏貞の朝臣、ままははの典侍に贈るものどもに加へたる歌

かづら

うちみえん面影ごとに玉かづらながきかたみにおもふとぞ思ふ　（『貫之集』第七・七四二）

詞書によれば、橘公頼の子である安房守敏貞が継母の典侍への贈り物に添えた歌であり、この前の七四一番歌では「くすり」、当該の七四二番歌では「かづら」、続く七四三番歌では「装束」を贈っている。この歌では、「うち見えん面影ごとに」と自分の面影が浮かぶたびに、鬘を「かたみ（形見）」と思って欲しいと詠んでいるのであるが、「面影」と鬘とを結びつけていることに注目したい。

「ゆきかへる八十氏人の玉かづらかけてぞたのむ葵てふ名を」（『後撰和歌集』巻第四・夏・一六一・読人しらず）や「人はいさ思ひやすらむ玉かづらおもかげにのみいとど見えつつ」（『伊勢物語』二十一段 おのが世々・一三三頁）などのように「玉鬘」とともに「影」や「面影」が詠み込まれる歌はいくつも見える。[34]「影」や「面影」は、「魂の姿の現れ」ともされ、「人はよし思ひ止むとも玉かづら影に見えつつ忘らえぬかも」（『萬葉集』巻第二・一四九・倭大后）の「影」は「亡き天智の面影だが、それはむしろ魂の姿そのものを意味している」と解されている。[35]津島昭宏は「かげ」の語に霊魂観にもとづく諸相を認めつつ、霊魂と一体のものであるからこそ「相手を希求する者らが身に寄り添い、また相手を慈しみ護りもする」と論じるが、[36]「鬘（玉かづら）」に面影を重ねて詠むことからは、鬘は魂を宿し、旅立つ者

に寄り添う機能を持つととらえられていたことがわかる。「手向け」をする際に神に捧げるものとしては、「神が好む物（祭祀具や女性の霊魂）」があげられるものの、鬘もそのひとつであったといえよう。[37]

こうしたことをふまえれば、末摘花が侍従に鬘を贈ったことの意義が見えてくる。末摘花は、醜貌が物語で繰り返し語られる一方、髪だけは例外であり、「頭つき、髪のかかりはしも、うつくしげにめでたしと思ひきこゆる人々にもをさをさ劣るまじう」と長く豊かな髪が称賛されていた（「末摘花」①二九三頁）。古代においては髪そのものが呪力を持つとされ、[38]末摘花の髪は「古代的な霊性に通ずる、強い霊力の証」であると指摘されるが、[39]末摘花が侍従に自らの髪で作った鬘を贈ることは、たんにこれまでの労をねぎらうことにとどまらず、自分の魂の一部を贈ることで侍従に寄り添い、侍従の旅の安全を祈る思いが込められていたのであった。一方で、末摘花は鬘に添えて「たゆまじき筋を頼みし玉かづら思ひのほかにかけ離れぬる」と詠むが、「玉かづら」には侍従を重ねているとされる。[40]末摘花の歌としては「唐衣」を歌の中にしきりに詠み込むことが特徴の呪的な詠みぶりが見られるが、[41]ここでの詠みぶりはそれとは異なっている。「かけ」には「懸け」と「影」が重ねられ、[42]末摘花は、自分にとっての「玉かづら」の影、つまり侍従の霊魂や存在そのものが離れて行くことの嘆きを詠むのであった。

五　「たむけの神」への誓い

そして、侍従は「たむけの神もかけて誓はむ」という歌を返している。先に見たように、『伊勢集』や『忠見集』では、贈り物が「たむけの神」になることを嬉しく思う心情が詠まれていたが、侍従の詠みぶりはそれとは少々意を異にしよう。そもそも、「たむけの神」はどのような存在として歌に詠まれていたのであろうか。

「たむけの神」という語を詠み込む例としてはやく見えるのは、『萬葉集』大伴池主が大伴家持の旅立ちの折に詠んだ次の歌である。

……朝霧の　乱るる心　言に出でて　言はばゆゆしみ　礪波山　手向の神に　幣奉り　我がひ禱まく　はしけやし　君がただかを　ま幸くも　ありたもとほり　月立たば　時もかはさず　なでしこが　花の盛りに　相見しめとそ

（巻第十七・四〇〇八・大伴池主）

任国である越中の正税帳を持って京に上る家持の送別に池主が詠んだ歌で、越中と越前の間にある礪波山の「手向の神」に幣を奉り、祈りを捧げることを詠む。傍線部が祈りの内容にあたるが、新編日本古典文学全集は、「手向の神」に対して「家持の身を離れず守り続け」て欲しいと願うものと解し[43]、一方で、加藤清は「境界にいる神が道中ずっと見守るとは考えにくい」ことから、池主自身が家持が旅に出ている間ずっと祈り続けることを述べたもので、「手向けの神に向けられた言葉ではない」と述べる[44]。しかし、この後の四〇〇九番歌で「玉桙の　道の神たち　賂はせむ　我が思ふ君を　なつかしみせよ」と詠み（巻第十七・四〇〇九）、「道の神」に対して自分の大切な人を守って欲しいと願っていることから、四〇〇八番歌についても同様に、「手向の神」に向けて祈ることを詠むとも解釈できよう。この二首の池主の歌からは、家持に対する深い親愛の情を「手向の神」に託そうとする思いがうかがえるのである。

　こうした詠みぶりは、平安時代の歌にも見ることができる。次にあげるのは、八代集の中で唯一、「手向の神」を詠んだ能宣の歌である。

　物へまかりける人のもとに、幣を結び袋に入れて遣はすとて
浅からぬ契結べる心葉は手向の神ぞ知るべかりける
（『拾遺和歌集』巻第八・雑上・四八五・能宣）

『拾遺和歌集』詞書では、「物へまかりける人」に幣を贈ると記されているが、『能宣集』の詞書には「ひむかのかみすがはらのとしともがくだるに」とあり（四巻・三三四）、国司として下る友に贈ったものであることがわかる。それは「結び袋」に入れられ、「浅からぬ契結べる心葉」、つまり心から友を案じ、安全を祈願する思いが閉じ込められている。そうした深い親愛の情を「手向の神ぞ知るべかりける」と言い、「手向の神」もわかってくれるだろうと期待を込めて詠むのである。

また、『古今和歌六帖』や私家集にも「たむけの神」をはじめ、道の神に自らの思いを託すことを詠む歌が見える。

①きみをおもふわが心をぞみえぬべきたむけの神もいかにおもはん
（『古今和歌六帖』第四・二四〇〇）

②……するがなる　ふじのみ山と　くゆれども　つひにとまらぬ　みちなれば　たむけのかみを　うちねぎて
さてゆくほどに　いたりにき……
（『忠岑集』八四）

　あひ知りたる人のものへ行くにぬさやあるとて
③もみぢばも花をもをれる心をばたむけの山の神ぞしるらん
（『貫之集』第七・七三二）

　左中弁よしみつのあそんの人の馬のはなむけする所に、ぬさにかかんとてよませたる
④玉鉾の手向の神も我がごとく我がおもふ事をおもへとぞ思ふ
（『貫之集』第七・七三五）

　旅人にぬさやるとて

⑤そめたちていのれるぬさのおもひをばたむけのみちの神やしるらむ
三条の宮進よしかどが、ひたちのかみのともにくだりはべりしに
（『貫之集』第七・七五二）

⑥わかれぢにつけてものこそおもほゆれたむけのかみもあはれとやみむ
（『能宣集』四巻・三三五）

①は、贈り物に込めた相手を恋い慕う自分の心情がわかるだろうかと詠みつつ、その心情を「たむけの神」はどう思うかと推測した歌であり、②は、残してきた女性への富士山の下火のように燻る思いを抱きつつ、「たむけのかみ」に祈ると詠む。また、とくに多くの用例を見出せるのが『貫之集』であり、③は、旅立つときに幣を贈るときの歌として、幣だけでなく、紅葉でも花でも折って手向けるその気持ちを「たむけの山の神」はわかってくれるだろうと詠み、「手向け」に込めた心情を汲み取ってくれることを期待している。似た趣向は⑤と⑥にも認められ、⑤は、深い思いを込めて染色した幣によって祈る思いを「たむけのみちの神」はわかってくれるだろうかと詠む。また、⑥は、詞書では「三条の宮進よしかど」という人物が常陸守の供として下ったときの歌であると記され、別れの道につけても感慨が多いものだが、「たむけのかみ」も「あはれ」と思っているだろうかと詠み、下って行く旅人を見送る「たむけのかみ」の心情に思いを致している。そして、④は、自分が道中の無事を切に念じているように、「手向の神」も同じように思って欲しいと言い、思いを汲み取るだけでなく、同じ思いを抱くことを求めている。

以上のように、平安時代の和歌に詠まれる「たむけの神」とは、上代のような畏怖を抱く存在とは異なり、旅人が「手向け」に込めた思いを受け取り、それに寄り添うことが期待されたものであるといえる。そうした心情は、幣をはじめとする贈り物と合わせて詠まれ、「手向け」の品に込めた思い、旅立つ人への心情の深さを思わせるものであった。また、「たむけの神」に託すほどの思慕の情を示す相手とは恋しい人や親しい友人といった間柄にある人々であ

り、侍従と末摘花のような主従関係にある人々の間で交わされる歌は見えない。

こうしたことをふまえてみると、「蓬生」巻の当該場面において「たむけの神」に誓うと詠んだ侍従は、「たむけの神」を、末摘花に対する自らの心情を理解する存在であるととらえていたことがうかがえる。「たむけの神もかけて誓はむ」は、侍従から「たむけの神」への誓いを詠んだものであり、そうした存在に誓うことによって、末摘花に対する思慕の情を決して変わらぬものとし、「玉かづら」の語によって「かづら」のように絡み合う宿縁を示そうとしたと考えられる。侍従と末摘花とは、主従の間柄を超えたところで互いを思い合っているのであり、侍従は、切ろうとも切り離せぬ魂の結びつきを「たむけの神」に誓うという表現に託したのであった。

六　侍従の誓いのゆくえ

「蓬生」巻において、末摘花の住む常陸宮邸が困窮する様子が描かれる中で、侍従については「侍従などいひし御乳母子のみこそ、年ごろあくがれはてぬ者にてさぶらひつれ」と語られている（「蓬生」②三三二頁）。一方で、侍従と末摘花との別れの場面では、「遥かにまかりあくがるること」と言って、末摘花邸から遠く離れたところに行くことを辛く思う心情が示される（「蓬生」②三四二頁）。侍従が末摘花のもとに仕えることや、そこから離れることに対して「あくがる」という語が用いられていることには留意されよう。

「あくがる」は「本来居るはずの所から離れ、ふらふらとさまよい出る意」を示す語であり、そこから発展して「心が身体から離れた放心状態に陥る」意味を持つようになったと指摘される。[45]『源氏物語』に「あくがる」の関連語は三六例見えるが、[46]そのうち特定の場所を離れることを意味する用例は、侍従の例のほかに二例ある。「葵」巻では、葵の上亡き後の女房たちの心情として、光源氏が左大臣邸から「なごりなきさまにあくがれはてさせたまはむ」ことを危惧し（「葵」②五九頁）、見限られてしまうことを恐れている。また、「椎本」巻では、山に入る前に八の宮が姫君たちに言い残したことばの中で、宇治の邸から「あくがれたまふな」と言い、生涯をこの地で終えよと述べる（「椎本」⑤一八五頁）。光源氏にとっての左大臣邸、大君と中の君にとっての宇治の邸は、まさに「本来居るはずの所」であるといえ、こうした例と同様のことばで末摘花のもとからの別離が語られる侍従についても、たんに常陸宮邸に仕えて来たということ以上の意味を見るべきであろう。侍従がいよいよ常陸宮邸を出るときの様子は「心もそらにて」と語られており（「蓬生」②三四二頁）、心が宙に浮くほどの思い、魂が浮き出るほどの身を切られる思いを抱いて去るのである。

「蓬生」巻の巻末には、末摘花が二条東院に移った後、侍従が末摘花の叔母と共に上京したことが語られる。

かの大弐の北の方上りて驚き思へるさま、侍従が、うれしきものの、いましばし待ちきこえざりける心浅さを恥づかしう思へるほどなどを、いますこし問はず語りもせまほしけれど、いと頭いたううるさくものうければなむ、いままたもついであらむをりに、思ひ出でてなむ聞こゆべきとぞ。（「蓬生」②三五五頁）

末摘花が再び光源氏の庇護のもとにあることを聞き、叔母は驚愕する。一方で、侍従は、末摘花が幸いを得たことを嬉しく思いつつ、もう少し辛抱できなかった自分を恥じている。この後、侍従がどのような立場にあったのか、末摘花との再会がかなったのかなど、物語はその続きを詳しくは語らない。末摘花のもとに再び戻るという侍従の誓いが果たされたか否かは語られないまま、侍従と末摘花の物語は閉じられるのであった。

注

（1）太田善之「侍従との別れ」小谷野純一編『国文学解釈と鑑賞別冊　源氏物語の鑑賞と基礎知識（三六）蓬生・関屋』至文堂、二〇〇四年一〇月、六七頁。
（2）廣井理伽「葛」久保田淳他編『歌ことば歌枕大辞典』角川書店。
（3）新編日本古典文学全集『源氏物語』「蓬生」②三四二頁、頭注。
（4）日本古典全書『源氏物語』「蓬生」②二四八頁、頭注。
（5）伊井春樹編『細流抄』源氏物語古注集成（七）桜楓社、一五〇頁。
（6）伊井春樹編『萬水一露』（二）源氏物語古注集成（二五）桜楓社、一七一頁。
（7）大輔命婦の出自については、本書第四章「大輔命婦の人物設定」参照。
（8）白方勝は、末摘花邸の女房であったとする（「末摘花巻の構造―大輔の命婦を視点にして―」『源氏こぼれ草』二七、一九九三年五月）が、坂本共展は、女房待遇ではなかったと論じる（「源氏と末摘花」森一郎編『源氏物語作中人物論集』勉誠社、一九九三年）。
（9）陣野英則「女房の和声とその機能―「末摘花」巻の大輔命婦の場合―」『源氏物語の話声と表現世界』勉誠出版、二〇〇四年、九七頁。
（10）池田大輔『源氏物語』「侍女」考―「乳母子」と〈乳母の子〉―」『論輯』三五、二〇〇七年三月。
（11）吉海直人「乳母子考」『平安朝の乳母達―『源氏物語』への階梯―』世界思想社、一九九五年、一一六頁。
（12）吉海直人「「まま」考」『平安朝の乳母達―『源氏物語』への階梯―』世界思想社、一九九五年。
（13）吉海直人「乳母の歴史的展開」『平安朝の乳母達―『源氏物語』への階梯―』世界思想社、一九九五年、六二一・六七頁。
（14）長谷川政春「末摘花―「唐衣」の女君―」小谷野純一編『国文学解釈と鑑賞別冊　源氏物語の鑑賞と基礎知識（三六）蓬生・関屋』至文堂、二〇〇四年一〇月、二〇二頁。
（15）京都大学文学部国語学国文学研究室編『諸本集成倭名類聚抄〔本文篇〕』臨川書店、一九七一年、五六四頁。

(16) 倉石忠彦「古代の境界認識」『道祖神信仰の形成と展開』大河書房、二〇〇五年、二一七頁。
(17) 大場磐雄「峠神の一考察」(『神道考古学論攷』葦牙書房、一九四三年)、桐原健「道と峠の神まつり」(石野博信他編『古墳時代の研究(三)生活と祭祀』雄山閣出版、一九九一年)など。
(18) 久曽神昇編『古今集注』日本歌学大系(別巻四)風間書房、二九九番歌注、二〇六頁。
(19) 神野志隆光「ことむけ」『古事記の達成』東京大学出版会、一九八三年、一四六~一四七頁。
(20) 松田浩『古事記』における「言向」の論理と思想」『上代文学』一二三、二〇一九年一一月。
(21) 加藤清「たむけのかみ」辰巳正明他監修『万葉集神事語辞典』國學院大學研究開発推進機構日本文化研究所。
(22) 桜井満「行路死人歌と娘子哀傷歌の流れ」『桜井満著作集(三)万葉集の民俗学的研究(上)』おうふう、二〇〇〇年。
(23) 及川道之「手向けと歌枕—神の御坂と園原・帚木—」日本文学風土学会編『日本文学の空間と時間—風土からのアプローチ—』勉誠出版、二〇一五年、一三頁。
(24) 石田春昭「手向考」『国語国文』一二—一一、一九四二年一一月。
(25) 飯泉健司「手向けの民俗」上野誠他編『万葉民俗学を学ぶ人のために』世界思想社、二〇〇三年、五五頁。
(26) 飯泉健司「手向けの民俗」上野誠他編『万葉民俗学を学ぶ人のために』世界思想社、二〇〇三年、六三頁。
(27) 加藤清「たむけ」辰巳正明他監修『万葉集神事語辞典』國學院大學研究開発推進機構日本文化研究所。
(28) 『新編国歌大観』における「たむけ」「手向」「たむく」を調査したものであり、動詞の「手向く」のほか、「たむけ山」「たむけ草」等の名詞の用例も含む。
(29) 池田亀鑑編『源氏物語大成(八)索引篇』中央公論社、一九八五年、六八頁。
(30) 「春の手向の幣袋にや」については、戸﨑芙優美「柏木の女三の宮垣間見をめぐる表現—「若菜上」巻「春の手向の幣袋」を起点に—」(『物語文学論究』一四、二〇一六年三月)に詳しい。
(31) 『伊勢集』当該歌の初句については、歌仙家集本(新日本古典文学大系『平安私家集』所収『伊勢集』二一六)および群書類従本(和歌文学大系『伊勢集』明治書院、二一六)は「けづりこし(梳づりこし)」、西本願寺本(新編国歌大観『伊勢集』二一六)は「ゆづりにし」とする。

（32）新日本古典文学大系『後拾遺和歌集』（巻第八・別・四六七・藤原長能、脚注）および和歌文学大系『後拾遺和歌集』（巻第八・別・四六七・藤原長能、脚注）。
（33）他の本には「かりぎぬ」となっているものもある（新日本古典文学大系『後拾遺和歌集』巻第八・別・四六七・藤原長能、脚注）。
（34）高田祐彦「玉鬘」久保田淳他編『歌ことば歌枕大辞典』角川書店。
（35）多田一臣「影・陰」久保田淳他編『歌ことば歌枕大辞典』角川書店。なお、『源氏物語』の「面影」については、西野翠「源氏物語「面影」論―「明石」巻における「面影そひて」をめぐって―」（『玉藻』五二、二〇一八年三月）、「面影」の文学史や中世和歌における様相については、板野みずえ「中世和歌における「面影」」（『群馬県立女子大学国文学研究』四二、二〇二二年三月）に詳しい。
（36）津島昭宏「母の影見ぬ光源氏―『源氏物語』の「かげ」をめぐって―」針本正行編『平安女流文学論攷』翰林書房、二〇二三年、一〇五頁。
（37）飯泉健司「手向けの民俗」上野誠他編『万葉民俗学を学ぶ人のために』世界思想社、二〇〇三年、六六頁。
（38）柳田國男「妹の力」（『柳田國男全集』（一一）筑摩書房、一九九八年）など。
（39）吉井美弥子「『源氏物語』の「髪」へのまなざし」『読む源氏物語　読まれる源氏物語』森話社、二〇〇八年、九八頁。
（40）日本古典文学大系『源氏物語』（「蓬生」②一五〇頁、頭注）、玉上琢彌『源氏物語評釈』（（三）四一〇頁、語釈）、日本古典文学全集『源氏物語』（「蓬生」②三三一頁、頭注）、新編日本古典文学全集『源氏物語』（「蓬生」②三四一頁、頭注）など。
（41）末摘花が詠む歌は六首あり、そのうち五首が贈答歌で、光源氏と四首、侍従と一首の歌を交わすが、光源氏との贈答のうち三首で「唐衣」を詠み込んだ歌が見える（新編日本古典文学全集『源氏物語』鈴木日出男編「源氏物語作中和歌一覧」⑥五九四頁）。その詠みぶりについては、久富木原玲「源氏物語と呪歌―末摘花・近江君の場合―」（『源氏物語　歌と呪性』若草書房、一九九七年）、青木賜鶴子「近江の君・末摘花の物語と和歌」（池田節子他編『源氏物語の歌と人物』翰林書房、二〇〇九年）などに詳しい。

（42）新日本古典文学大系『源氏物語』（「蓬生」②一四五頁、脚注）、柳井滋他校注『源氏物語（三）澪標―少女』（岩波文庫、二〇一八年、一二九頁）。
（43）新編日本古典文学全集『萬葉集』巻第十七・四〇〇八、頭注。
（44）加藤清「たむけのかみ」辰巳正明他監修『万葉集神事語辞典』國學院大學研究開発推進機構日本文化研究所。
（45）我妻多賀子「あくがる（憧る・憬る）」大野晋編『古典基礎語辞典』角川学芸出版、一五～一六頁。
（46）池田亀鑑編『源氏物語大成（七）索引篇』中央公論社、一九八五年、五頁。

第六章　中納言の君の代作

——「常夏」巻における近江の君への返歌をめぐって——

一　近江の君と弘徽殿女御方との歌の贈答

『源氏物語』「常夏」巻、近江の君はついに弘徽殿女御に出仕することとなる。父内大臣は、外腹の娘である近江の君を持て余し、四の君との間の娘で冷泉帝に入内した弘徽殿女御に託すことを決めた。父から話を聞いた近江の君は大いに喜び、さっそく弘徽殿女御宛てに文を書く。

　A葦垣のま近きほどにはさぶらひながら、今までB影ふむばかりのしるべもはべらぬは、B′勿来の関をや据ゑさせたまへらむとなん。C知らねども、武蔵野と言へばかしこけれども。あなかしこや、あなかしこや。

と点がちにて、裏には、「まことや、暮にも参りこむと思うたまへ立つは、D厭ふにはゆるにや。いでや、いでや、Eあやしきはみなせ川にを」とて、また端にかくぞ、

「草わかみひたちの浦のいかが崎いかであひ見んたごの浦波 F大川水の」と青き色紙一重ねに、いと草がちに、怒れる手の、その筋とも見えず漂ひたる書きざまも、下長に、わりなくゆゑばめり。（「常夏」③二四八～二四九頁）

近江の君は弘徽殿女御に対してへりくだりながらも恨み言を並べ、紙の裏にも用件を記し、さらに傍線部「草わかみ」の歌までをも書きつけた文を送った。この文には点線部AからFに六首もの引歌があることが指摘されているが、(1)「全体としてくどすぎる」文とも評されており、(2)あまりに滑稽な内容のものとして受け取られていくのである。

一方、弘徽殿女御方では近江の君への対応に苦慮する。弘徽殿女御が文の内容に苦笑して文を下に置くと、近くに仕えていた女房の中納言の君がちらちらと目をやり、それに気付いた弘徽殿女御は中納言の君にこの文を下賜する。弘徽殿女御は自分が草仮名を読めないから意味がわからないのだろうかと、卑下をよそおいながらも近江の君を嘲笑しつつ、中納言の君に返歌を任せるのであった。

御返り請へば、「をかしきことの筋にのみまつはれてはべめれば、聞こえさせにくくこそ。宣旨書きめきては、いとほしからむ」とて、ただ、御文めきて書く。「近きしるしなきおぼつかなさはうらめしく、

ひたちなるするがの海のすまの浦に波立ち出でよ箱崎の松」

と書きて、読みきこゆれば、「あなうたて。まことにみづからのにもこそ言ひなせ」と、かたはらいたげに思したれど、「それは聞かむ人わきまへはべりなむ」とて、おしつつみて出だしつ。（「常夏」③二五〇～二五一頁）

中納言の君は、「宣旨書き」めいた文では気の毒であろうと「御文めきて」文を書く。この書きぶりについては、「もっぱら女御の手紙のように思わせ」るために「筆跡を女御に似せ」た書き方をしたもので[3]、近江の君が女御の妹であることを気にした対応であるとされており[4]、中納言の君は弘徽殿女御と近江の君が異母姉妹にあたることに配慮したといえる。また、文には中納言の君が代作した「ひたちなる」の歌が記されていたのであるが、その内容を聞いた弘徽殿女御は「あなうたて」と言って、女御自身が詠んだ歌として噂にでもなったら困ると気にするのである。それでも中納言の君は「聞かむ人わきまへはべりなむ」と言ってそのまま文を遣わすのであった。

そもそも、血縁関係にある姉妹の間で交わされる歌のやり取りの場で、なぜ女房が間に入り、女御の代わりに歌を作り、文を代筆しなければならなかったのであろうか。当該場面で歌を代作する中納言の君は、この一箇所のみにしか登場しない女房であるが、弘徽殿女御の近くに仕え、代作・代筆を任されていることから、弘徽殿女御からの信頼が厚く、女房組織の中では上位の女房といえよう。そうした中納言の君が弘徽殿女御に代わって歌を作り、さらに代筆までするという弘徽殿女御方の対応は、どのように考えればよいのであろうか。玉上琢彌は、女御が中納言の君に返事を書かせていることや、文を受け取った近江の君が「御方」と呼ばれている（「常夏」③二五一頁）ことから、このときの近江の君への対応は「女房扱いではなく、家族待遇である」と指摘している[5]。近江の君が家族として扱われ、弘徽殿女御の異母姉妹であることを気にかけるのであれば、弘徽殿女御自身が返事を書くよう勧めることもできたであろう。しかし、弘徽殿女御方では女房による代作・代筆という方法を選択したのである。近江の君と弘徽殿女御という異母姉妹と、両者の媒介となる中納言の君を含めた三者のやり取りを読み直すことで、女房の代作が果たす役割も見えてくるのではなかろうか。

本章では、近江の君と弘徽殿女御との間の歌の贈答において女房の代作という方法が用いられたことに着目し、近江の君の歌と中納言の君が代作した歌の詠みぶりが孕む問題を明らかにしたうえで、近江の君の存在によって相対化される女房の役割について検討する。

二　『源氏物語』における女房による歌の代作

まず、女房である中納言の君による代作の意義を検討するために、『源氏物語』の中で詠まれている代作歌のありようを見ておきたい。

新編日本古典文学全集の鈴木日出男編「源氏物語作中和歌一覧」では、「本来詠むべき人物に代って、他者が詠んだ歌を代作歌と位置づけ、物語内に一八首の代作歌があることが示されている。[6]しかしながら、代作という行為そのものをどう定義するかには幅があり、[7]高木和子は代作を「ある人に代って和歌を作ること」と定義し、「返歌の受け手に詠み手が別人であること」がわかっているか否かに関わりなく広くとらえて、一八首すべての歌を代作歌として検討しているが、[8]久保木哲夫は代作の詠み手は「黒衣役に徹する、という条件もさらに必要なのではないか」と指摘して、一八首のうち受け手が代作歌であると気付いていない六首のみを代作歌とみなしている。[9]ここでは、「源氏物語作中和歌一覧」にならうこととし、代作歌に分類されている一八首を確認しておきたい。[10]

1　光源氏の忍び所の下仕（答、忍び所の女→光源氏）「若紫」①二四六頁

2、3　侍従（答、末摘花→光源氏）「末摘花」①二八三、二八七頁

4　秋好中宮の女別当（答、秋好中宮→光源氏）「賢木」②九二頁

5　王命婦（答、春宮→光源氏）「須磨」②一八三頁
6　明石入道（答、明石の君→光源氏）「明石」②二四九頁
7　中納言の君（答、弘徽殿女御→近江の君）「常夏」③二五〇頁
8　鬚黒（答、玉鬘→光源氏）「真木柱」③三九五頁
9　小侍従（答、女三の宮→柏木）「若菜上」④一四九頁
10　一条御息所（答、落葉の宮→夕霧）「夕霧」④四二六頁
11　大君の侍女（答、大君〔玉鬘の娘〕→蔵人少将）「竹河」⑤八七頁
12　匂宮（答、薫→八の宮）「椎本」⑤一七三頁
13　中の君〔八の宮の娘〕（答、姫君姉妹→匂宮）「椎本」⑤一七五頁
14　大君〔八の宮の娘〕（答、姫君姉妹→匂宮）「椎本」⑤一九四頁
15　落葉の宮（贈、六の君→匂宮）「宿木」⑤四一一頁
16、17　小野の妹尼（答、浮舟→中将）「手習」⑥三一三、三一六頁
18　小野の妹尼（贈、浮舟→中将）「手習」⑥三一八頁

右の一八首のうち、女房による代作歌は網掛けで示した八首（1、2、3、4、5、7、9、11）である。このうち被代作者が女性である例は、5の王命婦が代作をした春宮と光源氏との間の贈答場面を除いた七例（1、2、3、4、7、9、11）であり、その七例の中で六例（1、2、3、4、9、11）が男女の間で交わされる歌の贈答に関係している。7の「常夏」巻の当該場面、近江の君と弘徽殿女御との例だけが女性同士、しかも姉妹間における贈答で女房が代作

をするものであり、『源氏物語』においては異例の状況であるといえる。

　まずは、当該場面以外の女房が代作をする例の描かれ方について検討してみたい。9の「若菜上」巻では、柏木が女三の宮のもとに送ってきた文に対して、女三の宮の乳母子である小侍従が返事を書いている。柏木が女三の宮の姿を垣間見た後、そのことを匂わせた文を小侍従を経由して女三の宮に送るが女三の宮に見せても反応がなかったため、「強ひて聞こゆべきことにもあらねば、ひき忍びて例の書く」とあり、小侍従がいつものように返事をしたのであった（「若菜上」④一四九頁）。この例は、小侍従から柏木への文のように受け取られてもいるが、それは女三の宮の意向を汲み取って書いたものであった。

　一方で、3の「末摘花」巻では、末摘花と光源氏との歌の贈答場面において、光源氏からの文に対して末摘花が返歌をする際に、女房による代作と末摘花の直筆とが組み合わされた方法が見える。この場面ではまず、「侍従ぞ例の教へきこゆる」と乳母子である侍従が歌を代作して末摘花に教えたうえで、「口々に責められて、……手はさすがに文字強う、中さだの筋にて、上下ひとしく書いたまへり」と末摘花自身が直筆で認めて光源氏に送っている（「末摘花」①二八七頁）。このやり取りの前、2にあたる場面においては、御簾の内側にいる末摘花に対して光源氏が歌を詠みかけたとき、そばに居た侍従が歌を代作したうえで末摘花の代わりに声を出して返事をする（「末摘花」①二八三頁）。2と3の大きな違いは、声や筆跡が末摘花本人のものであるか否かということであろう。2では末摘花の和歌の力量だけでなく声までもが隠されているが、3においては和歌の力量は隠しつつも、末摘花本人の筆跡が露わにされる。歌が女房によって代作されたものであっても、末摘花の直筆によって書かれたことによって末摘花本人の返事として受け取られ、今後両者は関係を深めていくことになるのである。

　ただし、「源氏物語作中和歌一覧」では代作歌であるとされていても、誰が作った歌であるかという解釈に揺れが見える例もある。

出でたまふほどに、大将殿より例の尽きせぬことども聞こえたまへり。「かけまくもかしこき御前にて」と木綿につけて、「鳴る神だにこそ、

八洲もる国つ御神もこころあらば飽かぬわかれのなかをことわれ

思うたまふるに、飽かぬ心地しはべるかな」とあり。いと騒がしきほどなれど、御返りあり。宮の御をば、女別当して書かせたまへり。

国つ神空にことわるなかならばなほざりごとをまづやたださむ

……宮の御返りのおとなおとなしきを、ほほ笑みて見ゐたまへり。御年のほどよりはをかしうもおはすべきかなとただならず。

（「賢木」②九一～九二頁）

4の光源氏と斎宮、後の秋好中宮との歌の贈答においては、光源氏の「八洲もる」歌に対する返歌である「国つ神」歌について、斎宮自身が詠んだ歌であるのか、女別当の代作によるものであるのか、とくに傍線部「宮の御をば、女別当して書かせたまへり」の解釈をめぐって注釈間で見解に相違が見える。『河海抄』は「女別当の手跡なりとも哥は斎宮の御歌勿論也」として女別当が代筆をしたものであっても、歌は斎宮自身が作ったものであると指摘している(11)が、現代注釈では女別当による代作ととらえる見方が多くなっている(12)。また、久保木哲夫(13)と高木和子(14)は斎宮自作の歌を女別当が代筆したと解釈できることを指摘しつつも、まだ一四歳という斎宮の年齢を考えると代作であった可能性もあるととらえている。「国つ神」歌が斎宮の自作であっても、女別当による代作であっても、そこには斎宮の意志

が反映されていたことであろう。ここでは女別当の代筆による文に見える対応をしていることが重要になる。当該場面の歌の贈答は、六条御息所が新斎宮となった娘と共に伊勢に下向する折、光源氏が御息所に対する恋情を綿々と綴った文とともに斎宮にも御息所に対する思いを訴える歌を送ったものであり、斎宮は「国つ神」の歌によってそれを見事に切り返している。光源氏は「かけまくもかしこき御前にて」と神事にちなんだことばを選んではいるが、内容は男女の恋愛に関するものであり、それは神に仕える存在となる斎宮が忌み避けるべきものであろう。当該場面においては、そうした内容の贈答歌と距離を取るために、斎宮の直筆ではなく、女房による代筆ともとれる方法によって返事をすることが選ばれたのであった。

こうした、歌や文を受け取った人物ではない第三者が文を代筆する例は、「宣旨書き」ということばによってもあらわされている。たとえば、「明石」巻では、明石入道が娘の明石の君のもとに光源氏から送られてきた文に対して、入道の代筆によって返事をしたことで、光源氏は代筆であったことを不満に思って「宣旨書きは見知らずなん」と恨めしげに言う（「明石」②二四九頁）。一方で、「夕霧」巻では夕霧から落葉の宮に文が送られてきたとき、落葉の宮方の女房は夕霧との関係性を気にして、落葉の宮に「宣旨書き」ではなく直筆によって文の返事を書くことを勧める（「夕霧」④三九七頁）。こうした落葉の宮方の対応を見てみると、相手との親密さをあらわすためには「宣旨書き」ではなく直筆による返事が求められたことがわかり、「宣旨書き」による文は、相手との距離を近付けすぎないために機能していたといえよう。代筆の形を用いるか否かによって、文を交わす両者の関係性が明らかになるのである。

以上のように見てみると、代作とは本人（主人）のものでありながら本人のものではないという複雑な状況を作り出すことのできる方法であると考えられる。たとえ代作者がいたとしても受け手は本人（被代作者）の文として受け取るのであるが、代作された内容を本人が書いたものであるのか、本人が考えた内容を代筆しただけであるのか、あるいは代作した内容を代筆したものであるのか、どのようにして書かれた文であるのかが判然としない場合も出てくる。『源氏物語』においては、女君（女主人）の返事を女房が代作するという例が複数見えるが、そのような方法は女房の存在が常に身近にあり、制度化されているからこそ生まれてくるものではなかろうか。時には主人と女房の考える方向性がすれ違うこともあろう。しかしながら、主人の意向を汲み取り、巧みに代作・代筆することが女房に求められる役割のひとつでもあった。代作は、相手との直接的な接触なくして主人の意向を伝えるための手段として、当時の社会性に適した方法であったと考えられるのである。

それでは、近江の君の文に代作を用いて応じた弘徽殿女御方の対応の意義についてさらに検討を深めるために、近江の君という女君と歌の詠みぶりについてあらためて見ておきたい。

三　近江の君と「本末あはぬ」歌

近江の君は、内大臣が「夢語」をきっかけに探し出した「外腹のむすめ」として物語に登場する（「常夏」③二二四〜二二五頁）。その夢語りの内容は、「もし年ごろ御心に知られたまはぬ御子を、人のものになして、聞こしめし出づることや」（「蛍」③二二〇頁）というものであった。この「御子」とは光源氏のもとで養育されている夕顔と内大臣の間の娘、玉鬘のことを示していたが、内大臣はそれを知るよしもない。内大臣家の人々は、「夢語」を聞いて名乗り出て来た女君、近江の君を迎え入れるが、近江の君は「めづらしき世語」にもなってしまいそうな女君であり、その存在は内大臣家にとって「家損なるわざ」であると困惑するばかりであった（「常夏」③二二五頁）。近江の君はこれより後、貴族の家において異質な存在として扱われ、烏滸なる者として描かれていくこととなる。

たとえば、内大臣が近江の君のもとを訪れて問答を繰り広げる場面では、近江の君の滑稽さが特徴的に描かれていく。近江の君は、弘徽殿女御への出仕を願うあまり、「大御大壺とりにも仕うまつりなむ」と内大臣の娘としてはあまりにも似つかわしくない役職であっても務めるという意欲を見せ、内大臣はこらえきれずに笑い出してしまう（「常夏」③二四四頁）。この二人の一連のやり取りの中では、近江の君の「舌疾さ」が強調され、それは内大臣が「このもののたまふ声を、すこしのどめて聞かせたまへ。さらば命も延びなむかし」と近江の君をからかうほどであるが、近江の君自身は早口であることを「舌の本性」であると語るのであった（「常夏」③二四四頁）。

近江の君については、従来「笑い」との関わりが多く論じられてきた。[15] 杉山康彦が近江の君を笑う人々について「逆に実はその周囲のものの方が笑いものになっている」と述べて[16]以降、益田勝実は近江の君を「社会的矛盾の所産」であるとし、[17] 針本正行は「近江の君がひたむきになればなるほど、笑われる対象となる」ことを指摘しつつ、「逆にその純粋さを受け入れることができない宮廷社会の問題」が物語世界に顕れることになると論じる。[18] 近江の君は、鄙で育った笑われる女君として存在することで、宮廷社会やそこで生きる人々のあり方を照らし出しているとされてきたのである。

そうした近江の君が弘徽殿女御との贈答場面で詠んだ歌の詠みぶりは、どのようにみればよいのであろうか。近江の君は「三十文字あまり、本末あはぬ歌」を作る女君であるとされているが（「常夏」③二四八頁）、当該歌がまさにそれにあたるものであろう。

「草わかみひたちの浦のいかが崎いかであひ見んたごの浦波
大川水の」　（「常夏」③二四九頁）

当該歌については『細流抄』が「もとするゐ聞こえざる歌」と評したうえで「只第四の句を詮とする也」と指摘し[19]、『花鳥余情』も「此歌の所詮はいかてあひみんの七字にあり」と述べているように[20]、第四句「いかであひ見ん」にのみ意味を持たせた歌であるとされ、同様の指摘が現代注釈書に至るまで踏襲されている[21]。つまり、近江の君の詠んだ「草わかみ」歌は三十一文字のうち七文字しか意味を持たず、歌の前後が続かない支離滅裂な歌としてとらえられてきたのである。

また、『花鳥余情』は「大方歌の体はすゝろ事をいひつらねたるへし」と述べたうえで、「万葉に無心所着の歌の体と申へきにや」と指摘しており[22]、その原型を『萬葉集』に求めている。

無心所著の歌二首
我妹子が　額に生ふる　双六の　牡の牛の　鞍の上の瘡
我が背子が　犢鼻にする　円石の　吉野の山に　氷魚そ懸れる〈懸有は反してさがれるといふ〉
（巻第十六・三八三八・三八三九）

『萬葉集』の巻第十六に収載された二首は、舎人親王の命によって大舎人阿倍朝臣子祖父が即興で詠んだものであり、左注には「或し由る所なき歌を作る人あらば、賜ふに銭・帛を以てせむ」という要求に見事に応えたことで、「登時募る所の物銭二千文」を得たと記されている。この二首には即興性が求められた座興の歌の性質が色濃く見え、ことばあそびの側面が強く印象づけられているとされ[23]、支離滅裂な意味の通らない歌が賞賛される場もあったことがわかる。さらに、日本最古の歌学書である『歌経標式』の「査体」のひとつである「離会」にも同様の形式を持つ歌が載せられている。

何《カ》須《ス》我《ガ》夜《ヤ》麻《マ》一句美《ミ》禰《ネ》己《コ》具《グ》不《フ》禰《ネ》能《ノ》二句夜《ヤ》倶《ク》旨《シ》弖《デ》羅《ラ》三句阿《ア》婆《ハ》遅《ヂ》能《ノ》旨《シ》麻《マ》能《ノ》四句何《カ》羅《ラ》須《ス》岐《キ》能《ノ》幣《ヘ》羅《ラ》五句

（沖森卓也他『歌経標式　影印と注釈』おうふう、二〇〇八年、二〇四頁）

この歌は複数の地名を何の脈絡もなく詠み込んだものであり、『歌経標式』では「譬如牛馬犬鼠等類一處相会。無有雅意。故曰離会」と説かれ、牛馬犬鼠が一所に会したように各句の関連がなく、「雅意」がないことから「離会」と言うとされ、一首の本末が合わず意味をなさないことが優雅ではないとみなされているのである。

そして、近江の君の「草わかみ」の歌もまた、「ひたちの浦」「いかが崎」「たごの浦波」と複数の地名を詠み込んだ歌であり、歌の前後まで視野に入れれば、「大川水の」「勿来の関」「武蔵野」などより多くの地名が含まれていることに気付く。久冨木原玲は、こうした複数の地名を詠み込んだ近江の君の歌を「歌の原初のかたちに通ずる呪的な趣の色濃いもの」であるとみる(24)が、地名が詠み込まれた和歌の位相についてさらに検討してみたい。

四　近江の君と地名

近江の君が詠んだ歌は、次に傍線で示したように複数の地名が詠み込まれており、中納言の君が代作した歌もまた、それに呼応するように多くの地名を含んでいる。両者の和歌の贈答部分のみを取り出すと次のようになる。

草わかみひたちの浦のいかが崎いかであひ見んたごの浦波

大川水の

ひたちなるするがの海のすまの浦に波立ち出でよ箱崎の松

（「常夏」③二四九～二五〇頁）

先にも確認したように、近江の君の詠んだ「草わかみ」歌は一首の意味が通らない「本末あはぬ歌」とも評されたうえ、三箇所の地名が何の脈略もなく詠み込まれ、歌意は第四句「いかであひ見ん」にのみあると理解されてきた。しかしながら、平田彩奈惠は、近江の君にとって無駄なことばは一つもなかったと述べ、「草わかみ」の歌の「ひたちの浦」に「あづまぢのみちのはてなるひたちおびのかごとばかりもあひみてしかな」（『古今和歌六帖』第五・三三六〇）の発想を、「たごの浦波」に「駿河なる田子の浦波たたぬ日はあれども君を恋ひぬ日ぞなき」（『古今和歌集』巻第十一・恋歌一・四八九・読人しらず）の発想を認め、この歌は弘徽殿女御に会いたいという近江の君の並々ならぬ思いが込められたものであったと論じる。[25]この指摘をふまえれば、近江の君は明確な意図を持って地名を選び取り、歌の中に詠み込んでいたとみることができよう。

一方で、中納言の君が代作した「ひたちなる」の歌は、「ひたち」「するがの海」「すまの浦」「箱崎の松」という四箇所の地名を詠み込んでいる。さらに、『細流抄』が「立出よと云を詮とせり」と指摘するように、[26]この歌も第四句「波立ち出でよ」にのみ意味を持たせた歌であると解釈されてきた。中納言の君は、近江の君の歌の構造に対応するように歌を代作したのである。また、この歌について『河海抄』は「一向嘲哢の由歟」と評しているが、[27]中納言の君に近江の君を嘲笑する狙いがあったか否かはひとまずおくとしても、近江の君の歌に合わせてわざと地名を詠み込んだ歌を代作したことは確かであり、両者の歌の贈答において地名が果たした役割は大きい。

そもそも、近江の君は「近江」という国名がその呼び名につく女君であり、その名を負うことが近江の君の造型に大きく影響していることは多くの先行研究によってすでに指摘されてきたが、長谷川政春は玉鬘十帖において「地名と歌語を内容とする〈歌枕〉が物語りの方法」として選び取られていたと述べ、とくに近江の君、玉鬘、末摘花の三者の造型と歌枕との関連を論じる。[28] また、吉野誠は近江の君の歌に詠み込まれたことばと玉鬘にまつわる表現との間に照応が多く見られることを指摘するが、[29] 近江の君の造型においては、地名もまた重要な意味を持つものであった。

近江の君が歌とその後の一言の中に詠み込んだ地名は「ひたちの浦」「いかが崎」「たごの浦波」「大川水の」といずれも浦や崎、波、川など「水」に関わるものであったが、[30] それは常陸、近江、駿河の三つの国の地名が詠み込まれることになっており、竹内正彦は「草わかみ」の歌について「地名を過剰に詠み込むこの歌は、やはり国魂を込める呪的な歌なのではなかったか」と述べる。[31] 中でも「ひたち」は末摘花の父である常陸宮の呼び名にも含まれ、揶揄の対象となる地名であることが指摘されてきた地であり、[32] やはりこの地名が詠み込まれることには、近江の君の烏滸なる性質との関わりがうかがえよう。それに続く「いかが崎」は近江国の地名であり、久冨木原玲は常陸国が持つ「境界性、異界性」を指摘しつつ、近江もまた「都にとっては「東への玄関口」という意味で、やはり境界的異界的な位置にあるのと思われる」と述べる。[33]「いかが崎」は、和歌の中にそれほど多く詠まれた地名ではないながら、たとえば次のような歌がある。

①楫にあたる波のしづくを春なればいかがさきちる花と見ざらむ（『古今和歌集』巻第十・物名・四五七・兼覧王）

②　たふのみねにはべるころ、あさみつの大納言、びはのきたのかたわづらひたまふとていのりせよとのたま

へるに
むかしよりききならしこしいかがさきあさからじとをおもひなりなむ
　かへし、大納言
はやくよりききならしこしいかがさきすゑのひとさへたのもしきかな
（『高光集』四一・四二）

③　いかがさきにて
我はただ風にのみこそまかせたれいかがさきには人のゆくらん
（『和泉式部続集』二四二）

これらの中でも①『古今和歌集』の歌は、「物名」の歌であり、「いかが崎」という地名としての意味から選び取られたというよりは「いかがさきちる」と続くことばと掛けられた言葉遊びの趣が強いものでもあるが、「波」や「しづく」など、やはり水に関わる語とともに詠まれている。また、②『高光集』でも①の歌が意識され、③『和泉式部続集』の歌についても、「いかが崎」に「いかが、先」の意味が掛けられていると指摘されており、[34] 近江の君の歌の「いかが」が近江国の地名であることに加えて、ことばの音としての使われ方も意識されていたことが想定され、それはある種の戯れを含む歌の詠みぶりであった。

　そうした近江の君の歌に対して、弘徽殿女御方は中納言の君の代作によって返歌をしたのである。中納言の君は、常陸、駿河、須磨、箱崎と四箇所の地名を詠み込みながら、それらを東から西に順番に並べており、その詠みぶりは「一種、羇旅歌の趣を呈している」といわれる。[35] 近江の君の歌と同様の形式を取りながらも、近江の君を超える和歌の力量を示した対応からは、中納言の君が機知に富んだ女房であることがうかがえる。加えて、代作や「宣旨書き」が相手と距離をとるためのものであったことをふまえると、近江の君と弘徽殿女御方との贈答において女房による代作という方法をとることは、弘徽殿女御自身が返歌をして烏滸なる女君、近江の君の笑いや呪力に取り込まれることを避けるためのものであったと考えることができよう。しかしながら、地名を多く詠み込むという形は近江の君の歌に沿っているのであり、中納言の君の詠みぶりは、近江の君の歌から完全に逸脱したものにはならず、むしろ地名を羅列することによって作り出された呪的な領域に引き込まれたものであったともいえるのである。

さらに、女房による代作という弘徽殿女御方の対応そのものが本来の意図とは異なる方向へ向かってしまう様相が見える。最後に、弘徽殿女御方からの文を受け取った近江の君がどのような思いを抱いたか確認してみたい。

五　中納言の君の代作の意義

近江の君が弘徽殿女御方からの文を見たときの様子は、次のように語られる。

御方見て、「をかしの御口つきや。まつとのたまへるを」とて、いとあまえたる薫物の香を、かへすがへすたきしめゐたまへり。紅といふもの、いと赤らかにかいつけて、髪梳りつくろひたまへる、さる方ににぎはしく、愛敬づきたり。御対面のほど、さし過ぐしたることもあらむかし。（「常夏」③二五一頁）

近江の君は、自分の歌の詠みぶりは棚に上げて、中納言の君が代作した「ひたちなる」歌を面白い歌であると褒めたうえで、歌の最後「箱崎の松」ということばにのみ目をとめ、弘徽殿女御が自分のことを待っていると言ってくれたと喜ぶのである。『萬水一露』が「ひたちなる」歌について「波たち出よまつといふはかり此歌の所詮也」として、第五句「箱崎の松」の「松」に近江の君のことを待っているという意味を掛けていると指摘し[36]、吉澤義則『對校源氏物語新釋』以降の現代注釈書の中にも同様の指摘をするものがあるが[37]、近江の君が「箱崎の松」ということばにだけ注目して弘徽殿女御方からの歌を理解したことで、そのような解釈が提示されてきたのであろう。中納言の君の歌は、地名を並べ替え、近江の君の支離滅裂な歌を正そうとする詠みぶりにも見えるが、そのような意図は近江の君には伝わっていまい。

そもそも、ここで近江の君は弘徽殿女御方からの返事が中納言の君による代作・代筆であることに気付いていないのではなかろうか。その原因は中納言の君の文の書き方にある。中納言の君は文を書くとき、「宣旨書きめきては、いとほしからむ」と言って「御文めきて書く」という行動をとっており（「常夏」③二五〇頁）、あえて女房の代筆であるとはわからないようにしている。齋木泰孝はこの書きぶりを「女御の直筆と女房の代筆との中間を狙っ」たものであると指摘するが[38]、近江の君への配慮から明らかな女房の代筆となることを避けつつ、弘徽殿女御側の意思を伝えるための文として送られている。ところが、近江の君は弘徽殿女御の直筆に似せて書かれた文を受け取るやいなや、「をかしの御口つきや。まつとのたまへるを」と言っており、「御口つき」という敬語表現も使いながら感慨を述べていることから、弘徽殿女御本人によって書かれた文であると誤解していることを示しているといえる。

物語には書かれていないものの、これより後には弘徽殿女御が「まことにみづからのにもこそ言ひなせ」と危惧したように（「常夏」③二五一頁）、近江の君がこの文の内容を弘徽殿女御本人のものとして言い触らす可能性が想定されよう。中納言の君が弘徽殿女御の妹であることに配慮しておこなった行為によって、近江の君から距離を置かせようとしていた弘徽殿女御自身をかえって近江の君との呪的なやり取りの渦中に取り込むこととなったのである。近江の君の前では代作という方法そのものが無化されており、近江の君は女房の秩序を乱す存在として位置づけられよう。

中納言の君の文の書きぶりは弘徽殿女御を守るものとして機能せず、弘徽殿女御方の甘さを露見させる可能性につながってしまったのであった。

「常夏」巻において中納言の君は、わずか一箇所の登場場面でありながら、近江の君と弘徽殿女御という異母姉妹の間で交わされる歌の贈答の場で大きな存在感を見せている。主人とその妹を立てつつも、うまく状況を打開しようとする一連の行動によって、中納言の君が弘徽殿女御の右腕として仕える女房らしく手腕を存分に発揮していることが浮かび上がる。そこからは、主人の意向や自らに求められていることを汲み取り、相手との関係性を構築していく女房の役割の一端が見えてくるであろう。しかし、近江の君の前ではその機能が十分に果たされることはなかった。近江の君は貴族社会における女房の役割をも鋭く問い直しているのである。

注

（1）　AからFのそれぞれに新編日本古典文学全集頭注が指摘している引歌は以下の通り。

A　人知れぬ思ひやなぞと葦垣のまぢかけれども逢ふよしのなき
『古今和歌集』巻第十一・恋一・五〇六・読人しらず）

B、B′　立ち寄らば影踏むばかり近けれど誰かなこその関をすゑけむ
『後撰和歌集』巻第十・恋二・六八二・小八条御息所）

C　知らねども武蔵野といへばかこたれぬよしやさこそは紫のゆゑ
『古今和歌六帖』第五・三五〇七）

D　あやしくも厭ふにはゆる心かないかにしてかは思ひやむべき
『後撰和歌集』巻第十・恋二・六〇八・読人しらず）

E　あしき手をなほよきさまにみなせ川底の水屑の数ならずとも

（渋谷栄一編『源氏釈』源氏物語古注集成（一六）おうふう、二四七頁、出典未詳歌）

F　み吉野の大川のへの藤波のなみに思はばわが恋ひめやは

（『古今和歌集』巻第十四・恋四・六九九・読人しらず）

なお、Eについて玉上琢彌は「言にいでて言はぬばかりぞ水無瀬川下にかよひて恋しきものを」（『古今和歌集』巻第十二・恋二・六〇七・紀友則）を引歌として指摘しており（『源氏物語評釈』（五）角川書店、四二一頁）、小野真樹は他の引歌がすべて恋歌であることから、Eについても恋歌を引歌とすべきとして玉上説をとる（「近江の君の添え句―『源氏物語』の和歌リテラシーという視点から―」『國學院大學大学院平安文学研究』七、二〇一七年三月）。

（2）新編日本古典文学全集『源氏物語』「常夏」③二四九頁、頭注。

（3）新日本古典文学大系『源氏物語』「常夏」③二五頁、脚注。

（4）新編日本古典文学全集『源氏物語』「常夏」③二五〇頁、頭注。

（5）玉上琢彌『源氏物語評釈』（五）角川書店、四二一頁。

（6）新編日本古典文学全集『源氏物語』鈴木日出男編「源氏物語作中和歌一覧」⑥五八一～六一三頁。

（7）代作に関する主な先行研究としては、峯岸義秋「歌合における代作の問題」（『文藝研究』五、一九五〇年一〇月）、天川恵子「代作歌の流れ」（『平安文学研究』五三、一九七五年六月）、松村雄二「和歌代作論」（『国文学研究資料館紀要（文学研究篇）』三一、二〇〇五年二月）、小町谷照彦「代作」（『日本古典文学大事典』岩波書店）などがある。

（8）高木和子「『源氏物語』における代作の方法」『源氏物語と和歌世界』新典社、二〇〇六年、一三五頁。

（9）久保木哲夫「『源氏物語』における代作歌」伊藤博・宮崎荘平編『王朝女流文学の新展望』竹林舎、二〇〇三年、四〇〇頁。以下の一八首のうち、通し番号2、3、7、11、17、18の六首を代作歌とみなしている。

（10）一八首の歌に通し番号を附し、代作者をあげたうえで、括弧の中には、代作された歌の贈答歌における贈歌と答歌の別、さらに歌を代作してもらった人物である被代作者、→の先に代作された歌の受け手を記し、括弧の下に巻名、巻数、頁数を示した。

（11）玉上琢彌編『紫明抄・河海抄』角川書店、二九七頁。

（12）玉上琢彌は「斎宮の御返事は、女別当が代作する」（『源氏物語評釈』（二）角川書店、五一二頁、語釈）、日本古典文学全集は「実際には女別当の代作」（『源氏物語』「賢木」②八四頁）、新日本古典文学大系は「斎宮のお歌を、女別当（斎宮寮の女官）が代作した」との見解を示している（『源氏物語』「賢木」①三四九頁、脚注）。また、新編日本古典文学全集は波線部のようにあることから、光源氏は「返歌が女別当の代作であることを知らない」と指摘する（『源氏物語』「賢木」②九二頁、頭注）。一方で、斎宮が女別当に「お書かせなされた」（日本古典文学大系『源氏物語』「賢木」①三七三頁、頭注）、「お書かせになった」（新潮日本古典集成『源氏物語』「賢木」②一三五頁、頭注）とするのみで、「国つ神」歌が女別当による代作であるか否かを明確にしないものもある。

（13）久保木哲夫『『源氏物語』における代作歌』『王朝女流文学の新展望』竹林舎、二〇〇三年。

（14）高木和子『『源氏物語』における代作の方法』『源氏物語と和歌世界』新典社、二〇〇六年。

（15）近江の君に関する主な先行研究としては、今井源衛「源氏物語に於ける親と子」（『今井源衛著作集（一）王朝文学と源氏物語』笠間書院、二〇〇三年）、野村精一「源氏物語の人間像Ⅱ末摘花と近江君」（『源氏物語の創造　増補版』桜楓社、一九七五年）、秋山虔「近江君とその周辺」（『源氏物語の世界―その方法と達成―』東京大学出版会、一九六四年）、稲賀敬二「近江の君登場」（『稲賀敬二コレクション（三）『源氏物語』とその享受資料』笠間書院、二〇〇七年）、稲垣智花「近江の君―ある〝愚か者〟の場合―」（今井卓爾他編『源氏物語講座（二）物語を織りなす人々』勉誠社、一九九一年）、竹内正彦「近江君の賽の目―「若菜下」巻の住吉参詣における明石尼君―」（『源氏物語発生史論―明石一族物語の地平―』新典社、二〇〇七年）などがある。

（16）杉山康彦「王朝期の笑い」『文学』二一―八、一九五三年八月。

（17）益田勝実「源氏物語の端役たち」『文学』二三―二、一九五四年二月。

（18）針本正行「近江の君」秋山虔編『別冊国文学　源氏物語必携Ⅱ』学燈社、一九八二年二月。

（19）伊井春樹編『細流抄』源氏物語古注集成（七）桜楓社、二二三頁。

（20）伊井春樹編『花鳥余情』源氏物語古注集成（一）桜楓社、二一二頁。

（21）吉澤義則『對校源氏物語新釋』（三）国書刊行会、九三頁、頭注）、日本古典文学大系『源氏物語』（「常夏」③三二頁、頭注）、玉上琢彌『源氏物語評釈』（五）角川書店、四二一頁、解説）、日本古典文学全集『源氏物語』（「常夏」③二三九頁、頭注）、新潮日本古典集成『源氏物語』（「常夏」④一〇八頁、頭注）、新日本古典文学大系『源氏物語』（「常夏」③二三頁、脚注）、新編日本古典文学全集『源氏物語』（「常夏」③二四八頁、頭注）に同様の指摘が見える。

(22) 伊井春樹編『花鳥余情』源氏物語古注集成（一）桜楓社、二二二頁。

(23) 中西進「戯歌」（『中西進 万葉論集（二）万葉集の比較文学的研究（下）』講談社、一九九五年）、高崎正秀「童言葉の伝統」（『高崎正秀著作集（二）文学以前』桜楓社、一九七一年）、久冨木原玲「和歌とことばあそび」（『源氏物語 歌と呪性』若草書房、一九九七年）などに詳しい。

(24) 久冨木原玲「源氏物語と呪歌—末摘花・近江君の場合—」『源氏物語 歌と呪性』若草書房、一九九七年、一八〇頁。

(25) 平田彩奈惠「常夏巻における近江の君の文と「垣」—「母」「子」そして「父」—」『源氏物語と「うた」の文脈—連想と変容—』新典社、二〇二四年。

(26) 伊井春樹編『細流抄』源氏物語古注集成（七）桜楓社、二二三頁。

(27) 玉上琢彌編『紫明抄・河海抄』角川書店、四一六頁。

(28) 長谷川政春「歌枕—方法としての玉鬘十帖—」増田繁夫他編『源氏物語研究集成（一〇）源氏物語の自然と風土』風間書房、二〇〇二年、一八四頁。また、同論に加えて、竹内正彦「近江君の賽の目—「若菜下」巻の住吉参詣における明石尼君—」（『源氏物語発生史論—明石一族物語の地平—』新典社、二〇〇七年）に近江の君と「近江」との関わりについて詳しくまとめられている。

(29) 吉野誠「近江の君の歌とことば—玉鬘十帖の一対の姫君—」『学芸国語国文学』五一、二〇一九年三月。

(30) 近江の君の造型と「水」との関わりについては、葛綿正一「末摘花と近江君—語りと主題—」（『源氏物語のテマティスム—語りと主題—』笠間書院、一九九八年）に詳しい。

(31) 竹内正彦「近江君の賽の目—「若菜下」巻の住吉参詣における明石尼君—」『源氏物語発生史論—明石一族物語の地平—』新典社、二〇〇七年、三七一頁。

(32) 松田豊子「源語常陸の表現映像—平安公卿の国司兼任—」『源氏物語の地名映像』風間書房、一九九四年。

(33) 久冨木原玲「源氏物語と呪歌―末摘花・近江君の場合―」『源氏物語　歌と呪性』若草書房、一九九七年、一八三頁。

(34) 佐伯梅友他編『和泉式部集全釈―続集篇―』笠間注釈叢刊（五）笠間書院、二四二頁。

(35) 久冨木原玲「源氏物語と呪歌―末摘花・近江君の場合―」『源氏物語　歌と呪性』若草書房、一九九七年、一七八頁。

(36) 伊井春樹編『萬水一露』（三）源氏物語古注集成（二六）桜楓社、三八頁。

(37) 吉澤義則『對校源氏物語新釋』は「「立ちいでよ」を詮とする歌」であるとしながらも「こちらにいらつしやいませ、待つてゐますの意」と解しており（(三) 国書刊行会、九五頁、頭注)、日本古典文学大系『源氏物語』(「常夏」③三三頁、頭注)、玉上琢彌『源氏物語評釈』((五) 角川書店、四二一頁、解説)、日本古典文学全集『源氏物語』(「常夏」③二四二頁、頭注)、新潮日本古典集成『源氏物語』(「常夏」③一一〇頁、頭注) も待っているという意が込められた歌であるとの見解を示している。

(38) 齋木泰孝「代筆をする女房たち―人づてと宣旨書き―」『物語文学の方法と注釈』和泉書院、一九九六年、一一〇頁。

Ⅲ　女房がつなぐもの

第七章　犬君のゆくえ

――『源氏物語』における女童をめぐって――

一　『源氏物語』における犬君

『源氏物語』「若紫」「紅葉賀」巻に登場する犬君は、わずか二箇所にしか描かれないにもかかわらず、紫の上幼少期の物語において強い存在感を示している。初期の紫の上については、主体的な生き方をしない空疎な人間像が読み取られる[1]一方で、「荒ぶり、抗う力を負う身体を担った少女」として登場し「無垢と反秩序を意味する「何心なし」の語を刻印された」女君であるともされてきた[2]が、幼い少女としての紫の上の姿が描かれる物語の中で、印象深く描かれる犬君の存在は見逃すことができない。

犬君は、「若紫」巻において紫の上と共に物語に登場し、紫の上が泣く原因を作り出した者として描かれる。

「雀の子を犬君が逃がしつる、伏籠の中に籠めたりつるものを」とて、いと口惜しと思へり。このゐたる大人、

「例の、心なしのかかるわざをしてさいなまるるこそいと心づきなけれ。いづ方へかまかりぬる、いとをかしうやうやうなりつるものを。烏などもこそ見つくれ」と立ちて行く。

（「若紫」①二〇六〜二〇七頁）

紫の上は、泣きながら北山の尼君のもとに走り寄り、伏籠の中に入れていた雀の子を犬君が逃がしてしまったことを訴えるという幼い行動を見せる。このときの紫の上の発話は「童女の身体に溢れるように湛えられた憤懣、抗議の思いを一人の力で伝えるもの」であるとされるが(3)、犬君は、そうした紫の上の子どもらしいふるまいを引き出し、「口惜し」という思いを抱かせている。さらに、その犬君の行動は「このゐたる大人」つまり少納言の乳母から「心なし」「心づきなし」と評されており、犬君は紫の上の行動を妨げ、非難される者として描出されているのである。

犬君は、二箇所目の登場場面である「紅葉賀」巻においても同様に、紫の上の意に反する行動をとる者として語られている。

「儺やらふとて、犬君がこれをこぼちはべりにければ、つくろひはべるぞ」とて、いと大事と思いたり。「げに、いと心なき人のしわざにもはべるなるかな。いまつくろはせはべらむ。今日は言忌して、な泣いたまひそ」とて、出でたまふ気色ところせきを、人々端に出でて見たてまつれば、……

（「紅葉賀」①三二一頁）

年が改まり、光源氏が二条院の西の対を訪れたとき、紫の上は犬君が雛遊びの道具を壊したと話し、それを「大事」と思いながら直している。ここでは、犬君が紫の上の遊びを妨げる者として描かれ、光源氏からは「心なき人」と評されるのである。

犬君は両場面において、紫の上に「口惜し」「大事」という思いを抱かせ、少納言の乳母や光源氏といった周囲の大人たちによって「心なし」「心づきなし」と評されるように、紫の上の行動を阻害し、批判される者として描出されている。犬君は二箇所においてわずかに点描されるに過ぎないため、この両者が同一人物であることを疑問視する見解もある[4]。しかし、紫の上が二条院に移る折には少納言の乳母ただ一人が付き添ったものの[5]、後に女房や女童が紫の上のもとに参り集っていることが語られ（「若紫」①二六一頁）、何よりも「若紫」「紅葉賀」巻における犬君の行動に一貫性があることや、周囲の人々から同じように「心なし」と評されていることをふまえれば、両場面の犬君は同一人物であると認めることができよう。ただし、紫の上によってその名を呼ばれる犬君は、紫の上が召し使う女童であり[6]、しかも、極めて親密な関係にあると考えられ、一方的に紫の上をいじめる存在として描かれているとはいえまい。「心なし」「心づきなし」と犬君を非難しているかに見える人々は、犬君の行動そのものを責めているのではなく、泣いている紫の上をなぐさめているものともとらえ得る。そのようにとらえれば、犬君が紫の上と共に物語に登場しつつ、その無邪気なふるまいをとどめるかのような行動をとることの意義はあらためて見つめ直す必要が出てこよう。

物語における犬君の人物像は、たとえば蟹江希世子が犬君は紫の上の持つ最高の美質とは正反対にある過剰性を表出する分身的な「童」であるとし[7]、三谷邦明が幼い紫の上に「無意識的に潜在していた異質性」を造型化したのが犬君であるとするように[8]、紫の上との関わりから論じられてきた。しかし、犬君の出自については、たんなる女童にとどまらず乳母子である可能性が指摘され[9]、少納言の乳母の娘として登場する弁と同一人物であるとされるものの[10]、必ずしも明らかにされているとはいえない。犬君という登場人物の実態の解明は、初期の紫の上のあり方を考えるうえでも不可欠であろう。紫の上と共に物語に登場してくる犬君と呼ばれる女童は、はたしてどのような生い立ちを持ち、紫の上とどのような関わりを持った女童なのであろうか。

本章では、平安時代における女童のありようをふまえることによって犬君のあり方をとらえ直し、犬君が語られることによって構築されてくる物語世界、さらには「紅葉賀」巻を最後に犬君が物語の表舞台に登場しなくなった後の物語世界を考えてみたい。

二　『源氏物語』における女童

「若紫」「紅葉賀」巻に登場する犬君は、紫の上に仕える女童であるとされていたが、そもそも女童とはどのような者たちなのであろうか。犬君のあり方を考察する前に、まずは平安時代および『源氏物語』の女童について検討してみたい。

童や女童に関しては、子ども論とともにさまざまな視点から論じられるが[11]、とくに平安時代の文学作品に登場する女童が年齢や職掌などの点で大人の女房と区別されることは重要であろう。たとえば、齋木泰孝は、『うつほ物語』や『落窪物語』、『栄花物語』の例をもとに、大人の女房や下仕と女童との侍女としての職掌の違いをはじめ、年齢・出身階級などによる区別について検討したが[12]、古田正幸は、平安中期の物語で用いられる「大人」という語を検証し、『うつほ物語』においては大人と童との差異は年齢によって規定されることを指摘しつつ[13]、抜きん出た「心」を持つことで大人とされる『落窪物語』のあこぎの特性が以降の作り物語にも影響を与えたとする[14]。さらに、蟹江希世子は、とくに職掌的な童たちの職能や出自、年齢について検討を深め、雑役・肉体労働に従事することや、憑坐・文使い・樋洗・遊び相手・給仕を担うこと、風景を演出する「添え物」的な扱いを受けることを指摘している[15]。平安時代の文学作品に描出される女童は、明らかに大人の女房とは異なる、特異な性質を持つものとされてきたのである。

池田亀鑑編『源氏物語大成』によると、『源氏物語』の中に「童（わらは）」および「童べ（わらはべ）」という語彙は計一一四例見える。[16]それらの用例が紫の上の周辺と宇治十帖に比較的集中していることがすでに指摘されるように、[17]巻別に見れば、「若紫」「若菜下」「浮舟」巻にとくに多く、その用例の偏差はそれぞれの巻の性質を示しているとも考えられるが、『源氏物語』における女童には従来指摘されてきたような女童の特性が認められる。

たとえば、多くの女童の姿が描かれる「若菜下」巻における女楽の場面は次のように語られる。

童べは、容貌すぐれたる四人、赤色に桜の汗衫、薄色の織物の衵、浮紋の表袴、紅の擣ちたる、さまもてなしすぐれたるかぎりを召したり。女御の御方にも、御しつらひなどいとど改まれるころの曇りなきに、おのおのいどましく尽くしたる装ひどもあざやかに、二なし。童は、青色に蘇芳の汗衫、唐綾の表袴、衵は山吹なる唐の綺を、同じさまにととのへたり。明石の御方のは、ことごとしからで、紅梅二人、桜二人、青磁のかぎりにて、衵濃く薄く、擣目などえならで着せたまへり。宮の御方にも、かく集ひたまふべく聞きたまひて、童べの姿ばかりは、ことにつくろはせたまへり。青丹に、柳の汗衫、葡萄染の衵など、ことに好ましくめづらしきさまにはあらねど、おほかたのけはひの、いかめしく気高きことさへいと並びなし。

（「若菜下」④一八五～一八六頁）

女楽を催すのにあたって、紫の上、明石女御、明石の君、女三の宮が各々容貌の優れた「童べ」「童」である女童を集め、装束を整えたことが記されるが、女三の宮は「童べの姿ばかりは、ことにつくろはせたまへり」とあり、女童の身なりだけは格別に整えさせたことが語られている。玉上琢彌は、女童の人選や装束に気を配るのは、女童が動き回って人の目に付くためであると指摘するが、[18]女楽に臨む一行のありさまを語るうえで女君より先に女童について記されていることからは、周囲の人々から見られる存在であるという女童の特質をうかがうことができる。視覚の対象となる女童は、主人たる女君の境遇を端的に表し、[19] 権力・経済力や趣味・教養といったすべてを象徴する役割を担うともされてきた。[20]「若菜下」巻の例からは、「添え物」として使われて主人や主家の権勢の強さを示す女童のあり方が見て取れるのである。

しかしながら、ここで注目したいのは、これまで論じられてきた女童の役割や機能ではなく、女童がどこから来るのかということである。女房であれば出仕ということになるが、女童はどのようにして主家に仕えることになるのであろうか。そのことを考えるにあたって取り上げたいのが、「東屋」巻において、匂宮と浮舟との邂逅のきっかけとなった女童である。

若君も寝たまへりければ、そなたにこれかれあるほどに、宮はたたずみ歩きたまひて、西の方に例ならぬ童の見えけるを、今参りたるかなど思してさしのぞきたまふ。　（「東屋」⑥六〇頁）

二条院に帰邸して中の君のいる西の対を訪れた匂宮は、隙を持て余して邸の中を「たたずみ歩」き、「例ならぬ童」の姿に目をとめ、「今参りたるか」などと思って中を覗いたことで「例ならぬ童」の主人たる女君、浮舟を見出す場面である。浮舟は、母の中将の君の依頼で二条院の中の君に引き取られたときには「乳母、若き人々二三人ばかり」を伴うだけであり（「東屋」⑥四一頁）、女童の姿は見えない。そのため、「例ならぬ童」は浮舟が二条院に入った後に新たに浮舟付きとなったと考えられるが、そうしたことができるのは中の君をおいてほかにはあるまい。「浮舟」巻において、匂宮が浮舟のいる宇治の邸を訪れたとき目にした「をかしげなる」童を、「これが顔、まづかの灯影に見たまひしそれなり」とする（「浮舟」⑥一一九〜一二〇頁）ことから、この後、この女童は浮舟と行動を共にしたことが知られるが、この女童は、中の君の差配によって浮舟に付けられたと考えられるのである。(21)

転居にともなって女童を集めたり与えられたりする例は、末摘花の二条東院入り(22)や玉鬘の六条院入り(23)など複数の場面に見えるが(24)、紫の上が光源氏に引き取られて二条院に入った直後の記述には次のようにある。

日高う寝起きたまひて、「人なくてあしかめるを、さるべき人々、夕づけてこそは迎へさせたまはめ」とのたまひて、対に童べ召しに遣はす。「小さきかぎり、ことさらに参れ」とありければ、いとをかしげにて四人参りたり。（「若紫」①二五七頁）

光源氏は、傍線部のように紫の上に仕える女房を故按察大納言邸から呼び寄せる一方で、女童は波線部のように二条院の東の対から召している。北山において尼君に養育されていた頃には、紫の上の周囲には多くの女童の姿があった（「若紫」①二〇一頁）が、光源氏に引き取られたのを機に、紫の上には新たに光源氏の女童が与えられていることがわかる。女童たちには意向を問われることなく、主人の意向によって出仕先が変更させられており、女童は主人の意のままに所属をも変えられる存在であったといえる。

中の君のもとには、「人の参らせたる童」（「浮舟」⑥一一三頁）の存在が記されており、女童は「人」によって献上される存在であったことが知られる。女童は、その時々の主人によって意のままに新しい出仕先に移され、ひとつの場所に留まり続けるとは限らないのであった。

犬君は、紫の上の女童であったが、それでは犬君もまた他の家からやってきた者であったのだろうか。犬君のあり方を考えるために、『源氏物語』に限らず、平安時代において女童と主家とがどのような関係にあったのか検討してみたい。

三　家と女童

女童には、主人の意向によって主家を移動させられていく流動性の高さが認められることが指摘できたが、その出仕のあり方は個人に仕えるというよりも、家に帰属するという形態であったようである。

たとえば、藤原教通と禔子内親王との結婚にあたっては、『栄花物語』に「もとより宮の人々多くさぶらふうちに、若き人、童女など多く参りそひたり」とあり（巻第二十七「ころものたま」③六七頁）、すでに禔子内親王には多くの女房たちが仕えていたにもかかわらず、新たに若い女房と女童が添えられたことが語られているが、彰子の入内の記事には次のようにある。

女房四十人、童女六人、下仕六人なり。いみじう選りととのへさせたまへるに、かたち、心をばさらにもいはず、四位、五位の女といへど、ことに交らひわろく、成出きよげならぬをば、あへて仕うまつらせたまふべきにもあらず、ものきよらかに、成出よきをと選らせたまへり。さるべき童女などは、女院などより奉らせたまへり。これはやがてこのたびの童女の名ども、院人、内人、宮人、殿人などやうにつけ集めさせたまへり。

（巻第六「かかやく藤壺」①三〇〇頁）

彰子の入内の折には「女房四十人、童女六人、下仕六人」を伴ったとされるが、女童は女院などから献上されたとある。「院人、内人、宮人、殿人」などと呼び名がつけられているように、入内にあたって彰子に仕えることとなった女童の中には、彰子方が集めた女童に加えて、詮子や一条天皇、藤原道長などから供奉された者もいたことがわかり(25)、それらの呼び名は出身の家に関わるものと考えることができる。そして、いったんその家に入った女童は、当該の家に帰属する者として認識されていく。

世の中の宮、殿ばら、家々の女の童べを、今の世のこととしては、もの狂ほしう幾重とも知らぬまで着せたる、十二十人、二三十人押し凝りて渡れば、「いづくの人ぞ」とかならず召し寄せて御覧じ問はせたまへば、その宮の、かの殿の、何の守の家など申すを、好きをば見興じ、またさしもなきをば笑ひなどせさせたまふも、さまざまいとをかしう今めかしき有様になんあめる。

（巻第八「はつはな」①三七二〜三七三頁）

『栄花物語』には、葵祭の見物のために都中の宮家や殿方、家々に仕える女童が一団となって歩く様子が語られ、女童たちは家の人々によっておかしなほど幾重にも着物を着せられていたとされる。そのとき、道長が女童を品定めするかのように眺めつつ、「いづくの人ぞ」とたずねたところ、「その宮の、かの殿の、何の守の家」などと返事があったことが記されており、女童は家々に仕えるものと認識されていたといえる。

女童は人から人というよりは、家から家へと主人の意向によって移動し、家に帰属して役割を果たしていたと考えることができる。したがって、女童は主家とは関係性の薄い出自の者が多数であったと考えられるが、女童の中にはもともと当該の家と関係を持った者も存在していた。たとえば、『うつほ物語』においては、涼と仲忠があて宮に仕える女童のあこきについて語り合う中で、「あこきは、兵衛の君の妹とや」「あこきは、木工の君のとや」などと語られており（「蔵開・下」五七六頁）、あて宮の女房である兵衛の君か木工の君の妹であると認識されていることが確認される。また、『小右記』長和四年（一〇一五）四月十四日条には、一三歳の女童が火事によって死亡した記事があるが、その女童について「件童女左衛門督妻乳母子」と記されており（(四）八頁）、縁者の乳母子が女童として仕えていた事例を確認することができ、女童の中には乳母子や女房の妹など、大人の女房とのつながりを有する者が含まれていたことがわかる。主家の中には、縁を持たない女童のほかに縁のある女童も存在し、その中でも古参の者や新参の者もいるといった状況が認められ、家の中には多様な女童が混在していたと考えることができる。

「若紫」巻において光源氏が垣間見た紫の上付きの女童についても、按察大納言家に仕える女房の縁者が含まれていた可能性は考えられ、中でも犬君については紫の上との親密さからして、その蓋然性は高いと判断される。ただし、吉海直人が少納言の乳母の娘として登場する弁と同一人物であると指摘する[26]のはどうであろうか。たしかに、少納言の乳母の娘であれば、紫の上との親密さは理解できる。しかし、弁は「葵」巻において光源氏と紫の上に三日夜の餅を持って行く役を担うものの、「若き人」であるため「気色もえ深く思ひよらねば」と記され、事情を深く理解することはできないと語られており（「葵」②七三〜七四頁）、犬君とはその性質を異にしている。犬君は、「心なし」と評される女童であったが、それは「気色もえ深く思ひよらねば」という理由によってのことではないと考えられる。

「若紫」巻においては、犬君が雀の子を逃がしたと泣く紫の上に対して、北山の尼君が「いで、あな幼や」と紫の上の幼さを嘆きつつ、雀を捕らえ育てることについて「罪得ることぞと常に聞こゆるを」と仏罰を被ると叱り（「若紫」①二〇七頁）、「紅葉賀」巻では、少納言の乳母が「今年だにすこしおとなびさせたまへ。十にあまりぬる人は、雛遊びは忌みはべるものを」と語って雛遊びに興じる紫の上を諭している（「紅葉賀」①三二一頁）。両場面において、北山の尼君や少納言の乳母は、紫の上の行動を阻害した犬君ではなく、あまりに幼いふるまいをする紫の上を叱るのである。とくに少納言の乳母は、「若紫」巻では犬君を「心なし」と評すが、「紅葉賀」巻では紫の上を諭す側になっている。これは、はじめはただ紫の上の肩をもつ乳母としての立場にあった少納言の乳母が、尼君の死後は尼君の意向に沿って光源氏との結婚に向けて紫の上を女君として成長させることを目指す立場にある者として、その意識が変化したことによるものと考えられる。一見すると乱暴なように見える犬君のふるまいは、実は紫の上に雀の子の養育や雛遊びをやめさせようとする按察大納言家の大人たちの意向に沿うものなのであり[27]、犬君は大人たちの意向を「深く思ひよ」って行動していると理解することができるのである。そのような犬君は、大人の事情を理解できない弁とはやはり別人と考えなければなるまい。

では、乳母子のように姫君に親しいものの、周囲の大人の意向をも察して行動できる犬君はどのような出自の者であると考えることができるのであろうか。女童には高い流動性が認められたが、犬君は家から家へと移動していく女童ではなく、また新参の女童だとも考えられまい。その出自は、紫の上の母、故姫君の時代まで遡って検討する必要があろう。

四　犬君と按察大納言家

紫の上の母、故姫君は按察大納言家の一人娘であったが、その素性は「若紫」巻において、光源氏が北山の僧都の坊を訪れて語り合う中で明かされる。僧都は次のように語る。

「むすめただ一人はべりし。亡せてこの十余年にやなりはべりぬらん。故大納言、内裏に奉らむなどかしこういつきはべりしを、その本意のごとくもものしはべらで過ぎはべりにしかば、ただこの尼君ひとりもてあつかひはべりしほどに、いかなる人のしわざにか、兵部卿宮なむ忍びて語らひつきたまへりけるを、もとの北の方やむごとなくなどして、安からぬこと多くて、明け暮れものを思ひてなん亡くなりはべりにし。もの思ひに病づくものと目に近く見たまへし」など申したまふ。（「若紫」①二一二〜二一三頁）

紫の上の祖父にあたる故按察大納言は、娘の入内を目指して大切に養育していたものの、「本意のごとく」ならないまま亡くなってしまい、その後は北山の尼君が一人でその遺志を継いで故姫君の世話をしていたことが語られる。『源氏物語』において、同様に娘が入内する前に父が亡くなった例としては、光源氏の母、桐壺更衣の父である按察大納言の存在が思いおこされる。按察大納言は臨終の際まで、「この人の宮仕の本意、かならず遂げさせたてまつれ。我亡くなりぬとて、口惜しう思ひくづほるな」と繰り返し諭していたとされ（「桐壺」①三〇頁）、按察大納言亡き後は母君がその遺志を継いで桐壺更衣の入内を実現させたのである。

浅尾広良は「桐壺」「若紫」巻の按察大納言の造型の共通性を論じたうえで、紫の上の祖父大納言は桐壺帝後宮の状況を鑑みて、桐壺帝のみならず東宮への参入をも視野に入れていたことを指摘している。(28)それほどまでに按察大納言は娘の宮仕えを望んでいたのであり、当然入念な準備を進めていたことが推察されるが、そのひとつとして姫君に仕える女房を整えることにも気を配っていたと考えられる。姫君の入内や結婚にあたっては、先の『栄花物語』にも見られるように多くの女房や女童が必要とされていた。『源氏物語』においても、入内とは状況が異なるものの、光源氏が北山で耳にした明石一族の噂話の中に「よき若人、童など、都のやむごとなき所どころより類にふれて尋ねとりて」とあるように（「若紫」①二〇四頁）、都の高貴な人との結婚を期待して養育されていた明石の君のもとに多くの女房や女童が集められていたことが語られており、同様に故姫君にも多くの者たちが集められ仕えていたと考えてよいであろう。

しかし、桐壺更衣が母の後見のもとで桐壺帝に入内したのに対し、故姫君の入内は実現されることがなかった。その原因について北山の僧都は「いかなる人のしわざにか、兵部卿宮なむ忍びて語らひつきたまへりける」と明かし、兵部卿宮を手引きした女房がいたことを語る（「若紫」①二一三頁）。兵部卿宮が通うことは、宮仕えを目指していた北山の尼君や姫君にとって望まない出来事であり、故姫君は失意のままに亡くなってしまったのである。

『源氏物語』において、女君の望まない男君が女房によって手引きされた例として、玉鬘と鬚黒との結婚をあげることができる。鬚黒を玉鬘のもとに手引きしたのは弁のおもとという女房であった。この女房がどのような者であったかは語られることはないが、「無心の女房」（「若菜下」④二六一頁）とされており、幼い頃から玉鬘に付き従う乳母一族のような古参女房とは考えにくい。玉鬘の場合は六条院に移り住むときに新たに女房や女童を集めており（「玉鬘」③一二六〜一二七頁）、弁のおもともその中のひとりであったと考えてよかろう。また、手引きした後の記述には「女君の深くものしと思し疎みにければ、えまじらはで籠りゐにけり」とあり（「真木柱」③三四九頁）、弁のおもとは玉鬘が望まない相手を手引きしたことで疎まれ、出仕も停止されたと解することができる[29]。故姫君の場合は、女房の手引きによって兵部卿宮が通うようになったことで入内が果たせなかったのであるが、そうした状況を招いた女房は北山の尼君や故姫君に遠ざけられたと考えるのが自然であろう。つまり、兵部卿宮が通った後、紫の上が誕生した頃には信頼すべき女房だけが残されていたと考えることができるのである。

女房や女童の中には縁故を頼って集められた人々が含まれているが、その中でも信頼される者とはどのような人々なのであろうか。たとえば、『源氏物語』に登場する乳母子の中でも、女三の宮に仕える小侍従は、女三の宮と柏木の密通を手引きしており（「若菜下」④二二三頁）、たんなる乳母子ではそうした危険性も生じてくる。それに対して、「あてきといひしは、今は兵部の君といふ」と語られている（「玉鬘」③九九頁）玉鬘の女房である兵部の君は、母が夕顔の乳母であり、母が仕えた夕顔の娘である玉鬘に仕えていることになり、たんなる乳母子よりも強い絆によって結ばれているといえる。(30)『うつほ物語』には故式部卿宮の中の君の乳母の娘や孫が女童として仕えている例が見える（「蔵開・下」五八七〜五八八頁）。また、『落窪物語』に登場するあこぎは、「親のおはしける時より使ひつけたる童」であるとされ（巻之一、一八頁）、落窪姫君に近侍して守り続けるが、乳母もいない中であこぎが実母の遺志に沿うように姫君に仕えるのは、母親の代から仕えていることが大きな要因となっていると考えられる。

紫の上に近侍し、紫の上のふるまいに注意を促す犬君の出自にも、そうしたその家に代々仕える女房の系譜もあるのではなかろうか。(31)犬君は紫の上の「遊びがたき」とされるが、そのことに注目しながら、さらに犬君のあり方を考えてみたい。

五　「遊びがたき」としての犬君

紫の上の周囲には多くの「きよげなる童など」がいたことが語られる（「若紫」①二〇一頁）が、そうした女童たちは紫の上の「御遊びがたき」とされている。紫の上が北山の尼君と共に都に戻った後、光源氏がその邸を訪れたとき、「御遊びがたきども」が「直衣着たる人」の来訪を伝えたことが語られ（「若紫」①二四二頁）、また、紫の上が光源氏によって二条院に引き取られた後も、紫の上は「御遊びがたきの童べ、児ども」と共に遊ぶ様子が見える（「若紫」①

二六一頁）。

『源氏物語』には「遊びがたき」の用例が紫の上の二例のほかに四例あるが、冷泉帝と弘徽殿女御[32]や紫の上と女三の宮[33]、薫と今上帝の皇子たち[34]や冷泉院と八の宮の姫君たち[35]など、男女差や年齢差、身分差を超えて「遊び」合う仲間を指す語として用いられている。紫の上の女童以外に女童にかかわる「遊びがたき」の用例は見出すことができないが、だからこそ、この「遊びがたき」たちと紫の上との特異な関係をそこにみることができよう。

これに似た表現が『うつほ物語』にあるが、そこではいぬ宮の「御乳主・乳母子六人」が「御遊びの具」とされることが記され（「楼の上・上」八五三頁）、乳主や乳母子が特別に区別されているが、こうした人々はいぬ宮を取り巻き養育する存在でしかない。一方で紫の上の「遊びがたき」の女童は、紫の上と気兼ねなく話をし、外面的にも「きよげなる童など」ととらえられるように、紫の上ときわめて近い親密な関係にあったことがうかがえ、そこには、主人と乳母子といった関係性を超えた、同族的ともいえる間柄を認めることができる。紫の上と共にいる「遊びがたき」の中にはもちろん犬君も含まれていたと考えられる。犬君は「遊びがたき」として、紫の上が大切にしていた雀の子を逃がしたり、雛遊びの道具を壊したりして「心なし」と評されるような行動をとるが、それは紫の上の成長を促す者、とくに故姫君や北山の尼君の遺志を体現するものとも解することができるのであった。

犬君によって雀の子を逃がされて泣く紫の上に対して、北山の尼君は「いで、あな幼や」と嘆き（「若紫」①二〇七頁）、「ただ今おのれ見棄てたてまつらば、いかで世におはせむとすらむ」と泣く（「若紫」①二〇八頁）。紫の上のいち早い成長は、尼君の願いであり、故姫君の願いでもあったにちがいない。犬君は、そのやや乱暴な行動によって紫の上の成長を促しているとみることができる。犬君の行動に対して少納言の乳母は、「心なし」と批判しており、そのことばには紫の上と主従関係にある乳母としての性質があらわれているが、犬君は、むしろ母君に近い立場で紫の上のそばにいるといえるのである。北山の尼君は生前、光源氏に対して「かくわりなき齢過ぎはべりて、かならず数まへさせたまへ」と依頼しており（「若紫」①二三七頁）、光源氏と紫の上の結婚を望んでいた。犬君の行動は、紫の上が女君として成長してゆくことを望む尼君や故姫君といった按察大納言家の人々の意向に沿うものであり、たんなる乳母子や女童にとどまらないものなのである。

犬君は代々按察大納言家に仕えてきた女房の系譜にある者で、生まれたときから紫の上と共に育てられた者のひとりと考えることができる。もし紫の上に娘が生まれることになれば、もちろん犬君の娘が女童として近侍することになったのであろう。犬君の母や祖母は、紫の上の母君や祖母に代々仕えていた女房であると想定することではじめて、犬君のふるまいも理解できてくる。本来であれば、そのような役割を負った女房の姿が北山に見られてもよいが、紫の上の身の回りには若い女房や女童ばかりが見える。犬君や他の女童の母親たちは、故姫君の死去にともなって出家を果たしたとも考えられるが、犬君をはじめとした女童ばかりに取り囲まれた紫の上の姿は、守ってくれる母や古女房までもがいない紫の上の不安定な立場を示しているのであった。

六　犬君のゆくえ

紫の上の父、兵部卿宮は北山の尼君の死後、紫の上を自邸に引き取ろうとした折に、「君は、若き人々などあれば、もろともに遊びて、いとようものしたまひなむ」と語っており（「若紫」①二四七頁）、紫の上が異母きょうだいと共に遊び成長することを期待している。一方で、北の方は「わが心にまかせつべう思しける」とあり（「若紫」①二六〇頁）、紫の上を自分の意のままに扱える存在であるととらえている。もし紫の上が兵部卿宮に引き取られていれば、紫の上自身が女童のように扱われることになるであろう。北山において「遊びがたき」たちの中にまぎれて遊ぶ紫の上の姿は、むしろそのような将来を強く喚起させるものなのである。

しかし、紫の上が光源氏によって二条院に引き取られると、はじめこそ「遊びがたき」と共に遊ぶ様子が見えるものの、次第にその姿は見えなくなり、紫の上は「遊びがたき」から分離させられていく。「葵」巻には次のような場面がある。

西の対に渡りたまひて、惟光に車のこと仰せたり。「女房、出でたつや」とのたまひて、姫君のいとうつくしげにつくろひたてておはするをうち笑みて見たてまつりたまふ。……「まづ、女房、出でね」とて、童の姿どものをかしげなるを御覧ず。（「葵」②二七頁）

光源氏と紫の上が葵祭の見物に出かけるとき、光源氏は近侍する女童たちに対して戯れに「女房、出でたつや」「まづ、女房、出でね」などと声をかけ、光源氏は女童をあえて「女房」と呼び、主従関係を明示するのであった。また、葵の上の死後には光源氏を出迎える二条院の女童たちの姿が描かれる。

御装束奉りかへて西の対に渡りたまへり。更衣の御しつらひ曇りなくあざやかに見えて、よき若人、童べのなり、姿めやすくととのへて、少納言がもてなし心もとなきところなう心にくしと見たまふ。（「葵」②六八頁）

女童たちは少納言の乳母によって「姿めやすくととのへ」られており、幼い紫の上と遊ぶ子どもたちとして扱われるのではなく、主人を迎える女君の飾りのように整えられている。これらの女童は「遊びがたき」ではなく、紫の上に仕える存在としてあり、二条院においては紫の上と女童との間に主人と女房という明確な主従関係が見えるようになる。このような秩序を与えるのはもちろん光源氏である。光源氏は、紫の上を引き取ることで「遊びがたき」から分化させ、二条院における女君の地位を与えていくのである。

犬君は、幼い紫の上と共に物語に登場して「遊びがたき」として紫の上と「遊び」合いつつ、紫の上の成長を願う按察大納言家の人々の思いを体現する者として存在し、紫の上が光源氏に引き取られた後は、紫の上と女童とが主人とそれに仕える女房として主従関係を構築していく中で、「紅葉賀」巻を最後に物語には語られなくなる。ずっと紫の上と共に育ってきた犬君が今になってそばを離れたとは考えにくい。しかし、その犬君が物語の表舞台には登場しなくなることは、仕えてきた紫の上の立場の変化を示す。故按察大納言や北山の尼君、故姫君など按察大納言家の人々が代々願い続けた紫の上の将来は光源氏に託された。犬君は光源氏によって再編された女房集団のひとりとして、その中に埋もれ、姿を消していくのである。犬君の姿が見えなくなることは、紫の上が光源氏の庇護のもとに入ったことを示すと同時に、紫の上が按察大納言家の守護の及ばないところに据え直されたことを意味している。犬君も見えない二条院で紫の上は光源氏だけを頼りとして生きていかなければならない。ゆくえも知れない犬君の存在は、紫の上の年少期の終わりとともに、苦悩に満ちた人生の始まりを明示しているのである。

注

（1）松尾聡「紫上―一つのやゝ奇矯なる試論―」（『平安時代物語論考』笠間書院、一九六八年）、秋山虔「紫上の初期について」（『源氏物語の世界』東京大学出版会、一九六四年）。

（2）原岡文子「紫の上の登場―少女の身体を担って―」『源氏物語の人物と表現　その両義的展開』翰林書房、二〇〇三年、二三九頁。
（3）原岡文子「紫の上の登場―少女の身体を担って―」『源氏物語の人物と表現　その両義的展開』翰林書房、二〇〇三年、二二七頁。
（4）新編日本古典文学全集頭注は「同一人物かどうかは不明」として慎重な立場をとっている（「若紫」①二二一頁）。また、吉海直人は両者が別人の可能性を示す（「『源氏物語』若紫巻を読む」『国語教室』六三、一九九八年二月）が、「一般的には同一人物として重ねられている」とも指摘しつつ、紫の上が創り出した「幻想の人物」である可能性も示唆している（「紫式部と源氏文化―若紫巻の「雀」を読む―」高橋亨編『〈紫式部〉と王朝文芸の表現史』森話社、二〇一二年、二二七頁）。
（5）紫の上が二条院に移るときには、光源氏が「人ひとり参られよかし」と言ったのに応えて少納言の乳母一人だけが共に車に乗る（「若紫」①二五四頁）。しかし、光源氏は「よし、後にも人は参りなむ」とも言っており（「若紫」①二五五頁）、後から二条院に女房や女童が参上したことが想定される。
（6）『湖月抄』（『源氏物語湖月抄（上）増注』講談社学術文庫、二四七頁）、日本古典文学大系『源氏物語』（「若紫」①一八四頁）、新潮日本古典集成『源氏物語』（「若紫」①一九〇頁）、日本古典文学全集『源氏物語』（「若紫」①二八一頁）、新編日本古典文学全集『源氏物語』（「若紫」①二〇六頁）、梅野きみ子他編『源氏物語注釈』（一）（風間書房、二六八頁）。
（7）蟹江希世子「紫の上と犬君―物語解釈のコード―」『解釈』四八―一一・一二、二〇〇二年一二月。
（8）三谷邦明「犬君・源氏物語におけるマナー違反者」『児童心理』五五―一三、二〇〇一年九月。
（9）三谷邦明「犬君・源氏物語におけるマナー違反者」『児童心理』五五―一三、二〇〇一年九月。
（10）吉海直人「少納言（紫の上の乳母）」『平安朝の乳母達―『源氏物語』への階梯―』世界思想社、一九九五年。
（11）飯沼清子「童女から女君へ」『物語研究』四、一九八三年四月、加藤理『「ちご」と「わらは」の生活史―日本の中古の子どもたち―』（慶應通信、一九九四年）、服藤早苗「『源氏物語』の童たち」（『国文学』四四―五、一九九九年四月）、服藤早苗『平安王朝の子どもたち―王権と家・童―』（吉川弘文館、二〇〇四年）、原岡文子「物語の子どもたち―『うつほ物語』から『源氏物語』へ―」（『源氏物語とその展開―交感・子ども・源氏絵―』竹林舎、二〇一四年）など。

(12)　齋木泰孝「侍女の職能分担（大人、童、下仕など）―円融・花山朝、宇津保・落窪の世界―」『物語文学の方法と注釈』和泉書院、一九九六年。

(13)　『うつほ物語』には、「同じ青色に、蘇枋、綾の袴、綾の掻練の袙一襲、袷の袴着たる童、髪丈と等しくて、年十五歳より内なる、丈等しく、姿同じき、十人」と記されている（「吹上・上」二五五頁）。

(14)　古田正幸「「大人」と「童」との境界―『落窪物語』「あこき」を中心に―」『平安物語における侍女の研究』笠間書院、二〇一四年。

(15)　蟹江希世子「平安朝「童」考―物語の方法として―」『古代文学研究（第二次）』六、一九九七年一〇月。

(16)　池田亀鑑編『源氏物語大成（八）索引篇』中央公論社、一九八五年。男の童や子どもを示す例を含む。複合語等は除く。また、「若菜下」巻と「浮舟」巻には「童（わらべ）」という語彙が一例ずつあり、「若菜下」巻は横山本・榊原家本・池田本・陽明家本・三条西家本において、「浮舟」巻は横山本・肖柏本・三条西家本において「わらはへ」とされている。さらに、「女童・女の童（めのわらは）」という語彙も四例認められるが、いずれも本章で考察の対象とする仕える者としての女童ではなく、女の子どもを示す場合や娘を卑下する言い方として用いられている。

(17)　蟹江希世子「紫の上と犬君―物語解釈のコード―」『解釈』四八―一一・一二、二〇〇二年一二月。

(18)　玉上琢彌『源氏物語評釈』（七）角川書店、一二三九頁。

(19)　齋木泰孝「侍女の職能分担（大人、童、下仕など）―円融・花山朝、宇津保・落窪の世界―」『物語文学の方法と注釈』和泉書院、一九九六年。

(20)　蟹江希世子「平安朝「童」考―物語の方法として―」『古代文学研究（第二次）』六、一九九七年一〇月。

(21)　本書第三章「「今参り」考」参照。

(22)　末摘花が二条東院に移る折に光源氏は「よろしき童べなど求めさぶらはせたまへ」と言って、新たに女童を集めるよう指示している（「蓬生」②三五三頁）。

(23)　玉鬘が六条院に移る折には、「よろしき童、若人など求めさす」とあり、「市女」によって女童と女房が集められた

（「玉鬘」③一二六〜一二七頁）。この点については、山口一樹「玉鬘の物語における女房集め」（『中古文学』一〇三、二〇一九年五月）に詳しい。

(24) それ以外にも、薫が冷泉院から院の御所の対屋の一室を賜った折に薫のために女房や女童が整えられた（「匂兵部卿」⑤二二頁）ほか、中の君の上京の準備の中でも女房や女童を集め（「早蕨」⑤三五一頁）、中将の君も上京する浮舟のために女房や女童を集めて宇治に遣わしている（「浮舟」⑥一五六〜一五七頁）。

(25) 新編日本古典文学全集頭注は「「宮人」は彰子方で見つけた童女、「殿人」は道長方から出した童女の意か」とする（巻第六「かかやく藤壺」①三〇一頁）。

(26) 吉海直人「少納言（紫の上の乳母）」『平安朝の乳母達―『源氏物語』への階梯―』世界思想社、一九九五年。

(27) 三谷邦明は犬君の行動は大人たちの真似をしたものであり、犬君の方が正当ではないかと述べる（「犬君・源氏物語におけるマナー違反者」『児童心理』五五―一三、二〇〇一年九月）。

(28) 浅尾広良「按察大納言と若紫―「春日野」の変奏―」『源氏物語の准拠と系譜』翰林書房、二〇〇四年。

(29) 玉鬘が「思し疎む」相手については、『萬水一露』が「玉鬘の機嫌をとるとて大将の玉鬘のかたにこもりゐ給へる也」と述べて鬚黒であると解し（伊井春樹編『萬水一露』（三）源氏物語古注集成（二六）桜楓社、一三六頁）、日本古典文学大系も同じ立場をとる（日本古典文学大系『源氏物語』「真木柱」③一一七頁）が、『花鳥余情』は「玉かつらの弁のおもとをよからす思給へるによりてえましらはてこもりゐたるをいふなり」と述べ（伊井春樹編『花鳥余情』源氏物語古注集成（一）桜楓社、二〇八頁）、多くの現代注釈もこの見解による。

(30) 玉上琢彌『源氏物語評釈』（五）角川書店、五〇頁。

(31) 五味文彦は、院政期の例として乳母に限らず二代三代にわたって出仕する「女房の家」の存在を論じる（「女院と女房・侍」『院政期社会の研究』山川出版社、一九八四年、三八七頁）。

(32) 「澪標」巻において弘徽殿女御が紹介されるときの記述に、「権中納言の御むすめは、弘徽殿女御と聞こゆ。大殿の御子にて、いとよそほしうもてかしづきたまふ。上もよき御遊びがたきに思いたり」とある（「澪標」②三二一〜三二二頁）。

(33) 「若菜上」巻における紫の上と女三の宮との対面の前に、光源氏が女三の宮に対して、紫の上は「まだ若々しくて、御遊びがたきにもつきなからずなむ」と語る（「若菜上」④八七〜八八頁）。

（34）「匂兵部卿」巻において薫と今上帝の皇子たちとの関係が語られる中で、「院にも内裏にも召しまつはし、春宮も、次々の宮たちも、なつかしき御遊びがたきにてともなひたま」ふとある（「匂兵部卿」⑤二三頁）。

（35）冷泉院は阿闍梨から八の宮の生活について話を聞きながら、「かの君たちをがな、つれづれなる遊びがたきに」と思い、八の宮の姫君たちを自分に託してもらえないだろうかと考える（「橋姫」⑤一二九頁）。

第八章　渡殿の戸口の紫の上

——「薄雲」巻における中将の君を介した歌をめぐって——

一　光源氏を見送る紫の上

『源氏物語』「薄雲」巻、光源氏は明石の君の住む大堰へ出かけて行く。それは、正月が過ぎて忙しさがひと段落した頃の訪れであった。身支度を調えた光源氏は、紫の上のもとに出立の挨拶をしに向かう。

山里のつれづれをも絶えず思しやれば、公私もの騒がしきほど過ぐして渡りたまふとて、常よりことにうち化粧じたまひて、桜の御直衣にえならぬ御衣ひき重ねて、たきしめ装束きたまひて罷申ししたまふさま、隈なき夕日にいとどしくきよらに見えたまふを、女君ただならず見たてまつり送りたまふ。姫君は、いはけなく御指貫の裾にかかりて慕ひきこえたまふほどに、外にも出でたまひぬべければ、立ちとまりて、いとあはれと思したり。こしらへおきて、「明日帰り来む」と口ずさびて出でたまふに、渡殿の戸口に待ちかけて、中将の君して聞こえたまへり。

舟とむるをちかた人のなくはこそ明日かへりこむ夫と待ちみめ

いたう馴れて聞こゆれば、いとにほひやかにほほ笑みて、

行きてみて明日もさね来むなかなかにをちかた人は心おくとも

何ごととも聞き分かで戯れ歩きたまふ人を、上はうつくしと見たまへば、をちかた人のめざましさもこよなく思しゆるされにたり。

（「薄雲」②四三八〜四三九頁）

光源氏は「常よりことに」身支度を調え、香をたきしめた装束を身にまとっている。夕日に照らされていっそう輝くばかりに美しい姿の光源氏を、紫の上は「ただならず」見送る。しかし、幼い明石姫君が指貫の裾にまとわりついて後を追い、それは御簾の外にも出てしまいそうな勢いであったという。そのため、光源氏は姫君をなだめようと「明日帰り来む」と口ずさんでから出て行くが、そのことばを聞いた紫の上は、「渡殿の戸口」に「待ちかけ」て、光源氏の召人でもある紫の上の女房、中将の君を介して歌を詠みかけるのであった。

光源氏が発した「明日帰り来む」ということばと、それを受けて詠まれた贈答歌は、古注釈以来、催馬楽「桜人」の詞章をふまえたものであることが指摘されてきた。「桜人」は夫婦の掛け合いの形をとるが、新編日本古典文学全集頭注では、光源氏が姫君に向けて言った「明日帰り来む」ということばを、紫の上が「自分に対する源氏のあてこすりと解した」(1)ことで、「舟とむる」の歌が呼び込まれてくると指摘している。紫の上の歌を受けた光源氏は「行きてみて」の歌を返しているが、ここで注意したいのは、その歌が交わされた場所が「渡殿の戸口」であり、中将の君を介すという形をとっていることである。なぜ両者の歌の贈答は「渡殿の戸口」でおこなわれ、女房が媒介となった

のであろうか。

　当該場面における紫の上の心情については、斎藤暁子が紫の上は「姫だけは完全に奪いとったという勝利感、所有感」を抱いているとし(2)、森野正弘が明石姫君を「「罪」を無効化する」存在ととらえるなど(3)、紫の上は、姫君の養母となったことで明石の君に対する嫉妬をおさめているとされてきた。また、倉田実は催馬楽「桜人」の詞章が「遊戯的に使用されることによって諧謔性を顕著」にし、皮肉ぶりが大きく緩和されていると指摘して、余裕を持った紫の上の行動であるととらえている(4)。たしかに、紫の上は明石姫君を引き取ったことによって、光源氏の妻として、姫君の母としての安定した地位を得たかのように見える。「薄雲」巻の当該場面においても、光源氏が出立した後、無邪気にふるまう明石姫君の様子を見た紫の上は、姫君を「うつくし」と思うからこそ「をちかた人のめざましさもこよなく思しゆるされにたり」と、明石の君に対する不快感も許す気になったという。

　一方で、姫君を得てもなお明石の君に対して穏やかではいられない紫の上の心情を読み取る見方もある。新編日本古典文学全集頭注は、「常よりことにうち化粧じ」た光源氏を「ただならず」見送る紫の上の視線には明石の君に対する嫉妬が含まれると指摘する(5)。また、出て行こうとする光源氏に紫の上の方から歌を詠みかけることから、大内英範は「紫の上の焦燥」を読み取り(6)、玉上琢彌も紫の上が「心に動揺を来たし」たことによる行動であるととらえる(7)。こうした指摘をふまえれば、当該場面における歌の贈答に込められた意味を明らかにすることは重要であろう。

　当該場面において紫の上が光源氏に歌を詠みかけたときの状況は、「渡殿の戸口に待ちかけて、中将の君して聞こえたまへり」と記されるが、「渡殿の戸口」で光源氏を「待ちかけ」ていた人物については、紫の上自身とする見解(8)と中将の君とする見解とがある(9)。「待ちかけ」という語は、動詞「待つ」に補助動詞「かく」が接続したものである(10)。「待ちかけて」の部分には敬語が附属していないが(11)、下に続く「中将の君して聞こえたまへり」の「たまふ」で受ける形になっていると解することができよう。[12] つまり、当該場面では紫の上自身が「渡殿の戸口」にまで出て来たうえで、中将の君を介して光源氏に歌を詠みかけたと考えられるのである。

ではなぜ、紫の上は歌の贈答の場所として「渡殿の戸口」を選び、中将の君に媒介となることを求めたのであろうか。そうした不自然にも見えるふるまいについては、あらためて問い直す必要がある。本章では、歌が交わされた「渡殿の戸口」の位相をとらえ直したうえで、紫の上のふるまいと、中将の君の存在に注目することによって見えてくる明石姫君を引き取った後の紫の上のあり方について検討したい。

二 「渡殿」の位相

はじめに、渡殿とはどのような場所であったかを考えてみたい。渡殿は、寝殿造の邸宅を構成する建物のひとつであり、建築学と文学の両面から検証が重ねられてきた。[13] 太田静六は、渡殿は「一般に寝殿と対屋などのように主要棟間を結ぶ」ものであるとし、[14] 倉田実は、渡殿は寝殿と東西の対屋との間に南北に二条が渡され、北側が壁に囲まれた壁渡殿、南側が吹き放しで見通しがきく透渡殿であるものの、一条のみの邸宅や南側も壁渡殿であったと考えられる邸宅も見えると指摘する。[15] 壁渡殿と透渡殿とでは大きく形態が異なるが、ここでは、古記録類や文学作品の記述から、渡殿がどのような場所として位置づけられていたかを検討する。

まずは、渡殿が通路として機能する例を見る。『栄花物語』においては、高陽院行啓の際に敦良親王が車を降りてから寝殿の御座につくまでの動きについて、次のように記されている。

西の廊のなかの妻戸より入らせたまひて、西の対の簀子より通りて、渡殿の簀子を渡らせたまひて、寝殿に南面より入らせたまひて、御座につかせたまひぬ。

（巻第二十三「こまくらべの行幸」②四一九～四二〇頁）

敦良親王は「西の廊のなかの妻戸」から邸の中に入り、「西の対の簀子」と「渡殿の簀子」を通って寝殿の南面に入って座についている。この例からは、渡殿が車を降りた敦良親王が寝殿に入るまでの通路のひとつとなっていることが確認されよう。敦良親王が通った場所としては、ほかに「廊」と「簀子」があるが、とくに「廊」については、渡殿との区別が問題となってきた場所である。池浩三は寝殿と対屋を繋ぐ建物を渡殿、それ以外を廊と呼び[16]、鈴木温子や増田繁夫[18]も用途や形態から両者は別物であると指摘する。しかし、倉田実が両者をいかに区別するかについては明解を見ないと述べるように[19]、渡殿と廊は重なる機能を持つ場合がある[20]。たとえば、『源氏物語』では、六条院の町々の間には「塀ども廊などを、とかく行き通はして」造られ、秋好中宮の女童が紫の上に文を届ける折に「廊、渡殿の反橋」を渡ることが語られており（「少女」③八一～八二頁）、廊と渡殿は併記されることも多い。ここでは、渡殿と廊はともに「渡る」ための場所という性質を持ち、いったん外に出る形で、人々が行き来する場ととらえておきたい。

そのうえで注意したいのは、渡殿は、ひとつの殿舎としての機能も持つことである。『栄花物語』には、彰子の出産に備えて土御門邸に人々が参集したとき、「上達部、殿上人、さるべきはみな宿直がちにて、階の上、対の簀子、渡殿などにうたたねをしつつあかす」とあり（巻第八「はつはな」①三九九頁）、寝殿の中に入ることを許されない人々は、「階の上、対の簀子、渡殿」といった場所に控える。また、『源氏物語』においても、夕顔が物の怪に襲われた後、光源氏は「渡殿なる宿直人起こして、紙燭さして参れと言へ」と右近に指示しており（「夕顔」①一六四頁）、渡殿は多く宿直の場となっていたと考えられる。

また、寛仁二年（一〇一八）十月二十二日の土御門行幸の饗宴が催された折には、『御堂関白記』に「渡殿対座敷畳、〔為脱カ〕公卿座」とあり（(下)一八三頁）、渡殿に公卿の座が設えられたことが記される。座の位置については、『小右記』の同日の記事に詳細な記述がある。

摂政并左右大臣已下参上着座、〈上達部座在二南庇西一二間一、対座、前太府円座敷二御簾下一、在二上達部奥座上一、〉大納言已上伺候、中納言已下在二渡殿一、〈寝殿与西対渡殿也、〉

（『小右記』寛仁二年（一〇一八）十月二十二日条（五）五九～六〇頁）

これによれば、大納言以上の座は寝殿の南廂に、中納言以下の公卿の座は寝殿と西の対とを繋ぐ渡殿にあった。天皇の座がある寝殿から渡殿にかけて、身分に応じて座の位置が決められていたのであるが、渡殿は寝殿に続く場所として、男性貴族たちが集う饗宴の場となったのである。さらに、『御堂関白記』長和五年（一〇一六）六月二日条には、土御門邸が里内裏となっていた頃におこなわれた一条院の新造による遷幸に伴う叙位について「宮司・家司・女方等叙位、於二東渡殿一以二経通一令二書出一、内大臣給レ之」と記され（(下)六四頁）、叙位が寝殿と東の対とを繋ぐ渡殿でおこなわれたことが確認できる。里内裏となる邸の寝殿は紫宸殿、対屋は清涼殿や後涼殿の役割を担っていたともいわれるが[21]、このときの土御門邸の渡殿は殿上の間の機能を果たしていたと指摘される[22]。

以上のように見てみると、渡殿は、建物の間を移動するための「渡る」ための場でありつつ、一方では、人々が集まり留まることで宿直や饗宴の場となり、寝殿に附属する「殿舎」としても機能する多義的な空間であったといえる。

そのうえ、渡殿と外部とのつながりをうかがわせる例もある。『御堂関白記』寛弘二年（一〇〇五）七月二十一日条には「以㆔申時牛登㆓西対北渡殿㆒、所㆑令㆑ト、申㆓重由㆒」と、土御門邸の渡殿に牛が侵入し、物忌みとなったことが記されている（(上) 一五四頁)。また、貴族の邸宅とは少々異なるものの、長和二年（一〇一三）十二月九日条には宮中においても「藤壺与梅壺間渡殿盗来」と藤壺と梅壺の間を繋ぐ渡殿に盗人が侵入したとする記述も見える（(中) 二五五頁)。こうした侵入者たちの存在は、渡殿が異質な存在が入り込む余地を持ち、外部に開かれた場所であったことを示しているといえよう。つまり、渡殿は、寝殿や対屋に附属する邸の内部に続く空間でありながらも、限りなく外部に近い特異な場と位置づけられるのである。

「薄雲」巻の当該場面においては、邸の外部と内部をつなぐ場所である渡殿の中でも「戸口」に焦点化され、女房を媒介にした歌の贈答が交わされている。続いては、渡殿の戸口における人々、とくに女房と男性たちの動きに注目してみたい。

三　渡殿の戸口と女房

渡殿と女房とのつながりの深さを最も強く示すのは、渡殿に女房の局が置かれる例が見えることであろう。『紫式部日記』には、紫式部が「渡殿の戸口の局」から遣水払いをさせる藤原道長を眺める様子が記されている（一二五頁)。渡殿の構造や局の位置には諸説ある[23]ものの、紫式部が土御門邸の寝殿と東の対との間の渡殿に局を賜っていたことは知られている。土御門邸の渡殿には、紫式部のほか、宰相の君や宮の内侍といった女房たちの局もあり、寝殿に近い方から身分に応じて局を賜っていたとも指摘される[24]が、こうした女房たちは重用された人々であり、渡殿は邸の内部を差配する人々が伺候する場であった。また、『源氏物語』においては、光源氏が造営した二条東院について、「西の対、渡殿などかけて、政所、家司など、あるべきさまにしおかせたまふ」とあり（「松風」②三九七頁）、花散里の住む西の対と寝殿とを繋ぐ渡殿に政所や家司たちが置かれている。渡殿は家政を取り仕切る人々の集まる場として機能し、邸の内部とも深く関わる場所であったといえるのである。

そのような渡殿では、外からやってきた男性たちと女房とのやり取りが多く見える。『小右記』長和元年（一〇一二）五月二十八日条においては、藤原実資が彰子のもとに参上したとき、まずは渡殿に伺候したうえで、御簾の内にいた女房を介して彰子への啓上の機会を得たことが記される。その内容は「令㆑啓㆓先日仰事之恐㆒〈参㆓御八講㆒事也、〉即伝㆓御消息㆒、又多故院御周忌畢事也、」と記され（(三)二九～三〇頁）、御八講や一条院の法要といった公の行事に関わることであった。また、『紫式部日記』は中宮権亮藤原実成[25]と中宮大夫藤原斉信が渡殿の局をたずねたときのことを次のように語る。

暮れて、月いとおもしろきに、宮の亮、女房にあひて、とりわきたるよろこびも啓せさせむとにやあらむ、妻戸のわたりも御湯殿のけはひに濡れ、人の音もせざりければ、この渡殿の東のつまなる宮の内侍の局に立ち寄りて、「ここにや」と案内したまふ。宰相は中の間に寄りて、まださきぬ格子の上押し上げて、「おはすや」などあれど、出でぬに、大夫の「ここにや」とのたまふにさへ、聞きしのばむもことごとしきやうなれば、はかなきいらへなどす。

（『紫式部日記』一六〇～一六一頁）

実成は「渡殿の東のつま」にある宮の内侍の局、紫式部のいる「中の間」に向けて声をかけ、斉信もそれに続く。ここで実成や斉信は、彰子に昇叙の御礼を啓上しようとしていたのであり、増田繁夫は、ただ取り次ぎの女房を探していたのではなく、「儀式的公的な取り次ぎ役」を求めていたことを指摘している。[26] こうした例からは、男性たちが女性に用件を伝える場合には渡殿に伺候する女房を通すという伝達の経路が見える。

また、『源氏物語』においても、明石姫君の乳母である宣旨の娘[27]や女三の宮の女房[28]の局が渡殿に置かれている。光源氏は、女三の宮との結婚から五日目の朝、紫の上のもとで目を覚まし、女三の宮に文を遣わす。その際、「西の渡殿より奉らせよ」と言って（「若菜上」④七一頁）、西の渡殿にいる女房たちを通して女三の宮に文を差し上げるようにと指示している。このときの文は「御筆などひきつくろひて」書かれたものとされ、新編日本古典文学全集頭注が「世間体もあり、なおざりにはできない」ために「念を入れて手紙を書いた」と指摘する[29]が、光源氏の文は、渡殿の女房を通すことによって正式なものとして女三の宮のもとへ届けられるのである。『紫式部日記』や『源氏物語』の例からは、男性が邸の中の女君への接触を求める折には、女房のはたらきが重要であったことがうかがえよう。とくに、形や体裁を気にした文などの取り次ぎの場合には、渡殿の女房が媒介となっていたのである。

さらに、外から来た男性が取り次ぎを求めるのではなく、邸の中にいる女性のもとに入っていくためにも、女房やそれに準じる人々の手引きが必要であった。「空蟬」巻においては、光源氏が空蟬のもとに入る際に、紀伊守邸の「渡殿の戸口」で小君の手引きを待ち[30]（「空蟬」①一二二頁）、柏木が小侍従の手引きによって女三の宮のもとに忍び込んだのも「渡殿の南の戸」であることが語られる（「若菜下」④二二七）。このように、外部からやって来た男性たちが渡殿の戸を開き、それを越えることによって日頃は接触できない女君との邂逅をはかる様子が見えるのであるが、その折には、内側から手引きをする人々の存在がある。「渡殿の戸口」は、物理的に邸の内と外とを隔てる場所であり、その場にあって内と外を仲介している者こそが女房であったといえよう。

一方で、内に入ることのできない男性の場合には、渡殿で女房と交流する姿が見える。

御簾の内に入りたまひぬれば、中将、渡殿の戸口に人々のけはひするに寄りて、ものなど言ひ戯るれど、思ふことの筋々嘆かしくて、例よりもしめりてゐたまへり。（「野分」③二七六頁）

光源氏が紫の上のもとを訪れた折、随行していた夕霧は御簾の外で待つが、そのとき、「渡殿の戸口」に女房たちの気配がしていたため、夕霧は近くに寄って「ものなど言ひ戯」れる。夕霧は、これより前に「東の渡殿の小障子の上」から「妻戸の開きたる隙」を何気なく見た折に紫の上の姿を垣間見ており（「野分」③二六四頁）、その後も、紫の上の姿が忘れられずにいる。しかしながら、紫の上の姿を垣間見たことや思慕の情は打ち明けられるはずもなく、ここで女房たちと「ものなど言ひ戯」れてはみるものの、心は沈んだままであった。

同じように、薫は、女一の宮が六条院の「西の渡殿」を御八講の後の仮の居所としていたとき、「障子の細く開きたる」ところから女一の宮の姿を垣間見ている（「蜻蛉」⑥二四七〜二四八頁）。その後も「渡殿も慰めに見むかし」と思い（「蜻蛉」⑥二五五頁）、女一の宮への思慕の情を慰めるために渡殿に通い詰めるが、ふたたび女一の宮の姿を見ることはかなわない。そのようなとき、渡殿に集う女一の宮の女房と交流する。

例の、西の渡殿を、ありしにならひて、わざとおはしたるもあやし。姫宮、夜はあなたに渡らせたまひければ、人々月見るとて、この渡殿にうちとけて物語するほどなりけり。箏の琴いとなつかしう弾きすさむ爪音をかしう聞こゆ。思ひかけぬに寄りおはして、「など、かくねたまし顔に掻き鳴らしたまふ」とのたまふに、みなおどろかるべかめれど、すこしあげたる簾うちおろしなどもせず、起き上がりて、「似るべき兄やははべるべき」と

答ふる声、中将のおもととか言ひつるなりけり。　（「蜻蛉」⑥二七一頁）

薫は、いつものように渡殿を訪れ、「渡殿にうちとけて物語する」女一の宮付きの女房たちと交流する。薫と女一の宮の女房、中将のおもととのやり取りには『遊仙窟』の引用が指摘され、「琴の音を聞かせて気をもますだけではなく、目にもその姿かたちを見せてほしい」との意を響かせる薫に対して、中将のおもとがそれを切り返しているという。(31) 薫は女一の宮に対する思慕の情を抱いて渡殿に通いつつ、薫の思いを知る女房と渡殿で戯れのやり取りを交わし、それを慰めとするのである。

渡殿は、時に外から来た男性と邸の内部の女性との間に恋を生み出す隙間を持つ。しかし、夕霧や薫はそれ以上女君のもとに近付くことはできず、また、女房に内部への取り次ぎを求めるわけでもない。そのような男性が「渡殿の戸口」に留まって女房と交流することで、そこでは「戯れ」の歌が交わされ、男性と女房による擬似的な恋の場が生成されるのである。こうして見てみると、本章が問題とする「薄雲」巻の当該場面において、光源氏と紫の上が直接歌を交わすのではなく、女房、しかも召人である中将の君と光源氏が歌を交わすかのように描かれていることも納得されてくる。しかし、その贈答のときには、紫の上が渡殿の戸口で光源氏を「待ちかけ」ているのであるが、そのふるまいはどのように理解すればよいのであろうか。

四　光源氏を見送る人々と歌の贈答

光源氏が明石の君のもとへ出立しようとしたとき、紫の上は御簾の内で一度は光源氏の姿を見送り、そこから光源氏を追うように「渡殿の戸口」に出て来ている。しかし、本来、外まで出て男性を見送るのは女房の役割であった。たとえば、光源氏が六条御息所のもとから帰るときには、女房の中将のおもと（中将の君）が見送りをする。

廊の方へおはするに、中将の君、御供に参る。……見返りたまひて、隅の間の高欄にしばしひき据ゑたまへり。うちとけたらぬもてなし、髪の下り端めざましくもと見たまふ。
「咲く花にうつるてふ名はつつめども折らで過ぎうきけさの朝顔
いかがすべき」とて、手をとらへたまへれば、いと馴れて、とく、
朝霧の晴れ間も待たぬけしきにて花に心をとめぬとぞみる
と公事にぞ聞こえなす。（「夕顔」①一四七～一四八頁）

中将のおもとは、「廊の方」に出た光源氏のお供をして見送る。その後、光源氏が中将のおもとの手をとらえて歌を詠みかけたことで両者は歌を贈答するが、中将のおもとは「いと馴れ」た様子で応えつつ、「公事にぞ聞こえな」しており、主人の代わりに対応するという形をとるのである。中将のおもとの「いと馴れ」た様子からは、日頃から中将のおもとが光源氏とやり取りを交わしていたことがうかがえよう。また、朧月夜の場合にも「中納言の君、見たてまつり送るとて、妻戸押し開けたる」ことが語られ（「若菜上」④八三頁）、女三の宮の場合にも近くに控えていた乳母たちが「妻戸押し開けて」見送るのであった（「若菜上」④六九頁）。倉田実が妻戸は女房による見送りの場所となり、妻戸を出ることは邸を出ることと同じであると指摘するように[32]、高貴な女性たちの場合には、女性たちが自ら出て行くのではなく、邸を出るその間際まで女房が見送ることが通例であったと考えられる。

しかし、ここで注意したいのは、明石の君の場合である。桂の院と嵯峨野の御堂の造成を口実に光源氏が大堰の明石の君を訪れたとき、帰京するために邸を去ろうとする光源氏を見送るのは明石姫君の乳母の宣旨の娘であった。その場面では、「戸口に、乳母若君抱きてさし出でたり」とあり、宣旨の娘は明石姫君を抱いて「戸口」まで出て来るが、明石の君は籠もったままであり、そのような様子を光源氏は「あまり上衆めかし」と評している（「松風」②四一五〜四一六頁）。光源氏の発言からは、自ら出て来ることなく女房に見送らせるのは高貴な女性の場合であるとの意識がうかがえ、明石の君の置かれた立場をみることができよう。この後、明石の君は女房たちにうながされて「しぶしぶにゐざり出でて、几帳にはた隠れ」た状態で光源氏を見送ることとなる（「松風」②四一六頁）が、外まで出て来ることはない。しかしながら、「薄雲」巻に至り、姫君との別れの場面では明石の君が自ら姿を見せる。

姫君は、何心もなく、御車に乗らむことを急ぎたまふ。寄せたる所に、母君みづから抱きて出でたまへり。片言の、声はいとうつくしうて、袖をとらへて「乗りたまへ」と引くもいみじうおぼえて、

末遠き二葉の松にひきわかれいつか木高きかげを見るべき

えも言ひやらずいみじう泣けば、さりや、あな苦しと思して、

「生ひそめし根もふかければ武隈の松に小松の千代をならべん

のどかにを」と慰めたまふ。

（「薄雲」②四三三〜四三四頁）

明石姫君が車に乗る間際、明石の君は自ら姫君を抱いて車を「寄せたる所」に出る。新編日本古典文学全集頭注では簀子まで出て来るのは異例であると指摘されるが[33]、明石の君は、通常は出ない場所まで姿を見せ、姫君との別れを惜

しむ。また、この場面では、明石の君の方から光源氏に歌を詠みかけている。女性から詠む歌については、はやく鈴木一雄が「作中男女間、特に女性側の感情・要求・意志に、何か常態とちがった緊張、微妙ではあるが特別な表現効果がこめられている」と述べ、明石の君の場合には、「子として、妻として、母としての苦悩からの、やむにやまれぬ光源氏への贈歌が多い」と指摘する。(34) 明石の君は、明石姫君との別れの場面において簀子にまで出て来たうえ、自ら歌を詠みかけるという行動をとっており、そのふるまいによって激しく揺れ動く明石の君の心情が浮き彫りになるのである。

一方で、「薄雲」巻で光源氏が大堰に出立する場面においては、紫の上が御簾の内で「ただならず見たてまつり送りたまふ」と一度見送った後に「渡殿の戸口」に姿を見せ、紫の上の方から歌を詠みかける。このふるまいは、明石の君の場合と同様に、極めて異例な状況であったといえる。この場面において紫の上がそのような行動をとったのは、光源氏が口にした「明日帰り来む」という一言がきっかけであったと考えられる。それでは、催馬楽「桜人」の詞章をふまえた「薄雲」巻の歌の贈答の描写について、「渡殿の戸口」という場所と合わせて考えてみたい。

五　催馬楽「桜人」と渡殿の戸口

紫の上は、催馬楽「桜人」の詞章をふまえた「明日帰り来む」という光源氏のことばに応えるために「渡殿の戸口」に姿を見せ、自ら歌を詠みかける。催馬楽「桜人」は、夫婦の掛け合いの形をとる。

桜人　その舟止め　島つ田を　十町つくれる　見て帰り来むや　そよや　明日帰り来む　そよや

言をこそ　明日とも言はめ　彼方に　妻去る夫は　明日も真来じや　そよや　さ明日も真来じや　そよや
（新編日本古典文学全集『催馬楽他』一三九頁）

夫が島に十町作ってある田を見て明日帰って来ようと言うのに対して、妻は、向こうに他の妻がいるのだから帰って来るはずはないと恨み言で返す。光源氏と紫の上との間でも、「桜人」の詞章をふまえて、明石の君をめぐるやり取りが交わされるのである。大堰から「明日帰り来む」と言って明石姫君をなだめようとする光源氏に対して、紫の上は、「舟とむるをちかた人のなくはこそ明日かへりこむ夫と待ちみめ」と詠み（「薄雲」②四三九頁）、大堰には光源氏を引き止める「をちかた人」たる明石の君がいるのだから、明日帰ってくるなど口先だけだと切り返す。それを受けて光源氏は、「行きてみて明日もさね来むなかなかにをちかた人は心おくとも」と（同頁）、「をちかた人」が心をとどめたとしても、本当に明日帰って来ようと重ねているのである。

従来、このやり取りについては、浅野建二がこの歌の本意は嫉妬深い女性心理を叙する点にあるとしつつも、機知を中心とする唱和にあらためることによって「をかしみ」が醸成されていると論じ[35]、「明日もさね来む」と詠む光源氏の歌については『玉の小櫛補遺』で「是はことさらにたはふれてかくよみ給へるなり」とされる[36]など、「戯れ」の色が強いものであるとされてきた。しかしながら、はたしてたんなる「戯れ」の贈答ととらえてよいのであろうか。

『源氏物語』における催馬楽について、植田恭代は、恋愛に関する曲や異なる共同体に属す男女の出会いの場となった歌垣に由来する男女の掛け合いの詞章を持つ曲が多く用いられていることを指摘している[37]。その中で、催馬楽「竹河」に歌垣的性格を読み取り、催馬楽の詞章と「竹河」巻の物語世界との関係性を論じている[38]。「竹河」巻の男踏歌の場面では「竹河うたひて、御階のもとに踏み寄るほど、過ぎにし夜のはかなかりし遊びも思ひ出でられければ」とあり（「竹河」⑤九七頁）、「御階のもと」という場所で催馬楽「竹河」が歌われるが、植田は「階」が境界性を持つ場であることを指摘し、催馬楽の詞章を重ね合わせることによって薫と玉鬘の娘の大君との「一線を画す恋の演出に奉仕している」と述べる。(39) つまり、催馬楽の詞章が『源氏物語』の場面描写と響き合うことで物語世界を形作っているのである。また、「竹河」巻では、男踏歌が終わった後、薫が「渡殿の戸口」で女房と歌のやり取りをする。

渡殿の戸口にしばしゐて、声聞き知りたりける人にものなどのたまふ。……「闇はあやなきを、月映えはいますこし心ことなりとさだめきこえし」などすかして、内より、

竹河のその夜のことは思ひ出づやしのぶばかりのふしはなけれど

と言ふ。はかなきことなれど、涙ぐまるるも、げにいと浅くはおぼえぬことなりけりと、みづから思ひ知らる。

流れてのたのめむなしき竹河に世はうきものと思ひ知りにき

（「竹河」⑤九八頁）

薫は大君の居所に行く冷泉院に同行し、「渡殿の戸口」で「声聞き知りたりける」女房と歌を交わす。その歌は、催馬楽「竹河」を歌ったときのことを思い出して「竹河」の語を詠み込みつつ、大君に心を寄せる薫の心情を詠んだものである。先に述べたように、「渡殿の戸口」は邸の外と内とを隔て、出入りする男性と女房との間で「戯れ」のやり取りが交わされる擬似的な恋の場が生成される場所であった。そのような場所で歌垣歌謡の趣が強い催馬楽の詞章を意識した歌を詠み合うことは、むしろ自然なことであるといえよう。

「薄雲」巻の紫の上と光源氏の贈答で意識される催馬楽「桜人」は、外に出かけて行く夫を見送る妻の皮肉が歌われる歌謡である。「桜人」では夫が田を見に行くと言うが、これまで光源氏が大堰を訪れる際には、紫の上に「桂に

見るべきことはべる」「嵯峨野の御堂にも、飾りなき仏の御とぶらひすべければ、二三日ははべりなん」と伝え（「松風」②四〇九頁）、「嵯峨野の御堂の念仏など持ち出でて、月に二度ばかりの御契り」と語られるように（「松風」②四二四頁）、桂院や嵯峨野の御堂にかこつけた外出とされてきた。しかし、「薄雲」巻の当該場面においては「常よりことにうち化粧じ」てめかしこんで出かけるのであり、これまでのように他の用事を言い訳にすることもなく、明石の君に会うためであることが明らかな外出であった。そうした光源氏を「ただならず見たてまつり送」る紫の上の姿からは、強い嫉妬を抱えていたことがうかがえよう。そうした場面において詠まれた紫の上の歌には、たんなる「戯れ」にとどまらない思いを読み取ることができる。紫の上の「舟とむる」の歌は、催馬楽「桜人」をふまえた「戯れ」の形をとりながら、皮肉を含んだ歌として詠まれたといえるのである。

そして、紫の上と光源氏の歌は、邸の外と内を隔てる場所である「渡殿の戸口」で贈答されている。明石の君のもとに出かけて行く光源氏に対して、紫の上が「明日かへりこむ夫と待ちみめ」と夫を待つ妻として「渡殿の戸口」に「待ちかけ」つつ、まさに邸の外に出ようとするときに歌を詠みかけるのは、外出しようとする夫に対して皮肉を言った催馬楽「桜人」の詞章世界を具現化したものであったと考えられる。言い換えれば、催馬楽「桜人」の詞章世界を表現するためには、両者の歌の贈答の場所は「渡殿の戸口」でなければならなかったのである。

ただし、紫の上の「舟とむる」の歌は紫の上自身が直接光源氏に詠みかけたのではなく、中将の君を媒介としたものであった。この場面において召人たる中将の君が果たす役割とはどのようなものだったのだろうか。

六　中将の君の存在と紫の上の立場

『源氏物語』において、光源氏と紫の上が歌を贈答するときに第三者が間に入るのは、幼少期の北山の尼君による代作を除いて、「薄雲」巻の当該場面のみである。倉田実は、「薄雲」巻の贈答で中将の君が紫の上に代わって歌を詠みかけ、両者の歌が中将の君をはじめとする周囲の女房に「開かれた贈答歌」として享受されることは、紫の上に光源氏の妻としての安定した立場と心の余裕があることを示すと論じている。[40] しかし、光源氏が「明日帰り来む」という一言を発した後、紫の上の方から歌を送っていることは見過ごせない。鈴木一雄が紫の上の方から贈歌するのは「光源氏の生涯の伴侶としての彼女の立場が不安定になったとき」であるとし、そうして詠まれた歌を「紫上の生涯の危機における和歌」と位置づけているように、[41] 自分の側から詠む歌で応えた紫の上の心情は決して穏やかではなく、むしろ明石の君への嫉妬を抑えきれずに動いた姿といえるのである。

そして、「薄雲」巻で歌の贈答の媒介となる女房が、他の女房ではなく、光源氏の召人である中将の君であったことは重要であろう。召人に関しては、阿部秋生の「自分の仕へてゐる主人又は主人格の男性と肉体関係をもつてゐる女房のこと」とする定義をもとに[42]多くの研究が重ねられてきた。三田村雅子は、女君の代理視点となる召人の視点に注目して、光源氏の召人たちが紫の上に代わって苦悩を伝える存在であることを指摘し、[43] 武者小路辰子は、紫の上が光源氏に対して不満を抱くときにこそ、召人たちの不満も物語にあらわれてくると論じる。[44] 「薄雲」巻の歌の贈答の媒介となるのは中将の君という女房であり、もとは光源氏の召人で、須磨流謫にともなって紫の上の女房として仕えるようになった人物であった。玉上琢彌は「中将の君と紫の上とは一心同体なのである」と述べ、[45] 諸井彩子は、「薄雲」巻の当該場面に「明石の君に対して心穏やかではいられない紫の上と、その代弁者としての中将の君という関係」を読み取っている。[46]「舟とむる」の歌は紫の上が詠んだ歌ではあるが、中将の君を介して光源氏に伝えることによって、あくまでも召人が光源氏に詠みかけた歌という形をとることができる。つまり、紫の上は、中将の君を媒介とすることによって、二条院の女主人たる紫の上が大堰にいる明石の君に嫉妬するのではなく、召人たる中将の君が明石の君に嫉妬しているという体を装っているのである。そうした場における中将の君の対応は「いたう馴れ」たものであり、光源氏もまた「いとにほひやかにほほ笑」んで応じる（「薄雲」②四三九頁）。光源氏の「ほほ笑み」は、中将の君に対するものであると同時に、明石の君に対する嫉妬を抱きながらも、自らの立場をよく意識した行動をとった紫の上に向けられたものでもあった。

紫の上は、「渡殿の戸口」に「待ちかけ」て歌を詠みかけるという状況を作ることで催馬楽「桜人」の詞章世界をあらわすことを意図し、「戯れ」の形をとって本心を押し隠す。さらには、自ら光源氏に歌を詠みかけず、召人たる中将の君に詠ませることで、明石の君に対して直接嫉妬を示すことを避けている。そうしたふるまいは、紫の上が嫉妬を抱きながらも明石の君との均衡を図りつつ、光源氏の妻であり二条院の女主人としての自らの立場を保とうとするものであったといえるのである。

そして、光源氏が出立した後の紫の上の様子については次のように記される。

いかに思ひおこすらむ、我にていみじう恋しかりぬべきさまをとうちまもりつつ、ふところに入れて、うつくしげなる御乳をくくめたまひつつ戯れゐたまへる御さま、見どころ多かり。御前なる人々は、「などか同じくは」「いでや」など語らひあへり。（「薄雲」②四三九～四四〇頁）

紫の上は明石姫君をいとおしく思い、自らの懐に入れて「御乳をくくめ」させており、その様子は「見どころ多かり」と評されている。(47) しかし、紫の上が出ない乳を含めさせるその行動は「戯れゐたまへる御さま」とされ、あくまでも「戯れ」にしか過ぎないのである。女房たちは一見すると紫の上を褒めているかのようにも見えるが、「などか同じくは」「いでや」などと語り合っており、そこには紫の上と光源氏との間に実の子がいないことが強く意識されているであろう。「薄雲」巻の当該場面においては、理想的な妻としての紫の上の姿が示されながらも、それをなんとか取り繕おうとする不安定な紫の上のあり方が照らし出されているのである。

注

（1）新編日本古典文学全集『源氏物語』「薄雲」②四三九頁、頭注。
（2）斎藤曉子「紫上の嫉妬―対明石の場合―」『源氏物語の研究―光源氏の宿痾―』教育出版センター、一九七九年、一三五頁。
（3）森野正弘「化粧する光源氏／目馴れる紫の上」『源氏物語の音楽と時間』新典社、二〇一四年、三六六頁。
（4）倉田実「明石の君物語との交渉」『紫の上造型論』新典社、一九八八年、一四三頁。
（5）新編日本古典文学全集『源氏物語』「薄雲」②四三八頁、頭注。
（6）大内英範「女からの贈歌」小山利彦編『国文学解釈と鑑賞別冊　源氏物語の鑑賞と基礎知識（三三）薄雲』至文堂、二〇〇四年四月、四七頁。
（7）玉上琢彌『源氏物語評釈』（三）角川書店、一七一頁、鑑賞。
（8）日本古典文学全集『源氏物語』（「薄雲」②四二九頁、現代語訳）、新日本古典文学大系『源氏物語』（「薄雲」②二二五頁、脚注）、新編日本古典文学全集『源氏物語』（「薄雲」②四三九頁、現代語訳）。

（9）吉澤義則『對校源氏物語新釋』（（二）国書刊行会、二四二頁）、日本古典文学大系『源氏物語』（「薄雲」②二二四頁、頭注）、玉上琢彌『源氏物語評釈』（（三）角川書店、一七一頁、鑑賞）。

（10）補助動詞「かく」は「他に向けて動作を及ぼす」という意味を持つとされる（我妻多賀子「かく【掛く・懸く】」大野晋編『古典基礎語辞典』角川学芸出版、三二七頁）。

（11）「渡殿の戸口に待ちかけて、中将の君して聞こえたまへり」と記された部分は、池田亀鑑編『源氏物語大成（二）校異篇』（中央公論社、一九八四年）や『源氏物語別本集成』（（五）桜楓社、一九九二年）に拠れば、伝為氏筆本が「まちかけたてまつりて」とする以外に異同はない。ただし、『源氏物語玉の小櫛』は「かはうの誤なるべし、待かけてといふは、俗言也、」として「待ちうけて」と解するのが適当であるとする（『源氏物語玉の小櫛』本居宣長全集（四）筑摩書房、一九六九年、四二五頁）。

（12）「聞こえたまへり」については「「きこえ」は源氏に対する、「たまへり」は紫の上に対する敬語である」とされる（玉上琢彌『源氏物語評釈』（（三）角川書店、一七一頁、鑑賞）。

（13）太田静六『寝殿造の研究』（吉川弘文館、一九八七年）、池浩三『源氏物語—その住まいの世界—』（中央公論美術出版、一九八九年）、井上充夫「廊について—日本建築の空間的発展における一契機—」（『日本建築学会論文報告集』五四、一九五六年一〇月）、野地修左・多淵敏樹「平安時代後期における渡殿と「廊」の用について」（『日本建築学会論文報告集』六〇—二、一九五八年一〇月）、高木真人・仙田満「古典文学にみられる廊的空間に関する研究—廊・渡殿・縁における行為を中心として—」（『日本建築学会計画系論文集』五一四、一九九八年一二月）、池浩三・倉田実「対談『源氏物語』の建築をどう読むか」（池浩三・倉田実編『国文学解釈と鑑賞別冊　源氏物語の鑑賞と基礎知識（一七）空蟬』至文堂、二〇〇一年六月）など。

（14）太田静六「平安末期における寝殿造の総括」『寝殿造の研究』吉川弘文館、一九八七年、五二四頁。

（15）倉田実「渡殿・廊・中門廊」『王朝文学文化歴史大事典』笠間書院。

（16）池浩三・倉田実「対談『源氏物語』の建築をどう読むか」池浩三・倉田実編『国文学解釈と鑑賞別冊　源氏物語の鑑賞と基礎知識（一七）空蟬』至文堂、二〇〇一年六月。

（17）鈴木温子「「廊の戸」からの覗き見―『源氏物語』の「廊」考―」『駒澤國文』四二、二〇〇五年二月。
（18）増田繁夫「寝殿造における寝殿・対の屋以外の建築物」倉田実編『平安文学と隣接諸学（一）王朝文学と建築・庭園』竹林舎、二〇〇七年。
（19）倉田実「渡殿・廊・中門廊」『王朝文学文化歴史大事典』笠間書院。
（20）渡殿と廊の区別については、平山育男「寝殿造の構造⑩廊―渡殿とはどう違うのか―」（池浩三・倉田実編『国文学解釈と鑑賞別冊　源氏物語の鑑賞と基礎知識（一七）空蟬』至文堂、二〇〇一年六月）、水田ひろみ「平安文学における渡殿の役割―恋愛発生の場として―」（『国文論叢』四〇、二〇〇八年三月）などにも詳しい。
（21）池浩三「平安京の実態」『源氏物語―その住まいの世界―』中央公論美術出版、一九八九年。
（22）山中裕編『御堂関白記全註釈』長和五年（一〇一六）六月二日条、思文閣、二三三頁。
（23）土御門邸の渡殿の構造については、角田文衞「土御門殿と紫式部」（『紫式部伝―その生涯と『源氏物語』―』法蔵館、二〇〇七年）に指摘がある。また、紫式部の局の位置については、安藤重和「「渡殿の戸口の局」の位置をめぐって―紫式部日記試論―」（『国語国文学報』五三、一九七九年三月）に詳しい。
（24）増田繁夫「紫式部伝研究の現在―渡殿の局、女房としての身分・序列・職階―」増田繁夫他編『源氏物語研究集成（一五）源氏物語と紫式部』風間書房、二〇〇一年。
（25）本文中の「宮の亮」と「宰相」については、「宮の亮」と「宰相」を別人であるとする諸説もあるが、本章では「同じ実成を、初めには「宮の亮」といい、後には「宰相」と、単に呼び分けたにすぎない」（萩谷朴『紫式部日記全注釈』（上）角川書店、一九七一年、四四一頁）とする指摘に従う。
（26）増田繁夫「紫式部伝研究の現在―渡殿の局、女房としての身分・序列・職階―」増田繁夫他編『源氏物語研究集成（一五）源氏物語と紫式部』風間書房、二〇〇一年、二七六頁。
（27）明石姫君が二条院に引き取られた折に、「乳母の局には、西の渡殿の北に当たれるをせさせたまへり」と語られ（「薄雲」②四三五頁）、寝殿と西の対との間の渡殿に乳母である宣旨の娘の局があることがわかる。
（28）女三の宮の六条院降嫁にともなって、「そなたの二三の対、渡殿かけて、女房の局々まで、こまかにしつらひ磨かせたまへり」とあり（「若菜上」④六二頁）、女房の局が渡殿に設けられたことがわかる。

(29) 新編日本古典文学全集『源氏物語』「若菜上」④七一頁、頭注。

(30) 紀伊守邸の渡殿や「渡殿の戸口」については諸説ある。池浩三・倉田実「対談『源氏物語』の建築をどう読むか」（池浩三・倉田実編『国文学解釈と鑑賞別冊　源氏物語の鑑賞と基礎知識（一七）空蟬』至文堂、二〇〇一年六月）、平山育男「「中川わたりなる家」復元考」（同上）、倉田実「『源氏物語』の「渡殿」考―南渡殿も壁渡殿であったか―」（『大妻国文』四〇、二〇〇九年三月）など。

(31) 新編日本古典文学全集『源氏物語』「蜻蛉」⑥二七一頁、頭注。

(32) 倉田実「『源氏物語』の「妻戸」考―寝殿造の出入口―」『大妻女子大学紀要（文系）』四三、二〇一一年三月。

(33) 新編日本古典文学全集『源氏物語』「薄雲」②四三四頁、頭注。

(34) 鈴木一雄「日記文学における和歌（その2）―女からの贈歌―」『王朝女流日記論考』至文堂、一九九三年、七九・八四頁。

(35) 浅野建二「源氏物語と催馬楽」『国語と国文学』二九―九、一九五二年九月。

(36) 沼尻利通「〔翻刻〕国立国会図書館蔵『玉の小櫛補遺』」『國學院大學大学院文学研究科論集』三一、二〇〇四年三月。

(37) 植田恭代「歌謡をどのように取り入れているか」（今井卓爾他編『源氏物語講座（六）語り・表現・ことば』勉誠社、一九九二年）、「物語世界の催馬楽」（『源氏物語の宮廷文化―後宮・雅楽・物語世界―』笠間書院、二〇〇九年）をはじめとする諸説に詳しい。

(38) 植田恭代「「竹河」と薫の物語」『源氏物語の宮廷文化―後宮・雅楽・物語世界―』笠間書院、二〇〇九年。

(39) 植田恭代「「竹河」と薫の物語」『源氏物語の宮廷文化―後宮・雅楽・物語世界―』笠間書院、二〇〇九年、三六五～三六六頁。

(40) 倉田実「『源氏物語』の「開かれた贈答歌」」『武蔵野文学』六〇、二〇一二年一二月。

(41) 鈴木一雄「日記文学における和歌（その2）―女からの贈歌―」『王朝女流日記論考』至文堂、一九九三年、八二頁。

(42) 阿部秋生「「召人」について」『日本文学』五―九、一九五六年九月（後に『源氏物語研究序説』第一篇　源氏物語の環

境　第二章「作者の環境」（東京大学出版会、一九五九年）に収録、三六三頁）。
(43)　三田村雅子「召人のまなざしから」『源氏物語　感覚の論理』有精堂、一九九六年。
(44)　武者小路辰子「中将の君―源氏物語の女房観―」『源氏物語　生と死と』武蔵野書院、一九八八年。
(45)　玉上琢彌『源氏物語評釈』（三）角川書店、一七二頁、鑑賞。
(46)　諸井彩子「〈召人〉考」『摂関期女房と文学』青簡舎、二〇一八年、一五三頁。
(47)　亀谷粧子は、紫の上が「御乳をくくめ」る行為にかたちばかりの母としての紫の上の姿を読み取る（「「御乳をくくめ」る紫の上―「薄雲」巻における明石の姫君の処遇をめぐって―」『國學院大學大学院文学研究科論集』四九、二〇二二年三月）。

第九章　よるべなき中将の君

――「幻」巻における紫の上追慕をめぐって――

一　中将の君と光源氏との歌の贈答

『源氏物語』「幻」巻には、亡き紫の上を悼み、悲しみに沈む人々の姿が描き出される。光源氏は、蛍宮や女三の宮、明石の君、花散里と語り、ときに歌を交わして慰めにしようとするものの、かえって紫の上が思い出され、悲しみがつのるばかりであった。そうした状況の中で、葵祭の日、光源氏は中将の君と呼ばれる女房と歌の贈答をする。

祭の日、いとつれづれにて、「今日は物見るとて、人々心地よげならむかし」とて、御社のありさまなど思しやる。「女房などいかにさうざうしからむ。里に忍びて出でて見よかし」などのたまふ。中将の君の東面にうたた寝したるを、歩みおはして見たまへば、いとささやかにをかしきさまして起き上がりたり。つらつきはなやかに、にほひたる顔をもて隠して、すこしふくだみたる髪のかかりなど、いとをかしげなり。紅の黄ばみたる気添ひたる袴、萱草色の単衣、いと濃き鈍色に黒きなど、うるはしからず重なりて、裳、唐衣も脱ぎすべしたりけるを、とかくひき掛けなどするに、葵をかたはらに置きたりけるをとりたまひて、「いかにとかや、この名こそ忘れにけれ」とのたまへば、

さもこそはよるべの水に水草ゐめ今日のかざしよ名さへ忘るる

と恥ぢらひて聞こゆ。げに、といとほしくて、

おほかたは思ひすてでし世なれどもあふひはなほやつみをかすべき

など、一人ばかりは思し放たぬ気色なり。

（「幻」④五三七～五三九頁）

「いとつれづれ」な光源氏は、中将の君の局に向かう。そのとき中将の君はちょうど「うたた寝」をしていたところであり、光源氏がなまめかしい寝起き姿を目にしたことが語られる。中将の君は、紫の上を悼むための濃い色の喪服姿であり、傍らには葵が置かれていたという。それを見た光源氏が「いかにとかや、この名こそ忘れにけれ」と言ったことをきっかけに二人は歌を交わす。中将の君は「さもこそは」の歌を「恥ぢらひて」詠み、光源氏は「いとほし」と思いつつ、「おほかたは」の歌を返して「一人ばかりは思し放たぬ気色なり」と中将の君に対する愛着を深めるのである。

中将の君は、「源氏の思ひ人」(1)や「お手つきの女房」(2)、「源氏の召人」(3)などとされる女房であり、当該場面については、玉上琢彌が中将の君と光源氏との「昼下がりの情事を思わせ」ると述べ(4)、日本古典文学全集頭注が「紫の上の思い出に沈む源氏を描くなかでは、異色の一節」と位置づけるように(5)、主人と女房とが情愛を交わす場面とみられてきた。また、それが葵祭の日であったことについて、林田孝和が「葵祭の祭儀の日に自由な恋愛が許容・是認されると

いう習俗」によるものであるとし、[6]原岡文子が葵祭の「華やぎや活気と裏腹な静謐、「つれづれ」という寂寥の中での出逢いが浮き彫」りになっていると述べるように、[7]祭りの持つ雰囲気が二人の関係性の描出に寄与しているとする指摘もある。たしかに当該場面は、中将の君のなまめかしい姿を描き、光源氏が葵に「逢ふ」をひびかせた歌を詠むなど、葵祭を背景とした逢瀬を思わせる描写が多くある。しかしそれは、たんなる主人と女房との間の恋情を描くものととらえてよいのであろうか。中将の君は、紫の上が「人よりことにらうたきもの」に思っていた女房でもあり（「幻」④五二六頁）、紫の上にとくに親しく仕えた女房としての一面も持つ。このことをふまえれば、当該場面の位置づけを考えるうえでは、中将の君と光源氏だけでなく、亡き紫の上の存在も看過できない。

そこで本章では、中将の君の「さもこそはよるべの水に水草ゐめ今日のかざしよ名さへ忘るる」の歌に詠み込まれた「よるべの水に水草ゐめ」という表現に注目する。「よるべの水」は「瓶に入れて神前に供へ、神の影向を仰ぐ神聖な水」とされ、[8]葵祭や神社ともゆかりの深い語である。中将の君の歌については、玉上琢彌が「「よるべ」ということばに、頼って生きるという意をこめ源氏をなぞらえた」とし、[9]新編日本古典文学全集頭注が「顧みてくれぬ源氏をさりげなく恨む女歌の典型」と指摘するように、[10]現代の注釈書では主人たる光源氏の愛情が薄くなったことを恨む歌と解されており、藤井貞和は、紫の上亡き後、光源氏に対する愛人としての中将の君の思いが表出したことを論じている。[11]一方で古注釈では、『花鳥余情』が「よるへの水は二条のうへにたとへ侍り」と指摘し、[12]『細流抄』も中将の君は紫の上を「よるべ」として伺候していたとして「紫上ましまさすしてたよりをうしなひたる心」を詠むとしている[13]ることをはじめ、紫の上亡き後の女房としての心細さを詠む歌であるという理解が踏襲されてきた。中将の君は、はたしてどのような存在としてとらえるべき人物であろうか。また、当該場面における歌に込められた思いはどのように解釈すべきであろうか。

当該場面における中将の君の位置づけについて、これまで指摘されてきた光源氏の召人としてだけでなく、紫の上の女房としての側面からもあらためて見つめ直し、中将の君の歌の詠みぶりの意義を明らかにすることで、紫の上亡き後の中将の君のあり方について考えたい。

二　中将の君と光源氏

『源氏物語』において、「中将の君」という呼び名を持つ女房は「幻」巻以前の巻々にも見え、光源氏の召人や紫の上付きの女房として描かれてきた。(14) しかしながら、「幻」巻に登場する中将の君と、他の「中将の君」とが同一人物であるか否かについては先行研究においても見解が分かれている。たとえば、武者小路辰子は同じ呼び名であることを理由に同一人物とするものの、別人であっても構わないとし、(15) 三田村雅子も同一人物か否かは問題とせず、「中将」という呼び名を持つことの意義を論じている。(16) 「中将」と呼ばれる女房たちは、召人的ととらえられて来た人々であり、(17) 当該場面に見える中将の君についても、呼び名でその性質がほのめかされていることは重要であろう。とはいえ、当該場面の中将の君と他の「中将の君」とをつなぐ記述は物語には見えないことから、ここでは、他の「中将の君」との関わりは問題とせず、「幻」巻における記述から中将の君の存在意義を検討する。

まず、中将の君と光源氏との関係性から「幻」巻の当該場面の位置づけを考えてみたい。「幻」巻で中将の君が初めて登場する場面では、中納言の君という女房と共に光源氏のそばで「御物語」をすることが語られる（「幻」④五二四頁）。光源氏は、「嘆き明かしたまへる曙、ながめ暮らしたまへる夕暮」などに「おしなべてには思したらざりし人々」を呼んで物語をするのであり（「幻」④五二六頁）、「幻」巻においては、光源氏と女房が語り合う姿が繰り返し描かれる。

つれづれなるままに、いにしへの物語などしたまふをりをりもあり。なごりなき御聖心の深くなりゆくにつけても、さしもありはつまじかりけることにつけつつ、中ごろもの恨めしう思したる気色の時々見えたまひしなどを思し出づるに、……そのをりの事の心をも知り、今も近う仕うまつる人々は、ほのぼの聞こえ出づるもあり。

（「幻」④五二二〜五二三頁）

この場面でも、紫の上との往時を思い出し、「いにしへの物語」を語るときには、紫の上のそばに仕えてそのときの心情をよく知り、今でも離れずにいる女房たちの姿が見える。また、光源氏が「つれづれ」な思いを抱いていることにも注目されよう。葵祭の日に中将の君のもとを訪れたときにも「いとつれづれにて」とあったが、このほかにも、池の蓮を見ては紫の上を思って「つれづれとわが泣きくらす夏の日」を歌に詠み（「幻」④五四二）、七夕の夜には「つれづれにながめ暮らし」て共に星を見る紫の上がいないことを嘆く歌を詠む（「幻」④五四三頁）など、「幻」巻では、光源氏が紫の上の死を嘆きつつ「つれづれ」を感じるごとに紫の上の不在が思いおこされるのである。[18]そうした心情を慰めるために光源氏が求めるのが女房たちとの交渉であり、とくに召人的な性質を持つ人々の存在であった。葵祭の日、中将の君のなまめかしい姿が描かれ、光源氏との性的交渉がほのめかされる当該場面についても、中将の君の持つ召人的女房としての性質に関わる描写であろう。

しかしながら、中将の君については、他の女房とは異なる特別な存在とみられていたことがうかがえる描写がある。

中将の君とてさぶらふは、まだ小さくより見たまひ馴れにしを、いと忍びつつ見たまひ過ぐさずやありけむ、いとかたはらいたきことに思ひて馴れもきこえざりけるを、かく亡せたまひて後は、その方にはあらず、人よりことにらうたきものに心とどめ思したりしものをと思し出づるにつけて、かの御形見の筋をぞあはれと思したる。心ばせ、容貌などもめやすくて、うなゐ松におぼえたるけはひ、ただならましよりは、らうらうじと思ほす。

（「幻」④五二六～五二七頁）

中将の君は、小さな頃から仕えていたことが語られ、光源氏は内々に目をかけていたものの、中将の君自身は紫の上に気兼ねして、そう近付くことはなかったという。一方で、紫の上は、中将の君を「人よりことにらうたきもの」としてそばに置いていたことから、光源氏は中将の君を亡き紫の上の「御形見」と思い、紫の上の「けはひ」を感じているのである。この描写からは光源氏が中将の君に紫の上を重ねて見ていることがうかがえよう。三田村雅子が、中将の君が光源氏をひきつけるのは、その存在自体が紫の上を否応なく喚起させる形代性によることを指摘している[19]ように、光源氏にとっての中将の君は、ひとりの女房や召人にとどまらず、紫の上の影を留める存在として位置づけられるのであり、中将の君に対する愛着は、亡き紫の上への執着のあらわれといえる。

「幻」巻では、亡き紫の上を思う光源氏が女三の宮、明石の君、花散里といった女君たちと往時の紫の上とのことを語り合うものの、悲しみが慰められることはなく、中将の君との歌の贈答へと展開する。このことからも、中将の君は、他の女房とは異なる役割を期待されていたことがうかがえよう。しかしながら、当該場面は、たんなる主人と女房との恋愛を描く場面ではない。佐伯順子が性的交渉と鎮魂に深い関わりがあることを論じ[20]、三嶋香南子が「性的行為を通しての、紫の上の鎮魂であった」というように[21]、当該場面の光源氏と中将の君との交渉は、「形見」たる中将の君の背後に亡き紫の上の存在を強く意識した行為であり、紫の上を悼むことにつながる場面と位置づけられるのである。

三　中将の君と紫の上

一方で、中将の君と紫の上との関係性はどのようなものだったのであろうか。

両者の関係を考えるうえでまず注目したいのが、「幻」巻の当該場面において中将の君が紫の上を悼む喪服姿であったということである。葵祭の日、中将の君は「紅の黄ばみたる気添ひたる袴、萱草色の単衣、いと濃き鈍色に黒き」表着を身につけていたことが語られている（「幻」④五三八頁）。「幻」巻では、中将の君以外の女房たちの喪服姿も描かれ、紫の上に仕えた女房たちの中でも長年仕えた人々は「墨染の色こまやか」な喪服を着て「悲しさも改めがたく」思うほど紫の上の死を悼み（「幻」④五二二頁）、年が変わった後も「色変へぬ」女房もいるとされる（「幻」④五三〇頁）。喪服を着ることについては、『律令』によって「為二君。父母。及夫。本主一。一年。」と定められており[22]、父母や夫、主人のためには一年の間身につけるものと規定されている。紫の上の女房たちはこの規定に相当する期間、喪に服しているのであり、一年が過ぎても喪服を脱がないことによって、自らの主たる紫の上に対して父母や夫に匹敵するほどの深い思慕の情を示しているのである。

また、同様に主人を亡くした後の女房の喪服姿については、葵の上亡き後の描写にも注目されよう。葵の上亡き後には、三十人ほどの女房が「濃き薄き鈍色」の喪服姿であることが描かれる（「葵」②六三頁）が、新編日本古典文学全集の頭注では色の深浅が故人への思いの深さと関係していると指摘されており[23]、女房の喪服姿は、亡き主人との結びつきの強さを示すものとして機能するのであった。さらに、亡き葵の上への思いの深さが強くうかがえる場面としては、女童あてきの喪服姿がある。

とりわきてらうたくしたまひし小さき童の、親どももなくいと心細げに思へる、ことわりに見たまひて、「あてきは、今は我をこそは思ふべき人なめれ」とのたまへば、いみじう泣く。ほどなき衵、人よりは黒う染めて、黒き汗衫、萱草の袴など着たるもをかしき姿なり。（「葵」②六〇頁）

あてきは「親どももなくいと心細げ」な女童であり、縁者もなく頼りない様子が語られ、葵の上亡き後は光源氏が引き取ることとなる。その喪服姿については、衵を人よりも黒く染め、「黒き汗衫、萱草の袴」であるとされているように、黒く深い色を身につけている。『源氏物語』における喪服の色については、伊原昭が人物の立場や行動、情動と緊密な関係を持っていることを指摘する[24]が、あてきは、葵の上だけを頼りに仕えて来た女童であるからこそ、人より濃い色の喪服を着て深い哀悼の意を示しているのであろう。同じように「幻」巻の当該場面において、深い色の喪服を着る中将の君は、紫の上付きの女房として、誰よりも深い悲しみの中にいることが浮き彫りとなるのであり、中将の君と紫の上との間には強い結びつきがあったことがうかがえる。

また、紫の上にとっても、中将の君は「人よりことにらうたきものに心とどめ思したりし」女房であったことが語られており（「幻」④五二六頁）、誰よりも大切に思いを寄せる存在であった。さらに、紫の上が自らに仕える女房たちを気にかける場面としては、「御法」巻の巻末、紫の上が亡くなる直前に次のようにある。

ゆゆしげになどは聞こえなしたまはず、もののついでなどにぞ、年ごろ仕うまつり馴れたる人々の、ことなる寄るべなういとほしげなるこの人かの人、「はべらずなりなん後に、御心とどめて尋ね思ほせ」などばかり聞こえたまひける。（「御法」④五〇二頁）

病が重い紫の上を案じた秋好中宮が見舞いに訪れたとき、めったにない対面を嬉しく思ってさまざまな話をする。その中で紫の上は「亡からむ後などのたまひ出づることもなし」と亡き後のことは口に出さなかったというが（「御法」④五〇一頁）、遺言めいてではなく、もののついでのようにして、自分がいなくなった後には、長年親しく仕えてきた女房たちの中でも「ことなる寄るべなういとほしげなる」人々に目をかけて欲しいと言うのである。ここで「寄るべ」のない女房とされる具体的な人物の名は見えないものの、小さい頃から仕え、ことさらに紫の上の死を悼むこととなる中将の君はその中に含まれていたと考えられよう。

『源氏物語』において「よるべ」という語は、漢字、ひらがなの表記を合わせて一六例が見え、[25]多くは男女の関係性の中での頼るべき相手や生涯の伴侶、正妻や夫の意を示す語として用いられる。それ以外の例としては、「椎本」巻で三十余年にわたって八の宮に仕えて来た宿直人が、八の宮亡き後に「世の中に頼むよるべもはべらぬ身」となった心細さを嘆き、どのように生きていけばよいのかを思い悩む様子がある（「椎本」⑤二一一頁）。また、「玉鬘」巻では、玉鬘に大夫監との結婚を迫る乳母の息子たちが、大夫監は「よるべと頼まむにいと頼もしき人」であると言いつつ、むしろ「これに悪しくせられては、この近き世界にはめぐらひなむや」と、大夫監を「よるべ」としなければこの地では生きていけないのだと語る（「玉鬘」③九四頁）。こうした例をふまえてみると、「よるべ」とは、たんなる主従関係や頼りどころという意味にとどまるのではなく、その人なしには生活が成り立たない、生きていくことができなくなるほどの相手に対して使われることばであるといえよう。紫の上が「ことなる寄るべなういとほしげなる」人と評した女房たちは、それほどまでに紫の上を頼りにして出仕していた人々であり（「御法」④五〇二頁）、その中に含まれた中将の君もまた、頼るべきところをなくして困窮していたと思われる。

「よるべ」という語は、「幻」巻の当該場面で中将の君が詠んだ歌の上の句に含まれる「よるべの水」の解釈にもつながっていよう。紫の上と中将の君との関係性の深さをふまえつつ、「よるべの水」に込められた中将の君の思いについて検討したい。

四　「よるべの水」の水草と影

「よるべの水」という語は、古来難解な語とされてきた。大取一馬・安井重雄他は、『源氏物語』と関係のある歌学書と古注釈書の成立との影響関係を考察する中で「よるべの水」の語について詳細に検討し[26]、伊藤一男は、歌学書や古注釈、歌合や和歌集に見える「よるべの水」の例をあげて、中将の君の歌の解釈をおこなっている[27]。ここでは、これらの指摘に拠りつつ、あらためて「よるべの水」の位相をみていきたい。

「よるべの水」の解釈を提示する歌学書としては、『源氏物語』から少し時代が下るが、まずは藤原清輔の『奥義抄』があげられる。

三十　神さびてよるべにたまるあまみづのみくさゐるまでいもを見ぬかな

これは神社にかめをおきて、それなる水を、なき事などおひたるものは神水とてこれをのむ也。たゞすの杜など

に今もあり。和泉式部歌にも、

　神かけてきみはあらがふたれかさはよるべにたまるみづといひけむ

又源氏のあふひのうへの歌云、

　さもこそはよるべの水にかげたえめかけしあふひをわするべしやは

これらもかのかめのみづをよめる也。

（佐佐木信綱編『奥義抄』日本歌学大系（一）風間書房、三〇四頁）

清輔ははじめに「神さびて」という出典未詳歌をあげ、その注釈として『和泉式部集』および『源氏物語』の歌を引いており、「よるべの水」は「神社にかめをおきて」溜めた水で「なき事などおひたるものは神水とてこれをのむ」といい、「たゞすの杜などに今もあり」と賀茂社との関わりを記す。さらに、清輔と「よるべの水」との関わりは嘉応二年（一一七〇）の『住吉社歌合』の歌にも見え、そこで清輔は「社頭月」の題で「月かげはさえにけらしなかみがきやよるべのみづにつららゐるまで」と住吉社のものとしても詠んでいる（『住吉社歌合』嘉応二年（一一七〇）十月九日、七）。これには藤原俊成による判詞がついているものの、俊成は「いづれのやしろにもはべらめ」と言い、どの神社にもあるものという指摘にとどまっている。

一方、『奥義抄』にも引かれたように、『和泉式部集』の歌にも「よるべの水」を詠む歌が見え、一〇七番歌から一〇九番歌には、和泉式部と藤原公信との歌の贈答が記されている。稲荷社の祭りの日に公信に無実の出来事を言い広められたことに対して、和泉式部が葵祭の日に「けふはただすのかみにまかする」と賀茂の糺の神に任せて裁いてもらおうと詠むと（一〇七）、「なにかただすの神にかくらん」と公信が白を切ったため（一〇八）、和泉式部は「神かけてきみはあらがふたれかさはよるべにたまる水といひける」と「水」に「見つ」をかけて詠んだ（一〇九）。『袖中抄』

でも「此かめの水に神のたちより給て、神水とてのみつれば、有事無事の惜にあらはるゝ心也」と述べられているが、(28)真偽のほどをただすときの歌に「よるべの水」が詠まれるのである。こうした歌を見ても、「よるべの水」と糺の神、賀茂社や葵祭との間には深い関わりがあったことがうかがえよう。

また、ここで注目したいのは『奥義抄』が引く出典未詳歌において「みくさゐるまでいもを見ぬかな」と「よるべの水」に水草が生えることや「いも」の姿が見えないことが詠まれている点である。水草が生えることについては、『萬葉集』で「古の古き堤は年深み池のなぎさに水草生ひにけり」と詠まれ（巻第三・三七八・山部赤人）、邸の主人たる藤原不比等亡き後、年月を経たことで池に水草が生えたとして長い時間の経過をあらわす。また、『源氏物語』においても光源氏と夕顔が訪れた五条の廃院の池が「水草に埋もれたれば、いとけ疎げになりにける所かな」と水草で覆われているとして、人の訪れがなくさびれた場所であることを語る（「夕顔」①一六一頁）。さらに、『蜻蛉日記』では、兼家の訪れがないことを嘆く道綱母の歌の中で「かたみの水」に水草が生えたと詠まれている。

……心細うてながむるほどに、出でし日使ひし泔坏の水は、さながらありけり。上に塵ゐてあり。かくまでと、あさましう、

絶えぬるか**影**だにあらば問ふべきを<u>かたみの水</u>は**水草**ゐにけり

など思ひし日しも、見えたり。例のごとにてやみにけり。かやうに胸つぶらはしきをりのみあるが、世に心ゆるびなきなむ、わびしかりける。

（『蜻蛉日記』上巻、康保三年八月、一四八～一四九頁）

道綱母は心細さに物思いにふけっているとき、かつて兼家が使った「泔坏の水」がそのままで埃がたまるほどになっ

ていることに目をやりつつ、「かたみの水は水草ゐにけり」と詠む。それは、兼家の訪れがなくなったことを嘆く歌であり、「水草」は「かたみの水」に兼家の「影」が映ることを妨げるものとして詠まれている。この「かたみの水」については、『比古婆衣』で「かたみとはいはゆる神水に、占問ふ人の体を臨し見る義にて、よりへの水の別称なるを、彼の泔器の水を夫のかたみとせる意を兼ねてよめるにやあらむ」と指摘されており、[29]「よるべの水」の別称としての「かたみの水」に兼家の形見の意が重ねられているものであるという。

水に影が映らなくなることについては、『奥義抄』が「源氏のあふひのうへの歌」として引いた歌にも「よるべの水にかげたえめ」と詠まれている。葵の上の歌としていることは誤りであり、また、管見の限りでは中将の君の歌にこうした異同は見られないものの、[30]影が絶えてしまっただろうと詠まれていることは注意される。そして、「よるべの水」と「影」は、『源氏物語』以降の次の三首にも詠み込まれる。

①**かげ**たえてさてややみなん三**草**ゐるよるべの水はすみかはるとも
(『壬二集』一六二四／『夫木和歌抄』一二五五四・藤原家隆)

②忘るなよよるべの**み草**うちはらひ君に葵の**かげ**を待ちつつ
(『壬二集』一八〇七／『夫木和歌抄』一二四七七・藤原家隆)

③**身**にちかくよるべの水の**影**はあれどよそにあふひの草の名ぞうき
(『夫木和歌抄』一二五五五・九条基家)

この三首は、「幻」巻の当該場面における中将の君の歌の本歌取りであるという。[31]三首すべてに「よるべ」と「かげ」が詠み込まれているが、とくに②では「よるべ」に生えた「み草」を払って「君」の「かげ」を待つことが詠まれており、そこには「葵」も関わり合っている。また、③では「よるべの水」に影はあるものの、「よそにあふひの草の名ぞうき」と草の名に重ねて恨めしく思う心情が詠まれる。

水が影を宿すことについては、林田孝和が「影」を「人間の霊魂の一部・生命の一部であり、その人の分身」と位置づけ、影を霊魂と同一視する霊魂信仰のもと影取り沼や影取り池の信仰について論じている。[32]また、竹内正彦は池に霊魂を招くことで死者との邂逅を試みる例があることを指摘しているが、[33]「かたみの水」や「よるべの水」もまた影を宿すものであり、「よるべの水」に影が映らないことを嘆く詠みぶりは、その「影」の主との邂逅を願う心情につながるものであろう。

また、『古今和歌集』には「寄るべなみ身をこそ遠くへだてつれ心は君が影となりにき」（巻第十三・恋歌三・六一九・読人しらず）という歌がある。藤原定家は、『僻案抄』でこの歌の「よるべ」の解釈について「よるべとは、たとへばたちよりたのむ縁などあるあたりを云也。無縁にさしはなれたるを、よるべなしとは云也」と述べており、[34]自らが頼むところを「よるべ」と言うとする指摘が見える。その語義は、死期迫る紫の上が「寄るべなういとほしげなる」女房のことを案じたのを思いおこさせる（「御法」④五〇二頁）。この意味をもとに中将の君の歌を見てみれば、中将の君が「よるべの水」の語を選び取ったのは、自らが「寄るべ」として仕えて来た紫の上を思ってのことであったと考えられよう。

以上のことをふまえたうえで、いまいちど「幻」巻の当該場面に立ち返り、場面の描写や中将の君と光源氏のふるまいと心情から歌の贈答の意義を考えてみたい。

五　中将の君と光源氏の紫の上追慕

「幻」巻の当該場面で光源氏が中将の君のもとを訪れたとき、中将の君は「うたた寝」をしていた。「うたた寝」については、「たらちねの親のいさめしうたゝ寝は物思《おもふ》時のわざにぞ有《あり》ける」（『拾遺和歌集』巻第十四・恋歌四・八九七・読人しらず）のように、親が諫めたそれは物思いをするときのものであったと詠まれており、『源氏物語』でも雲居雁の昼寝を内大臣が諫める場面がある（「常夏」③二三九頁）。また、小野小町の歌には「うたた寝に恋しき人を見てしより夢てふものは頼みそめてき」（『古今和歌集』巻第十二・恋歌二・五五三・小野小町）と詠まれ、「恋しき人」を見るのもうたた寝の夢であるという。そうしたありようは亡き人の姿を見たいと願う姿にもあらわれており、八の宮亡き後、「うたた寝の御さまのいとらうたげ」な中の君を見つめる大君が「夢にだに見えたまはぬよ」と言い（「総角」⑤三一〇～三一一頁）、亡き父が夢にさえもあらわれてくれないことを恨む様子が描かれる。また、末摘花は「昼寝の夢に故宮の見えたまひければ、覚めていとなごり悲しく思して」と語られるように（「蓬生」②三四五頁）、昼寝の夢に亡き父常陸宮を見て、目が覚めた後に名残を惜しんで悲しむ。『源氏物語』における「うたた寝」「昼寝」については、葛綿正一が父親をはじめとする保護者の存在との結びつきを論じるが[35]、「うたた寝」や「昼寝」の夢によって恋しい人との邂逅を願い、夢から覚めることを惜しむ心情を抱くことは、恋人以外にも親などの、とくに自分が頼りにしてきた存在が相手の場合にも見えるのである。このことをふまえれば、中将の君が「葵」を傍らに置きつつ「うたた寝」をする姿からは、紫の上との邂逅を願う女房としての切なる思いが読み取れる。

そして、「葵」や「よるべの水」にも意識されるように、中将の君と光源氏との歌の贈答がおこなわれたのは葵祭の日であった。谷知子は葵祭の日に歌が詠まれる場面は「脇役的な女性」を引き寄せるもので、そこで歌を交わす女性たちは「本来の相手」ではないことを論じる。(36)葵祭を背景に歌の贈答がおこなわれる場面でとくに注目したいのが、「葵」巻における光源氏と源典侍の次のやり取りである。

「はかなしや人のかざせるあふひゆゑ神のゆるしの今日を待ちける

注連の内には」とある手を思し出づれば、かの典侍なりけり。あさましう、古りがたくもいまめくかな、と憎きに、はしたなう、

かざしける心ぞあだに思ほゆる八十氏人になべてあふひを

女はつらしと思ひきこえけり。

くやしくもかざしけるかな名のみして人だのめなる草葉ばかりを

と聞こゆ。　　　　（「葵」②二九〜三〇頁）

源典侍が「はかなしや」の歌で光源氏が自分以外の女性に逢ったことを責めると、光源氏は「かざしける」の歌で葵祭の今日は誰にでも逢える日なのだと切り返す。その後、源典侍はさらに「くやしくも」の歌を重ねて「あふひ（葵、逢ふ日）」などはことばだけで実現はしないのだと恨みを詠むのである。この場面では、源典侍が「女」と呼ばれ、一見すると光源氏に対する嫉妬を深めた心情が描き出されているように見える。しかしながら、小山利彦は、その歌には光源氏と同車して葵祭を見物する紫の上の存在が意識され、二人の関係を恨めしく思う心情を詠みつつも、むしろその詠みぶりによって二人の「関係を確認する役割」を担い、「前途を祝福している」歌であると位置づけ、「幻」

巻においてもこうした言説を軸として物語が進行すると指摘している。[37] 源典侍の歌も中将の君の歌も、たんに恋情を詠むだけの歌ではないのである。

ここで注意しておきたいのは、「幻」巻の当該場面においては、光源氏の「この名こそ忘れにけれ」という発話があったとはいえ、中将の君の方から歌を詠みかけているということである。『源氏物語』において光源氏と女房とが歌の贈答をする場面は複数見えるが、源典侍と「幻」巻の中将の君以外は、光源氏からの歌に女房が応える形になっている。たとえば、光源氏が六条御息所のもとから帰るとき、見送りに出た中将のおもと（中将の君）に歌を詠みかける。それは恋情を思わせる詠みぶりであったが、中将のおもとは恋情の相手を御息所にすりかえて返しており、それは「いと馴れて」「公事にぞ聞こえなす」様子で詠まれたものであった（「夕顔」①一四七～一四八頁）。また、「幻」巻以前に見える「中将の君」について、「薄雲」巻で紫の上と光源氏との歌の贈答の媒介を担っており、そこには「中将の君」の召人たる性質が深く関わっていることがうかがえるが、[38] そのような状況におけるふるまいは「いたう馴れて聞こゆれば」と描写される（「薄雲」②四三九頁）。一方で、「幻」巻の当該場面では中将の君が自らの心情を吐露する歌を詠むのである。

紫の上に仕えてきた女房たちは、「幻」巻において繰り返し光源氏の話相手となり、ときには「うち棄てられたてまつりなんが愁はしさをおのおのうち出でまほしけれ」と自らの思いの丈を伝えたく思うものの、「さもえ聞こえず、むせ返りてやみぬ」と涙を流すばかりで押しとどめていた（「幻」④五二六頁）。武者小路辰子は、光源氏の召人たちは「女房である分をこさない」ふるまいをする人々であったと言い、[39] 中将の君の歌の詠みぶりは極めて異例で、日頃とは異なるふるまいをしたことで「恥ぢらひて」詠まれることとなったのであろう。そして、吉井美弥子は『源氏物語』において女房から男性へ歌を贈るのはかなり限られた場合であると述べ、女房たちの歌と言動によって、他の人物の内面が暴かれていくことを論じている。[40]　この中将の君の歌こそが光源氏の秘めたる思いを引き出していくのである。

以上のことをふまえたうえで、中将の君が詠んだ「さもこそはよるべの水に水草ゐめ今日のかざしよ名さへ忘るる」という歌の解釈をあらためて試みたい。この歌は、女房から主人への恋情を詠む歌と位置づければ、「よるべの水」に水草が生えて影が映らなくなったように、自分のもとへの訪れが絶えたことを恨み、葵という草の名だけでなく逢うことも忘れた相手を責める歌と理解できよう。しかしながら、中将の君にとっての「よるべ」が紫の上であったことをふまえて考えれば、この歌の上の句には「よるべの水」に頼るべき人の影が映らず、葵を傍らに置いて「うたた寝」をしても、会いたいと願う紫の上との邂逅がかなわないことを嘆く思いが重ねられているととらえられるのである。そのうえで、中将の君は、下の句には光源氏に対する逢瀬を求める意味を詠み込んでいる。中将の君の歌は、「あなたが葵の草の名を忘れたと言うように、よるべの水に水草が生えたのでしょう（だから私はよるべとする紫の上に会えないのです）、あなたも葵の名だけでなく逢うことまでもお忘れになるのですから」のように解釈できる。下の句で光源氏が自分と逢ってくれないことをあえて詠むことで、ほかに思う女性がいることを意識させ、紫の上に対して未だ恋い慕う思いを抱いていることを確認するかのような詠みぶりとなっているのである。

それに対して光源氏は、「げに」と納得したうえで「おほかたは思ひすてて し世なれどもあふひはなほやつみをかすべき」と詠み、「大方のことは思い棄ててしまった世であるけれど、葵の日にはやはり罪を犯してしまいそうだ」と逢瀬を思わせる返歌をする。しかしながらそれは、中将の君に恋情を抱くのではなく、その背後に意識される紫の上への思いを示すものであり、「形見」たる中将の君と関係を持つことで、紫の上との交わりを求めるのである。

そして、そのとき光源氏は中将の君に対して「いとほし」という心情を抱いている。「いとほし」という語については、多くの辞書でさまざまな語義があげられ、陣野英則は『『源氏物語』が書かれた時点での「いとほし」は、いずれも自身または他者に関わる物事への困惑・つらさなどをあらわすもの」であるという。[41]一方、今井久代は『源氏物語』における「いとほし」は「他者のつらい状況に関わりをもつなかで生ずる感情」であり、「自身の困窮が他者の困窮に通じている点に大きな特徴がある」とし、[42]「いとほし」が使われる状況としては「負い目、自責の念、すまなさを他者に抱くとき、申し訳ないことをした自分から目を背けたいとき」をあげている。[43]紫の上が女房たちを案じたときにも、「寄るべなういとほしげ」と「いとほし」の語を用いながら、自らが亡き後の女房たちの状況を想像して心を痛めていた（「御法」④五〇二頁）。そして、中将の君の歌を聞いた後、光源氏が中将の君に「いとほし」という思いを抱くのは、「よるべ」たる紫の上を失った中将の君の嘆きを感じ取っているからであろう。「つみをかすべき」と詠んで中将の君との逢瀬を匂わせながらも、その奥には亡き紫の上を忘れることはできないという心情に至ることとなり、いたたまれなさを抱えている。そのような中で、中将の君と光源氏は共に亡き紫の上に対する思いを確認し合うのである。ここで光源氏が「一人ばかりは思し放たぬ気色なり」と感じるのは、紫の上を重なることができ、共に追慕する相手として中将の君ただ一人は手放すことはできないという思いであったといえる。

以上のように、「幻」巻の当該場面における中将の君と光源氏との歌の贈答は、紫の上に対する深い哀惜の念を抱く光源氏と、紫の上の「形見」たる中将の君によってつくりあげられた紫の上追慕の場面と位置づけられるのである。

六　中将の君の追慕のゆくえ

中将の君がもう一度物語に姿を見せるのは、紫の上の一周忌の法要に関わる場面である。

風の音さへただならずなりゆくころしも、御法事の営みにて、朔日ごろは紛らはしげなり。今まで経にける月日よと思すにも、あきれて明かし暮らしたまふ。御正日には、上下の人々みな斎して、かの曼荼羅など今日ぞ供養ぜさせたまふ。例の宵の御行ひに、御手水まゐらする中将の君の扇に、

君恋ふる涙は際もなきものを今日をば何の果てといふらん

と書きつけたるを取りて見たまひて、

人恋ふるわが身も末になりゆけど残り多かる涙なりけり

と、書き添へたまふ。（「幻」④五四三〜五四四頁）

紫の上の祥月命日、光源氏は曼荼羅の供養をする。それは「かの、心ざしおかれたる極楽の曼荼羅」と言われるように紫の上の発願によって製作されたことが語られた曼荼羅であった（「幻」④五四〇頁）。今日の日の宵、光源氏がお勤めをするときに手水を持って来たのが中将の君であり、扇には歌が書きつけられていた。中将の君は「君恋ふる」と詠み、一周忌を経てもなお紫の上が忘れがたく、恋い慕っては涙を流しているという。そして、光源氏もそれに呼応するかのように、「人恋ふる」の歌で同じように紫の上を慕って涙を流していることを詠む。ここでもまた中将の君の歌は、紫の上に対する光源氏の心情を引き出すものとして機能しているのであるが、「幻」巻において中将の君が詠む歌は、一貫して主人たる紫の上を思う歌であった。

この場面を最後に中将の君は物語から退場する。中将の君は、紫の上を喪った悲しみに沈む人々の姿を描く「幻」巻において、他の女君とも他の女房とも異なる存在として描かれていた。その大きな役割としては光源氏と共に紫の

上を思い、悲しみを慰めることがあげられるが、中将の君が紫の上を追慕すればするほど、紫の上の不在が強調されるとともに、頼るべきところ、「よるべ」をなくした中将の君の姿が浮き彫りになるのである。

注

（1）吉澤義則『對校源氏物語新釋』（四）国書刊行会、三三六頁、頭注。
（2）玉上琢彌『源氏物語評釈』（九）角川書店、一五三頁、語釈。
（3）新編日本古典文学全集『源氏物語』「幻」④五三八頁、頭注。
（4）玉上琢彌『源氏物語評釈』（九）角川書店、一五五頁、解説。
（5）日本古典文学全集『源氏物語』「幻」④五二四〜五二五頁、頭注。
（6）林田孝和「源氏物語にみる祭りの場」『林田孝和著作集（一）源氏物語の発想』武蔵野書院、二〇二一年、一六一頁。
（7）原岡文子「『源氏物語』の「祭」をめぐって」『源氏物語の人物と表現―その両義的展開―』翰林書房、二〇〇三年、三一三頁。
（8）吉澤義則『對校源氏物語新釋』（四）国書刊行会、三三六頁、頭注。
（9）玉上琢彌『源氏物語評釈』（九）角川書店、一五三〜一五四頁、語釈。
（10）新編日本古典文学全集『源氏物語』「幻」④五三八〜五三九頁、頭注。
（11）藤井貞和「「などやうの人々」との性的交渉」『源氏物語論』岩波書店、二〇〇〇年。
（12）伊井春樹編『花鳥余情』源氏物語古注集成（一）桜楓社、二七一頁。
（13）伊井春樹編『細流抄』源氏物語古注集成（七）桜楓社、三三二頁。
（14）「中将の君」と呼ばれる女房は、光源氏の「御足などまゐりすさび」て伺候する女房として登場し（「葵」②六九頁）、須磨退去にともなって紫の上付きになる（「須磨」②一七七頁）が、帰京すると再び情けを受けることとなる（「澪標」②二八四頁）。また、光源氏と紫の上の贈答歌の媒介としても機能し（「薄雲」②四三九頁）、「我はと思ひあがれる」自信を持つ（「初音」③一四四頁）ものの、女三の宮降嫁後は紫の上に同情する（「若菜上」④六七頁）など、多様な姿を見せる女房として描かれるが、すべてが同一人物であるか否かについては記述がない。

(15) 武者小路辰子「中将の君―源氏物語の女房観―」『源氏物語　生と死と』武蔵野書院、一九八八年。

(16) 三田村雅子「源氏物語における〈形代〉」「召人のまなざしから」『源氏物語　感覚の論理』有精堂、一九九六年。

(17) 召人に関しては、阿部秋生「召人について」（『日本文学』五―九、一九五六年九月（後に『源氏物語研究序説』（東京大学出版会、一九五九年）所収））を嚆矢として研究が重ねられ、近年では、諸井彩子「〈召人〉考」『摂関期女房と文学』青簡舎、二〇一八年）に詳しい。

(18) 光源氏の「つれづれ」については、竹内正彦「光源氏の退屈―高崎正秀の源氏物語論をたどりつつ―」（『源氏物語の顕現』武蔵野書院、二〇二二年）に詳しい。

(19) 三田村雅子「源氏物語における〈形代〉」『源氏物語　感覚の論理』有精堂、一九九六年。

(20) 佐伯順子『遊女の文化史　ハレの女たち』中央公論社、一九八七年。

(21) 三嶋香南子「形見の人、中将の君―紫の上の鎮魂をめぐって―」『物語文学論究』一三、二〇一一年三月。

(22) 日本思想大系『律令』「喪葬令　服紀条」岩波書店、四三九頁。

(23) 新編日本古典文学全集『源氏物語』「葵」②六三頁、頭注。

(24) 伊原昭「墨染の美―源氏物語における―」『平安朝文学の色相―特に散文作品を中心として―』笠間書院、一九六七年。ほかに、『源氏物語』における喪服に関しては、柳井洋子「『源氏物語』における喪服の比喩表現―「霞の衣」を中心に―」（『岡山大学国語研究』一〇、一九九六年三月）、山西陽子「『源氏物語』における喪服の描写方法」（『大谷女子大国文』三四、二〇〇四年三月）、津々見彩「『源氏物語』における喪服描写と物語展開」（『熊本県立大学国文研究』六二、二〇一七年九月）などに詳しい。

(25) 池田亀鑑編『源氏物語大成（八）索引篇』中央公論社、一九八五年、三二一頁。

(26) 大取一馬・安井重雄他「共同研究　龍谷大学蔵源氏物語古注釈書の研究―「よるべの水」について、歌学書と源氏物語古注―」『龍谷大学佛教文化研究所紀要』三八、一九九九年一一月。

(27) 伊藤一男「寄る瓶の水」小町谷照彦編『国文学解釈と鑑賞別冊　源氏物語の鑑賞と基礎知識（一九）御法・幻』至文堂、二〇〇一年一一月。
(28) 久曽神昇編『袖中抄』日本歌学大系（別巻二）風間書房、六二頁。
(29) 林陸朗編・校訂『比古婆衣』（中）現代思潮社、一九八三年、一四五頁。
(30) 池田亀鑑編『源氏物語大成（五）校異篇』（中央公論社、一九八五年、一四一五頁）および『源氏物語別本集成』（（一一）おうふう、二〇〇〇年）に拠る。また、寺本直彦は「清輔の言が誤解でないとすれば、清輔のみた源氏物語は現行源氏物語の本文と大きく違っていたことになる」と述べる（「六条家と源氏物語」『源氏物語受容史論考　正編』風間書房、一九八四年、六六四～六六五頁）。
(31) 大取一馬・安井重雄他「共同研究　龍谷大学蔵源氏物語古注釈書の研究―「よるべの水」について、歌学書と源氏物語古注―」『龍谷大学佛教文化研究所紀要』三八、一九九九年一一月。
(32) 林田孝和「影の文学」『林田孝和著作集（二）源氏物語の精神史研究』武蔵野書院、二〇二二年、六二頁。
(33) 竹内正彦「池のほとりの光源氏―「少女」巻の〈放島の試み〉を起点として―」『源氏物語の顕現』武蔵野書院、二〇二二年。
(34) 天理図書館善本叢書和書之部編集委員会編『平安時代歌論集』（八木書店、一九七七年、四九九頁）をもとに翻刻した。
(35) 葛綿正一「昼寝をめぐって―視線の問題―」『源氏物語のエクリチュール―記号と歴史―』笠間書院、二〇〇六年。
(36) 谷知子「源氏物語の賀茂祭と恋歌―神のゆるし―」原岡文子他編『源氏物語　煌めくことばの世界』翰林書房、二〇一四年、一六五頁。
(37) 小山利彦「賀茂の神の聖婚―「葵」と「逢ふ日」―」「光源氏物語の総括―幻の巻における賀茂祭―」『源氏物語と皇権の風景』大修館書店、二〇一〇年。
(38) 本書第八章「渡殿の戸口の紫の上」参照。
(39) 武者小路辰子「中将の君―源氏物語の女房観―」『源氏物語　生と死と』武蔵野書院、一九八八年、二五頁。
(40) 吉井美弥子「女房たちの歌―暴かれる薫―」池田節子他編『源氏物語の歌と人物』翰林書房、二〇〇九年。

(41)　陣野英則「「総角」巻の困惑しあう人々――「いとほし」の解釈をめぐって――」『源氏物語論――女房・書かれた言葉・引用――』勉誠出版、二〇一六年、三八八～三八九頁。
(42)　今井久代『源氏物語』の「いとほし」が抉るもの――「かわいそうで、見ていられない」心――」『東京女子大学紀要論集』七〇―一、二〇一九年九月。
(43)　今井久代「古語「いとほし」について――恥ずかしい自分を見つめる目――」『日本文学』七〇―一二、二〇二一年一二月。

Ⅳ　女官が見つめるもの

第十章　「春宮の宣旨なる典侍」論

――「若菜上」巻の御湯殿の儀をめぐって――

一　御湯殿の儀に参る「春宮の宣旨なる典侍」

『源氏物語』「若菜上」巻、「三月の十余日のほど」に六条院の西北の町で明石女御は御子を産んだ。正月の初め頃から加持祈禱をしていたが、「いたくなやみたまふこともなく」安産で、さらに男御子であったことで光源氏も安堵するのであった（「若菜上」④一〇八頁）。明石女御の母、明石の君の居所である西北の町で盛大な産養が次々に催されたが、西北の町では儀式が目立たないとして、女御と御子は六条院の東南の町の寝殿に戻ることになった。そのような中で、西北の町において御湯殿の儀が催され、紫の上や明石の君も姿を見せる。

対の上も渡りたまへり。白き御装束したまひて、人の親めきて若宮をつと抱きゐたまへるさまいとをかし。みづからかかること知りたまはず、人の上にても見ならひたまはねば、いとめづらかにうつくしと思ひきこえたまへり。むつかしげにおはするほどを、絶えず抱きとりたまへば、まことの祖母君はただまかせたてまつりて、御湯殿のあつかひなどを仕うまつりたまふ。春宮の宣旨なる典侍ぞ仕うまつる。御迎湯におりたちたまへるもいとあはれに、内々のこともほの知りたるに、すこしかたほならばいとほしからましを、あさましく気高く、げにかかる契りことにものしたまひける人かなと見きこゆ。このほどの儀式などもまねびたてむに、いとさらなりや。

（「若菜上」④一〇九頁）

紫の上は「白き御装束」を身に纏い、「人の親めきて」若宮をしっかりと抱く。出産の経験がない紫の上が「いとめづらかにうつくし」と思いながら若宮を「絶えず抱きと」っているのに対して、若宮の「まことの祖母君」である明石の君は「御湯殿のあつかひ」などに奉仕するのであった。儀式には、「春宮の宣旨なる典侍」が参上していた。この典侍は「内々のこともほの知りたる」人物であり、明石の君を「あさましく気高く、げにかかる契りことにものしたまひける人かな」と評すのである。

本章では、明石女御と東宮との間に生まれた男御子の御湯殿の儀に参上する「春宮の宣旨なる典侍」の存在に着目する。当該の儀式においては、「春宮の宣旨なる典侍」が湯殿役を務め、明石の君が迎湯役を務めている。「春宮の宣旨なる典侍」について『弄花抄』は「内侍のすけなる人の宣旨と号する人歟」と指摘しつつ、「宣旨は宣旨殿とていまも女房の名にもいふ也これは内侍のすけをかねたる也」とし、(1)「宣旨」の呼び名を持ち典侍を兼任している女房であるとの見解を示している。また、玉上琢彌が「春宮の宣旨」は「立太子の宣旨を取り次いだ女房の呼び名」であるとし、(2)他の現代注釈書においても同様の指摘が踏襲されている。(3)これらの指摘は『官職要解』が中宮宣旨について「立后のとき、その宣旨をとり伝えたものである」と説明することに端を発する事典類等の記述の影響を受けている(4)

ものと考えられるが、近年の研究によって『官職要解』の説明が誤りであることが指摘されており[5]、あらためて「春宮の宣旨」について検討し直す必要がある。

また、当該場面の御湯殿の儀に関しては、明石一族の物語との関わりの中で多く論じられてきた。阿部秋生は明石の君が迎湯役を務めることは「女御の實母としてではなく、女御に仕へる女房・召人としてこの役に奉仕してゐることになりかね」ず、「春宮の宣旨なる典侍」が明石の君に対して「あはれ」と感じるのは「女御の實母でありながら、女房同然の役に奉仕してゐることと關聯してゐる」と述べる[6]。さらに、小嶋菜温子は人生儀礼を「王朝の〈家〉と〈血〉の規範的な枠組みに対する問い直しの場」であるとし、当該の御湯殿の儀で明らかなのは「この皇子が、母方の血筋を隠しながらも、明石一族の〈血〉の体現者であらねばならないこと」であると述べ[7]、岩原真代は「ここで新皇子の劣る血筋が公にされることによって、六条院体制の盤石ぶりとその完成度の高さが示唆されてもいる」と論じ[8]、明石の君の存在によって御子の持つ血脈が明らかにされていることが指摘されている。このほか、秋山虔は紫の上との比較によって明石の君の優位性を論じ[9]、後藤祥子は「女あるじ」たる明石の君の役割を論じる[10]など、従来は明石の君をはじめとする明石一族の血筋と皇子との関わりや、湯殿、生誕儀礼という視点から検討がなされてきた。

もちろん、明石女御と東宮との間に生まれた御子の御湯殿の儀に明石一族の存在が大いに関係していることは明らかであろう。しかし、「春宮の宣旨なる典侍」が御湯殿の儀において明石の君と共に儀式の重要な役割を担っていることも見過ごすことはできない。明石女御が産んだ御子の御湯殿の儀において、「春宮の宣旨なる典侍」という御子の父である東宮との関わりが強く意識される女房の存在が語られるのはなぜだろうか。竹内正彦は湯殿の始原と典侍をはじめとする内侍司の女官との関わりを論じているが[11]、当該場面の御湯殿の儀に参上した女房が「春宮の宣旨なる典侍」と明記されることの意義はさらに問い直す必要があろう。

本章では、史上の御湯殿の儀や東宮宣旨の例をふまえつつ、「春宮の宣旨なる典侍」の存在によって照らし出される六条院内外の人々のあり方を検討してみたい。

二　御湯殿の儀に奉仕する人々

まず、御湯殿の儀に湯殿役や迎湯役としてどのような人物が奉仕していたかを確認しておきたい。阿部秋生は、成明親王（村上天皇）、憲平親王（冷泉天皇）、敦成親王（後一条天皇）、敦良親王（後朱雀天皇）の御湯殿の儀の記述をもとに、次のように述べている。

> 御湯殿の役には、誕生した皇子の父方から派遣された女房が勤めることが多い。若菜上でも東宮の宣旨の典侍が勤めてゐるのはその例によるのであらうか。又迎湯の役を勤めるのは、誕生した皇子の母方に縁のある人が勤めてゐることが多いやうである。
>
> （「明石の御方」『源氏物語研究序説』東京大学出版会、一九五九年、八二一頁）

阿部は湯殿役は「父方から派遣された女房」、迎湯役は「母方に縁のある人」が務めることが多いと指摘している。阿部の論の中であげられている四人の親王の御湯殿の儀に関しては、すでに竹内正彦が詳細な検討を加えているが(12)、本章においてもそれぞれの例をあらためて見ておきたい。

Ａ　同四年六月一日、夜及暁、皇后産男児〈村上天皇諱成明親王〉、内侍奉仕御湯、大君前湯、邦基朝臣妻御乳附、

即給女装束

（図書寮叢刊『御産部類記』（上）明治書院、一〇頁）

B　少将伊尹之乳母大和奉仕御湯殿、依此女能知此道也、故平中納言室〈菅根朝臣女〉奉仕御対湯、

（図書寮叢刊『御産部類記』（上）明治書院、一六頁）

Aの『花鳥余情』に指摘のある成明親王の御湯殿の儀については『御産部類記』所引「青縹帋」延長四年（九二六）六月一日条に記載があり、湯殿役を「内侍」が務め、迎湯役を「大君」が務めたことがわかる。阿部は湯殿役として奉仕した「内侍」は「宮中から派遣された内侍」であるとするが、迎湯役の「大君」は「誰のことかはつきりしない」と述べ、竹内も「それ以上のことは詳らかにしがたい」とする。また、Bの『河海抄』に指摘のある憲平親王の御湯殿の儀は『御産部類記』所引「九条殿記」天暦四年（九五〇）五月二十四日条に記載があり、湯殿役を「少将伊尹之乳母大和」、迎湯役を「故平中納言室〈菅根朝臣女〉」が務めている。阿部は「乳母大和」は「依此女能知此道也」とあることから、「九條殿の長男伊尹の乳母大和が熟練してゐるといふので、特に選ばれて奉仕したらしい」とし、「故平中納言室」は「平時望の女が、一時師輔の男兼通の室であつたことがあり、この日も乳附の役をもつとめてゐるので、さういふ關係から奉仕することになつたもののやうである」と推測している。

C　以命婦従五位下藤原朝臣子、令仕御湯殿、以源簾子〈左大弁扶義朝臣女子也〉奉仕御迎湯、

（図書寮叢刊『御産部類記』（上）明治書院、五五頁）

D　十一日、戊辰、今日午時中宮御産男皇子云々、御湯酉二刻、……御湯殿奉仕清通朝臣妻名弁宰相、迎湯大納言君、御乳付勘解由長官有国妻字橘三位、天皇御乳母也〈今日記所可有例幣事、而不被記頗不審之、御産外他事

不記也〉

（図書寮叢刊『御産部類記』（上）明治書院、六六頁）

敦成親王の御湯殿の儀については『御産部類記』C「不知記（二）」とD「不知記（三）」の寛弘五年（一〇〇八）九月十一日条に記載があり、湯殿役を「命婦従五位下藤原朝臣子」の「弁宰相」、迎湯役を「左大弁扶義朝臣女子」で「大納言君」と呼ばれる源廉子が務めている。このほか、『紫式部日記』には「御湯殿は宰相の君、御迎へ湯、大納言の君〈源廉子〉」とあり、[15]『栄花物語』にも「御湯殿は讃岐の宰相の君、御むかへ湯は大納言の君なり」と記されているが、[16]阿部は「弁宰相」は「藤原道綱の女で、名は豊子、大江清通の妻」であり、「紫式部日記によれば、中宮彰子に仕へてゐた女房である」と述べ、[17]「大納言君」は「源雅信の孫で道長の室倫子の姪」で「榮花物語によれば、源則理と結婚したが不縁になつてゐたので、中宮彰子のもとに出仕してゐたところ、道長の目にとまつて、道長の思ひ人―召人とすべきだらう―となつてゐた人」であるとし、二人は両者とも「中宮附の女房であつた」と指摘する。また、湯殿役を務めた「弁宰相」は寛弘六年（一〇〇九）十一月二十五日の敦良親王の御湯殿の儀にも奉仕している。

E　共御湯宰相乳母、〈傅女子〉、向湯宰相〈三位遠度女子〉、

（『御堂関白記』（中）二七〇頁）

敦良親王の御湯殿の儀においては、「宰相乳母」が湯殿役、「三位遠度女子」の「宰相」が迎湯役を務めており、阿部は「御湯殿役は、敦成親王の時と同じで、迎湯役は師輔の子遠度の女で、これも中宮附の女房であつた」としている。

これまで見てきたAからEまでの御湯殿の儀に奉仕した湯殿役と迎湯役をまとめると【表1】のようになる。A成明親王の場合には湯殿役が宮中から派遣されているが、C、D敦成親王やE敦良親王の場合には湯殿役と迎湯役がと

もに彰子の女房である。阿部秋生は父方の湯殿役には父方の女房が奉仕することが多いと指摘しているが、彰子が産んだ二人の皇子、敦成親王と敦良親王の場合には、彰子の女房が仕えているのである。これは母方の祖父である道長の意向を気にしたものであるといえよう。

【表1】御湯殿の儀における湯殿役・迎湯役

	誕生	年月日	父	母	湯殿役	迎湯役	資料
A	成明親王（村上天皇）	延長四年（九二六）六月一日	醍醐天皇	藤原穏子	内侍	大君	『御産部類記』（青縹帋）
B	憲平親王（冷泉天皇）	天暦四年（九五〇）五月二十四日	村上天皇	藤原安子	少将伊尹之乳母大和	故平中納言室菅根朝臣女	『御産部類記』（九条殿記）
C D	敦成親王（後一条天皇）	寛弘五年（一〇〇八）九月十一日	一条天皇	藤原彰子	命婦従五位下藤原朝臣子（弁宰相）	源廉子（左大弁扶義朝臣女・大納言君）	『御産部類記』（不知記二一・三）、『紫式部日記』、『栄花物語』
E	敦良親王（後朱雀天皇）	寛弘六年（一〇〇九）十一月二十五日	一条天皇	藤原彰子	宰相乳母	宰相	『御堂関白記』

ただし、『栄花物語』には父方の意向によって女房が派遣される場合もあったことが記されている。一条天皇と定子との間に生まれた脩子内親王の御湯殿の儀には「右近内侍」が奉仕したことが記されているが、それは「内より仰せごと」によるものであったとされ、「いとつつましく恐ろしき世なれども、上の仰せごとのかしこさに参りたるなりけり」ともあり（巻第五「浦々の別」①二六九頁）、新編日本古典文学全集頭注が「定子の御産に奉仕することによって執政者道長の不興を買うことを恐れる」と指摘するように[18]、皇子誕生時の御湯殿の儀には政治的な影響が色濃くみえる

のである。

また、「右近内侍」は同じく一条天皇と定子との間に生まれた敦康親王誕生時の御湯殿の儀にも奉仕しており、「御湯殿に右近内侍、例の参る」と語られている（巻第五「浦々の別」①二八三〜二八四頁）。「例の」とあることから右近内侍は御湯殿の儀に奉仕することが多かった人物であることがわかるが、Bにおいて憲平親王の御湯殿の儀で湯殿役を務めた「乳母大和」が「依此女能知此道也」とされているように、経験や技能が評価され、複数回にわたって湯殿の儀に奉仕する者もいたのである。同じように、物語作品においても何度も御湯殿の儀に奉仕する女房の姿が見えるが、とくに注目したいのが『うつほ物語』に登場する「典侍のおとど」である。

ここは、湯殿の所。助のおとど、生絹の袿・湯巻して、湯殿に参る。白銀の瓮据ゑて、御湯殿参る。御迎湯、典侍のおとど、参り給ふ。（「あて宮」三七二〜三七三頁）

典侍のおとどは、あて宮が第一皇子を出産した際の御湯殿の儀において迎湯役を務めている。これ以降、多くの皇子の誕生の場に姿が見え、いぬ宮誕生時の御湯殿の儀においては「御湯殿、若宮の御迎湯に参り給ひし典侍」と語られるほか（「蔵開・上」四七八〜四七九頁）、あて宮の第三皇子出産時にも「典侍、初めより参りて、例の、御湯殿の行事す」とある（「国譲・中」六九五〜六九六頁）。さらに、さま宮の出産が迫った場面では「典侍、かしこにものせよ。心知らひたる人なくて悪しからむ」と典侍のおとどの存在が必要とされたり（「蔵開・中」五五六頁）、女一の宮の出産後には添え臥す仲忠を諫めながら女一の宮の世話をしたりもしている（「国譲・下」八一二〜八一三頁）。この典侍については、「院の大后の宮の人、若くより、かく、よき人の御子生みに仕うまつり給ふ人なり。歳は、六十余ばかりなり」

とされ（「蔵開・上」五〇七頁）、嵯峨院の大后の女房で若い頃から高貴な人々の御産に奉仕する人であると語られており、御湯殿の儀だけでなく出産前後の場面で重要な役割を担っていたのである。

『うつほ物語』において典侍のおとどが数々の御産や御湯殿の儀に奉仕する場合にはその経験が重視されているといえるが、「典侍」が持つ性質に着目してみると違った側面も見えてくる。[19] 加納重文が「典侍における乳母の資格が、平安中期の官女としての典侍を考えるうえでの、基本的な前提となる」とし、[20] 吉海直人が「物語において単に典侍としか紹介されていない場合でも、乳母経験者である可能性は非常に高いことを明記しておきたい」と述べるが、[21] 平安時代においては乳母と典侍を兼ねる例が見え、典侍は乳母として長年奉仕してきた女性を厚遇して与えた官職でもあった。[22] 典侍すべてが乳母であったとは限らないが、乳母であった可能性のある女房が御産や御湯殿の儀に奉仕することは自然なことであったといえる。そうしたことをふまえると、『うつほ物語』の典侍のおとどが幾度も奉仕することや、「若菜上」巻で御湯殿の儀に典侍が参上していることも理解されてこよう。

ただし、ここで注目しておきたいのは、「若菜上」巻においては御湯殿の儀に奉仕したのがたんなる典侍ではなく、「春宮の宣旨」を兼ねた典侍であったということである。史上の御湯殿の儀に典侍が奉仕する例はあるが、「春宮の宣旨」が奉仕する例は見えない。なぜ当該場面に登場した女房がわざわざ「春宮の宣旨なる典侍」と明記されているのであろうか。「春宮の宣旨」という観点から、当該の女房の位相を検討してみたい。

三　「春宮の宣旨」の位相

「宣旨」については諸井彩子による研究[23]をはじめ数々の先行研究があるが、[24] あらためて位相をとらえ直しておきたい。「宣旨」は、御匣殿別当や内侍とともに女房三役と呼ばれ、上皇・東宮・中宮・斎宮・斎院・摂関などに仕える女房で、[25]従来は『官職要解』の「立后のとき、その宣旨をとり伝えたものであるから、中宮の宣旨といい、また宮の宣旨ともいう」とする説明が踏襲されてきたが、[26]宣旨を含む中宮女房が遵子立后の夜に遵子の令旨によって任ぜられている例が見え、遵子立后の本宮儀より後に決められていることから、[27]『官職要解』の説明が誤りであることが指摘されている。[28]また、職務については「渉外的用務の責任者」とも評されており、[29]「天皇の宣旨を伝える役目を果たした後に、以後も名誉職的に配属された」女房で、[30]宣旨女房の初見は安殿親王（平城天皇）の東宮宣旨を務めた藤原薬子であるとされる。[31]

また、文学作品においても多様な宣旨女房の姿が描かれており、『うつほ物語』に登場する「大后の宮の宣旨」（「菊の宴」三一七頁）が物語作品に見える宣旨女房の早い例であり、「「宣旨」は、大后の宮の上﨟の女房の称」であると説明されている。[32]宣旨女房の具体的な描写が多く見えるのが『栄花物語』であり、兼家の娘が詮子の「宮の宣旨」になったこと（巻第三「さまざまのよろこび」①一四〇頁）をはじめ、彰子と敦成親王の内裏還啓の際に共に御輿に乗る「宣旨の君」の姿が描かれる（巻第八「はつはな」①四二二頁）ほか、「宮の宣旨」「中宮の宣旨」と呼ばれる中宮に仕える宣旨の役割や立后、立太子に際して宣旨が選定される様子が語られている。『源氏物語』においては、明石の君が明石姫君を出産した際に光源氏が乳母として下向させた「故院にさぶらひし宣旨のむすめ」が登場するが、父が「宮内卿の宰相にて亡くなりにし人」で、母が桐壺院の宣旨として仕えた人物という設定がなされている（「澪標」②二八七頁）。

こうした文学作品に実在の宣旨女房のあり方が反映されている可能性については、諸井彩子が東宮宣旨や中宮宣旨をはじめ摂関や斎院・斎宮に置かれた宣旨に関する記述から検討しているが、[33]ここであらためて平安時代の東宮宣旨について概観しておきたい。敦仁親王（醍醐天皇）から尊仁親王（後三条天皇）の東宮宣旨をまとめると【表2】のようになる。

【表2】平安時代における東宮宣旨一覧

諸井彩子「宣旨女房考―摂関期を中心に―」（『摂関期女房と文学』青簡舎、二〇一八年）、「主要官女表」（『平安時代史事典』（資料・索引編）角川書店）を参考に作成した。

	名	東宮	父	夫	子	資料	概要
1	滋野直子	敦仁親王（醍醐）		源国紀	源公忠	日本紀略、日本三代実録、寛平御遺誡、西宮記、尊卑分脈、大日本史料	典侍を兼任（西宮記、寛平御遺誡）。従三位を追贈される（日本紀略）。
2	藤原善子	成明親王（村上）	左大臣藤原良世	左大臣藤原仲平		春記、大日本史料	
3	平寛子	憲平親王（冷泉）	中納言平時望	藤原兼通旧妻	藤原遠光	御産部類記（九条殿記）、九暦、村上天皇御記、尊卑分脈	憲平親王誕生時に乳付を務めた（御産部類記）。典侍に至った（尊卑分脈）。
4	御形宣旨	師貞親王（花山）	右大弁源相職（文徳源氏）			小右記、枕草子、拾遺和歌集、新古今和歌集、御形宣旨集、大弐高遠集、公任集、朝光集、玄々集、玉葉集、二中歴	高遠、公任、朝光らと和歌を贈答。花山天皇の退位とともに出家か（朝光集）。
5	本宮宣旨 御宣旨	居貞親王（三条）				小右記、御堂関白記	乳母が宣旨を兼ねる（小右記）。
6	源廉子（大納言の君）	敦成親王（後一条）	左大弁源扶義			御産部類記（不知記）、御堂関白記、紫式部日記、栄花物語、新勅撰和歌集	敦成親王の御湯殿の儀に奉仕し（御産、紫、栄花）、後に東宮宣旨（御堂）。従三位（新勅撰）。
7	藤原姫子	敦良親王（後朱雀）				大日本史料	敦良親王の元服の際に正五位下に加階された（大日本）。

8	藤原維子（経子、宰相の乳母）	親仁親王（後冷泉）	源長経（祖父・大納言源重光）	宰相中将藤原兼経		栄花物語、朝野群載	乳母が宣旨になった（栄花）。藤原維子、藤原経子、源経子など諸説あり。
9	源成子	尊仁親王（後三条）	源経成			春記、本朝世紀	尊仁の元服で五位（春記）、即位で正五位下（本朝）。

【表2】にまとめた九人の東宮宣旨の資料からは、宣旨と乳母・乳付や典侍との関わりの深さが見えてくる。たとえば、3憲平親王（冷泉天皇）の宣旨である平寛子については『御産部類記』所引「九条殿記」天暦四年（九五〇）五月二十四日条に「喚故中納言平時望卿女子（寛子）〈兼通旧妻、先日予〔被〕仰此由〉令奉仕乳付」とあるように(34)、憲平親王の誕生時に乳付を務めており（図書寮叢刊『御産部類記』（上）明治書院、一五頁）、『尊卑分脈』によれば典侍に至った(35)。乳母が宣旨になった例としては、5居貞親王（三条天皇）の宣旨「本宮宣旨」と8親仁親王（後冷泉天皇）宣旨の藤原維子がある。5居貞親王（三条天皇）の宣旨「本宮宣旨」については、『小右記』寛弘八年（一〇一一）七月二十六日条に「以書状送女房許、〈御乳母、所謂本宮宣旨、〉即経奏聞、天気不決云々」と記されていることから、乳母の一人で「本宮宣旨」であった女房が三条天皇に奉仕していることがわかり（(二)一八六頁）、8親仁親王（後冷泉天皇）宣旨については『栄花物語』に「宣旨には宰相の乳母、備前前司長経の君の女なり」とあり（巻第三十四「暮まつほし」③二九二頁）、故大納言源重光の孫で長経の娘、宰相中将藤原兼経の妻で「宰相の乳母」と呼ばれた女房が宣旨に任ぜられたことが語られている。さらに、6敦成親王（後一条天皇）の宣旨を務めた源廉子は、前節でも述べたように敦成親王の御湯殿の儀に奉仕した女房であるが、『御堂関白記』長和元年（一〇一二）閏十月二十七日条に「東宮宣旨扶義女子」とある（(中)一七八頁）ことから東宮宣旨に任ぜられたことがわかり、『新勅撰和歌集』に「従三位廉子」

ともあるように、従三位に至っている。[36] また、東宮宣旨の中でも、1敦仁親王（醍醐天皇）宣旨の滋野直子については、『日本紀略』延喜十五年（九一五）正月十九日条に「典侍正四位下滋野朝臣直子卒。〈七十九〉」とあり、[37] 亡くなった時点においては正四位下の典侍であったが、同年正月二十四日条には「詔贈故典侍正四位下滋野朝臣直子従三位」とある[38]ことから従三位が追贈されていることがわかる。さらに、『西宮記』には滋野直子について「典侍有子《ママ》卒。贈従三位、〈東宮宣旨。〉」と記されており、[39] 典侍と東宮宣旨とを兼任していた可能性が考えられるのである。

　以上のように、平安時代における実在の東宮宣旨は、諸井彩子が「東宮宣旨は乳母やそれに準じた存在」であるとして、宣旨と乳母の関係性の深さを指摘するように、[40] 乳母・乳付が東宮宣旨を務める例が見えるほか、皇子の立太子や即位とともに加階されることの多い女房であった。尚侍が后妃になることを見据えて任命されていた当時において、最上位の女官ともいえる典侍に至る宣旨が多かったことからも、宣旨は皇子とのつながりの強さを持つ重用された女房であったことがうかがえる。「若菜上」巻の御湯殿の儀には「春宮の宣旨なる典侍」という宣旨と典侍を兼ねた人物が登場しているが、東宮宣旨の実態を見てみると「春宮の宣旨なる典侍」は現実的にあり得た人物設定であるといえる。ただし、当該場面においては、「春宮の宣旨」あるいは「典侍」のどちらかを務める女官ではなく、わざわざ二つを兼ねた人物を登場させているのであり、そのような人物設定をした物語の意図を考えるべきであろう。いま一度物語に立ち戻り、御湯殿の儀に奉仕する人物たちを整理したうえで、「春宮の宣旨なる典侍」と東宮、さらには若宮や明石一族との関わりについて検討してみたい。

四　「春宮の宣旨なる典侍」が示すもの

明石一族にとって、明石女御が「后がね」となることやその御子が帝となることは悲願であった。明石の君は、明石女御の出産が近付いた正月頃、「この時にわが御宿世も見ゆべきわざなめれば、いみじき心を尽くしたまふ」と（「若菜上」④一〇三頁）、女御の出産によって自分の宿運がはっきりと見えるだろうと考えて気を揉み、明石女御が無事に御子を産み、さらにそれが男御子であったことで安堵する(41)（「若菜上」④一〇八頁）。明石女御の男御子出産によって、長年願い続けてきたことの達成が現実的になったのであり、明石一族にとって御子の存在は非常に大きなものであった。しかし、御子が明石一族に連なる者であるとみなされることは、大きな問題をも孕んでいる。明石女御が東宮に入内したとき、明石の君はその後見役として奉仕することとなったが、「ただかく磨きたてたてまつりたまふ玉の瑕にて、わがかくながらふるを、かつはいみじう心苦しう思ふ」と（「藤裏葉」③四五〇頁）、受領の娘である自らの素性が姫君の「玉の瑕」になるだろうと心苦しく思っていた。さらに、明石女御と東宮の寵愛を競う他の女御の女房たちも、明石の君が仕えていることが明石女御の「瑕」になるだろうと噂するのである（「藤裏葉」③四五二頁）。明石女御や明石の君は、周囲の人々から劣った血筋にある女君として見られており、当該場面で誕生した皇子が、そうした明石一族の血脈に連なる者として認識されていくことは、まさに「瑕」となるべきことであろう。そこで、なるべく早く女御と御子を明石の君の居所から遠ざけようとするのである。

こなたは隠れの方にて、ただけ近きほどなるに、いかめしき御産養などのうちしきり、響きよそほしきありさま、げに「かひある浦」と尼君のためには見えたれど、儀式なきやうなれば、渡りたまひなむとす。
（「若菜上」④一〇八～一〇九頁）

明石女御は明石の君の居所である六条院の西北の町で御子を出産し、御産養などが催されるが、帝からの御産養を前に、女御と御子は東南の町へと戻ることになった。この動きには、御子を早急に明石一族の存在感が強い場所から遠ざけることによって、明石の系譜に連なる御子であるという印象を薄くする狙いがあったと考えられる。さらに、西北の町ではせっかくの儀式が目立たず「儀式なきやう」に見えるためであると語られており、かつて光源氏が明石女御の袴着について「袴着のことなども人知れぬさまならずしなさんとなむ思ふ」と言って大堰ではなく二条院で催すことを望んだ（「薄雲」②四二七頁）ように、后がねとして養育する姫君や将来の東宮として扱われる御子であることを世間に示すためであったともいえよう。

そのような状況で催された御湯殿の儀の際には、紫の上と明石の君、そして「春宮の宣旨なる典侍」が重要な役割を担っている。紫の上は、「人の親めきて」若宮を「絶えず抱き」とっており、「まことの祖母」である明石の君は「御湯殿のあつかひ」に奉仕し、御湯殿の儀では迎湯役を務めている。竹内正彦は「御湯殿の儀を主として執り行うのは生母の家のものたちの役割であった」とし、力を入れて迎湯役を務める明石の君の姿は「むしろ使命といってよいだろう」と述べるが、どれほど切り離そうとしても、やはり御子は明石一族の宿運の中にあった。

一方で「春宮の宣旨なる典侍」については、「澪標」巻での冷泉帝即位と東宮立坊の折に宣旨となり、「行幸」巻から「若菜上」巻までの四年間の間に典侍になったものと指摘されている[42]が、史上の東宮宣旨の中には乳母が宣旨を兼ねる例が見えることをふまえると、もともと東宮に乳母として仕えていた女房が立坊に合わせて宣旨となった可能性も考えられよう。その宣旨が典侍の定員があいたのを機に典侍となったのは、長年仕えてきた宣旨を厚遇するためのものであったといえる。「春宮の宣旨なる典侍」は東宮の幼少期から仕え続け、東宮の女官組織の最上位にあった。そうしたいわば東宮の権威を示す「春宮の宣旨なる典侍」が東宮の皇子の御湯殿の儀に奉仕することは、東宮の系譜を継ぐ正統性を持つ御子であることを示しているといえ、将来東宮になることを見据えたものであったと考えられる。

史上の御湯殿の儀においても女房がどこから派遣されているかということは、御子がどのような系譜にある者であるかを示すうえで非常に重要であった。敦成親王と敦良親王の御湯殿の儀においては、湯殿役と迎湯役の両方を中宮付きの女房が務めており、彰子所生の御子であることが強く印象づけられている。そこには、当然彰子の父である道長の意向が反映されていたのであり、彰子の女房を使うことで、将来の天皇となる御子の外祖父としての道長の力が世に示されていたといえる。「若菜上」巻の御湯殿の儀においては、迎湯役を明石女御の母である明石の君が務め、湯殿役として「春宮の宣旨なる典侍」という東宮の女房が宮中から派遣されている。東宮宣旨が御湯殿の儀に奉仕したことは史上の例に見えないばかりか、当該場面においては、典侍を兼ねた東宮宣旨という東宮女房の中でも最上位にある女房が登場しており、ほかに例のない「春宮の宣旨なる典侍」の奉仕によって御子がこのうえない高貴な存在として位置づけられることになるのであった。

さらに、御子の正統性を対外的に示しつつ、御子の格上げをはかるために、明石女御や六条院の女房ではなく、東宮の女房が呼び込まれたことにも注意しなければならない。「若菜上」巻の当該場面で登場した御子の母は明石女御であり、女御の父は光源氏である。御湯殿の儀に奉仕する女房の選定には、東宮の自発的な意志だけでなく、光源氏の意向も反映されていたと考えられる。道長が彰子の女房を使うことで自らの力を示したように、光源氏も明石女御の女房や六条院の女房を派遣することはできたであろう。しかしながら、御湯殿の儀の湯殿役として選ばれたのは

「春宮の宣旨なる典侍」という父方の内裏から遣わされた女房であった。光源氏が宮中の者を六条院の中に呼ぶことについては、「准太上天皇となった光源氏が、内裏に属するそれらを思いのままに使いこなすことによって、王者の威徳を顕在化させているようにも見えるが、それは、むしろ逆」であるとされ、内裏の存在を無視できない准太上天皇としての光源氏の姿が読み取られている。[43]このことをふまえれば、「春宮の宣旨なる典侍」が御子の御湯殿の儀に参上したことによって、内裏との強いつながりを持つ王者としての光源氏の姿が照らし出されているといえるのである。

明石女御所生の御子の御湯殿の儀に奉仕する「春宮の宣旨なる典侍」の存在は、御子が将来東宮となり帝となる正統性を持つ者であることを六条院の内外に示すものでありつつ、御子の外祖父としての力を誇る光源氏の姿をも浮き彫りにしているのである。

注

（1）伊井春樹編『弄花抄』源氏物語古注集成（八）桜楓社、一六八頁。
（2）玉上琢彌『源氏物語評釈』（七）角川書店、一九七頁。
（3）日本古典文学大系『源氏物語』（「若菜上」③二八二頁、頭注）、日本古典文学全集『源氏物語』（「若菜上」④一〇一頁、頭注）、新編日本古典文学全集『源氏物語』（「若菜上」④一〇九頁、頭注）など。
（4）和田英松『新訂　官職要解』講談社学術文庫、一九八三年、二三四〜二三五頁。
（5）山本奈津子「藤原彰子女房の宣旨について―その足跡と役割―」（『文学史研究』三九、一九九八年一二月）、増田繁夫「紫式部と中宮彰子の女房たち―中宮女房の職制―」（南波浩編『紫式部の方法』笠間書院、二〇〇二年）、鈴木織恵「平安中期の女房・中宮宣旨―補任を中心として」（服藤早苗編『女と子どもの王朝史―後宮・儀礼・縁―』森話社、二〇〇

七年)、増田繁夫「平安中期の女官・女房の制度」(『評伝　紫式部―世俗執着と出家願望―』和泉書院、二〇一四年)。
(6)阿部秋生「明石の御方」『源氏物語研究序説』東京大学出版会、一九五九年、八二二頁。以下、阿部の見解は同論による。
(7)小嶋菜温子「語られる産養(1)―明石姫君所生の皇子、そして薫の場合―」『源氏物語の性と生誕―王朝文化史論―』立教大学出版会、二〇〇四年、三二七・三三二頁。
(8)岩原真代『『源氏物語』の住環境―「湯殿」における藤壺と王命婦を中心として―」『源氏物語の住環境―物語環境論の視界―』おうふう、二〇〇八年、二一頁。
(9)秋山虔「外的時間と内的時間―「若菜上」巻における明石物語、その一―」『日本文学研究資料叢書　源氏物語Ⅳ』有精堂出版、一九八二年。
(10)後藤祥子「「若菜」以後の紫の上」『源氏物語の史的空間』東京大学出版会、一九八六年、一二〇頁。
(11)竹内正彦「御湯殿の儀の明石君―「若菜上」巻における明石の町の生誕儀礼をめぐって―」『源氏物語の顕現』武蔵野書院、二〇一二年。
(12)竹内正彦「御湯殿の儀の明石君―「若菜上」巻における明石の町の生誕儀礼をめぐって―」『源氏物語の顕現』武蔵野書院、二〇一二年。以下、竹内の見解は同論による。
(13)伊井春樹編『花鳥余情』源氏物語古注集成(一)桜楓社、一二三七頁。
(14)玉上琢彌編『紫明抄・河海抄』角川書店、四七四頁。
(15)新編日本古典文学全集『紫式部日記』一三八頁。
(16)新編日本古典文学全集『栄花物語』巻第八「はつはな」①四〇四頁。
(17)「弁宰相」は『紫式部日記』において「宰相の君」と呼ばれる人物であるが、萩谷朴は他の女房との記載順の前後を見るとすでに掌侍になっていたと指摘している(萩谷朴『紫式部日記全註釈』(上)角川書店、一九七一年、八五頁)。なお、『御堂関白記』寛仁二年(一〇一八)九月八日条には「典侍藤原豊子」とあることから典侍に至ったことがわかる(〈下〉一七五頁)。

（18）新編日本古典文学全集『栄花物語』巻第五「浦々の別」①二六九頁、頭注。
（19）典侍に関する主な先行研究としては、角田文衞『日本の後宮』（学燈社、一九七三年）、須田春子『平安時代後宮及び女司の研究』（千代田書房、一九八二年）、加納重文「平安中期の女房・女官」（『源氏物語研究集成（一五）源氏物語と紫式部』風間書房、二〇〇一年）、加納重文「典侍」（『平安文学の環境―後宮・俗信・地理―』和泉書院、二〇〇八年）などがある。
（20）加納重文「典侍」『平安文学の環境―後宮・俗信・地理―』和泉書院、二〇〇八年、一〇三頁。
（21）吉海直人「乳母の歴史的展開」『平安朝の乳母達―『源氏物語』への階梯―』世界思想社、一九九五年、五五頁。
（22）角田文衞「乳母」『平安時代史事典』（上）角川書店。
（23）諸井彩子「中宮宣旨の一考察―威子・章子内親王に仕えた宣旨―」（平野由紀子編『平安文学新論―国際化時代の視点から―』風間書房、二〇一〇年）、「散逸物語『みかはにさける』考―摂関期女房の呼称と官職をふまえて―」「宣旨女房考―摂関期を中心に―」（『摂関期女房と文学』青簡舎、二〇一八年）。
（24）和田英松『新訂　官職要解』講談社学術文庫、一九八三年。
（25）浅井虎夫『新訂　女官通解』（講談社学術文庫、一九八五年、一四一～一四二頁）、山中裕「宣旨」（『国史大辞典』吉川弘文館）。
（26）和田英松『新訂　官職要解』講談社学術文庫、一九八三年、一三四～一三五頁。
（27）『小右記』の天元五年（九八二）三月十一日条には円融天皇の皇后である遵子の中宮女房三役について次のように記されている（（一）一三頁）。
今夜奉令旨、以藤詮子為宣旨〈是皇太后大夫妻中宮姉〉、以藤原淑子為御匣殿別当〈参議佐理妻〉、以藤原近子為内侍〈信濃守陳忠妻〉、以下官及右中弁懐遠為侍所別当、大進輔成朝臣奉令旨、男女房簡今夜始書
（28）山本奈津子「藤原彰子女房の宣旨について―その足跡と役割―」『文学史研究』三九、一九九八年一二月。
（29）角田文衞「女房三役」『平安時代史事典』（下）角川書店。
（30）加納重文「宣旨」『平安時代史事典』（上）角川書店。

（31）『日本後記』弘仁元年（八一〇）九月十日条に「尚侍正三位藤原朝臣薬子者。挂畏柏原朝廷〈乃〉御時〈尓〉。春宮坊宣旨止為氏任賜〈比支〉」とあることから（新訂増補国史大系『日本後記』巻二十、八五頁）、藤原薬子が東宮宣旨であったことがわかる。なお、いつの時点で東宮宣旨となったかは不明。
（32）室城秀之『うつほ物語 全 改訂版』「菊の宴」おうふう、二〇〇一年、三一七頁、頭注。
（33）諸井彩子「宣旨女房考―摂関期を中心に―」『摂関期女房と文学』青簡舎、二〇一八年。
（34）誕生後の授乳に関わる記事は、図書寮叢刊『御産部類記』（上）明治書院、一三～一五頁）にある。
（35）『尊卑分脈』の藤原遠光（従四下左京大夫）の項目に「母典侍寛子」とある（新訂増補国史大系『尊卑分脈』（一）吉川弘文館、五三頁）。
（36）紫式部との贈答において、紫式部の歌の詞書には「冬ころさとにいでて、大納言三位につかはしける」とあり、その返しの歌の作者が「従三位廉子」となっている（『新勅撰和歌集』一一〇五・一一〇六）。
（37）新訂増補国史大系『日本紀略』（後篇）吉川弘文館、一八頁。
（38）新訂増補国史大系『日本紀略』（後篇）吉川弘文館、一八頁。
（39）改訂増補故実叢書『西宮記』（二）巻第十二「御傍親舊臣薨卒事」明治書院、二〇四頁。
（40）諸井彩子「宣旨女房考―摂関期を中心に―」『摂関期女房と文学』青簡舎、二〇一八年、九一頁。
（41）新編日本古典文学全集頭注は「大殿も御心落ちゐたまひぬ」の「も」について、「「この時にわが御宿世も見ゆべき…」（一〇三㌻）とこれに賭けていた明石の君はもちろんのこと」と指摘する（「若菜上」④一〇八頁）。
（42）外山敦子「女房、女官のライフコースと物語、物語文学」助川幸逸郎他編『新時代への源氏学（六）虚構と歴史のはざまで』竹林舎、二〇一四年。
（43）竹内正彦「朧月夜の退場―「若菜下」巻における「作物所」をめぐって―」『源氏物語の顕現』武蔵野書院、二〇一二年、四二四頁。

第十一章　藤典侍論

――「夕霧」巻における雲居雁との贈答をめぐって――

一　藤典侍と雲居雁との関係性

『源氏物語』「夕霧」巻において、光源氏の息子、夕霧の二人の妻が歌の贈答をする。正妻である雲居雁は、夕霧が落葉の宮に心を奪われて関係を持つようになったことに嫉妬し、方違えという口実のもと、父である致仕の大臣の邸に里帰りをしてしまう。そのようなとき、光源氏の腹心の従者、惟光の娘で夕霧の妻のひとりである藤典侍が雲居雁に歌を送る。

いとどしく心よからぬ御気色、あくがれまどひたまふほど、大殿の君は、日ごろ経るままに思し嘆くことしげし。典侍かかることを聞くに、我を世とともにゆるさぬものにのたまふなるに、かく侮りにくきことも出で来にけるをと思ひて、文などは時々奉れば、聞こえたり。

①数ならば身に知られまし世のうさを人のためにも濡らす袖かななまけやけしとは見たまへど、もののあはれなるほどのつれづれに、かれもいとただにはおぼえじと思す片心ぞつきにける。

②人の世のうきをあはれと見しかども身にかへんとは思はざりしをとのみあるを、思しけるままとあはれに見る。

（「夕霧」④四八八〜四八九頁）

夕霧は落葉の宮のことばかりを気にかけて落ち着かず、他方で雲居雁は日が経つにつれて心痛が重なるばかりであった。そうしたことを聞いた藤典侍は、雲居雁が自分のことを「世とともにゆるさぬもの」と言っていることを知りながらも、見過ごせない事態であると思い、日頃から文を時々差し上げていたこともあり、雲居雁に傍線部①「数ならば」の歌を送る。その文を受け取った雲居雁は、歌の内容に対して波線部「なまけやけし」と見ながらも、一方では藤典侍も平静ではいられないのだろうとも思い、傍線部②「人の世の」の歌だけを認めて返事をしたのである。

藤典侍が雲居雁に送った歌は、もしも私が人数に入る者であるならば我が身のこととして知られるであろう夫婦仲の辛さですが、私は人数ならぬ者であるためあなたのために袖を涙で濡らしていますと、雲居雁のように正式に結婚した立場にあるわけではない自分を卑下した歌であるととらえられ、(1)玉上琢彌は「あてつけの臭い」があるとしながらも「心からの同情には違いない」とする。(2)藤典侍は、これまでは正妻である雲居雁の立場にはまったく及ばなかったものの、夕霧の夫人集団に皇女である落葉の宮が入ってきたことで状況が変化したことを敏感に感じ取り、まずは雲居雁に同情を示したのであろう。しかし、はたして「数ならば」の歌はたんに雲居雁の辛さを思いやったものであるのだろうか。加藤昌嘉は、藤典侍の歌は「雲居の雁に同情の気持ちを表しつつも、落葉の宮という共通の敵を得て正妻と同列に並び得た優越感をも覗かせる、屈折したものとなっている」と述べ、「数ならば」の歌にはたんなる同情にとどまらず、雲居雁と肩を並べて夕霧の夫人の座を争おうとする藤典侍の意識がみえると指摘する。(3)

一方で、雲居雁の認識は藤典侍のそれとは異なる。雲居雁は藤典侍からの文を受け取ったとき、「なまけやけし」という感情を抱く。この「なまけやけし」については、諸注釈において「よい加減きわだった事を言う（あてつけている）」ものともされ、(4)「何となく出過ぎたこと」(5)や、「いささか妙な手紙だ」(6)などの解釈もなされ、藤典侍の同情を素直には受け止めきれず、違和感を覚える雲居雁の感情が指摘されてきた。「けやけし」という語は「振る舞いが身分不相応でとんでもないことと思われ」る場合などに用いられる明らかな「不快感」を示すことばであり、(7)雲居雁がここで「なまけやけし」という感情を抱くことこそが、未だ雲居雁自身は藤典侍よりも自分の方が上位にあると認識していることを示しているといえよう。また、雲居雁が藤典侍に送った傍線部②「人の世の」の歌については、「見くだしている者から受ける同情に誇りを傷つけられて、反発する」歌であると解するものがある(8)一方で、「奇特によく思ひ入られたる事と感したる心」を読み取るものもあり、(9)藤典侍の同情を受け入れて譲歩する雲居雁の心情も指摘されてきた。(10)

それでは、当該場面における両者の関係性はどのようにとらえればよいのであろうか。これまでは雲居雁が夕霧の正妻として確固たる地位を築いていたものの、そこに皇女である落葉の宮が入ってきたことで、妻のひとりである藤典侍はもちろんのこと、正妻である雲居雁の立場まで脅かされる可能性のある状況になったことは重要であろう。ここで注目したいのが藤典侍が「典侍」という公的な役職を持つ女官であるということである。夕霧の正妻として公的な役割を持たない雲居雁に対して、藤典侍が「典侍」であるということは、雲居雁との関係性や藤典侍の物語全体を考えるとき、どのように関わってくるのであろうか。

本章では、藤典侍と雲居雁との歌の贈答場面を始発として、藤典侍の物語のあり方をとらえ直し、藤典侍が「女官」であるということに着目しつつ物語における両者の関係性について検討する。

二　藤典侍の物語と明石の君の物語

藤典侍の父である惟光は、娘のもとに男性から文が送られていることを知ると怒りを露わにするが、それが夕霧からであると知ると態度を変え、次のように語る。

「この君達の、すこし人数に思しぬべからましかば、宮仕よりは、奉りてまし。殿の御心おきてを見るに、見そめたまひてん人を、御心とは忘れたまふまじきにこそ、いと頼もしけれ。明石の入道の例にやならまし」など言へど、みないそぎたちにたり。

（「少女」③六六頁）

惟光は、光源氏が一度見初めた女性を忘れることなく心厚くもてなすように、夕霧が娘のことを一人前に扱ってくれるのならば、宮仕に出すよりも夕霧に奉りたいと語る。それは、「明石の入道の例」のようになることを期待したものでもあった。ただし、「明石の入道の例にやならまし」と語られていることから、惟光はそれを実現不可能なものと認識していたのであり、周囲の人々も「みないそぎたちにたり」と惟光の発言を無視して出仕の準備を進めるのであった。とはいえ、ここで惟光が「明石の入道の例」を引き合いに出してきたことには注目されよう。両者の物語はどのような共通性を持つのであろうか。

明石入道は「近衛中将を棄てて」自ら申請して地方官である播磨守になった人物であったが（「若紫」①二〇二頁）、娘の明石の君は幼少の頃から帝か都の貴人の妻となるべく養育されてきた。[11]光源氏の須磨流謫の折に明石入道は明石の君を光源氏に奉ることを決め、やがて両者は結ばれて娘である明石姫君をもうけることとなるが、明石姫君は紫の上に「太政大臣の后がねの姫君」として養育され（「常夏」③二三九頁）、後に今上帝となる東宮に入内するのである。

惟光は受領の娘でありながらも光源氏に愛された明石の君に、自分の娘である藤典侍を重ねているのである。藤典侍は、「少女」巻において五節の舞姫に選ばれたことで「津の守にて左京大夫かけたる」惟光の「容貌などいとをかしげなる聞こえある」娘として登場する（「少女」③五九頁）。惟光は藤典侍をそのまま宮仕えさせようと考えていた（「少女」③六〇頁）が、五節の舞姫の準備のために二条院に参上していたところで夕霧に見出される（「少女」③六一頁）。しかし、惟光は儀式が終わった後に「典侍あきたるに」と言って娘を典侍として出仕させることを望み（「少女」③六四頁）、それがかなったことで夕霧との関係は終わるようにも見える。ところが、藤典侍が葵祭の祭の使いを務めたとき、「なほこの内侍にぞ、思ひ離れず這ひ紛れたまふべき」（「藤裏葉」③四四八頁）と雲居雁と正式に結婚した後も人目を忍んで逢うことが推測されているように関係は続き、両者の間には「大君、三の君、六の君、二郎君、四郎君」（「夕霧」④四八九頁）と正妻である雲居雁に引けを取らないほどの人数の子どもが生まれる。[12]その中でも六の君は夕霧によって落葉の宮に預けられて養女として育てられ（「匂兵部卿」⑤二二頁）、やがて今上帝の第三皇子である匂宮と婚姻関係を結ぶのであった。匂宮は父の今上帝や母の明石中宮から東宮になることを期待された皇子であり、物語には語られていないものの、将来匂宮と六の君の間に御子が生まれ、六の君が「后がね」の女君として厚遇されていく可能性を考えることができよう。[13]このように見てみると、受領の娘が高貴な男性の妻のひとりとなり、両者の間に生まれた娘を高貴な女性の養女とし、その娘がやがて「后がね」として扱われるようになるという物語の展開は、明石の君の物語にも藤典侍の物語にも共通している。これがまさに惟光が目指した「明石の入道の例」なのであろう。

しかし、さらに物語を読んでいくと両者の共通性はそればかりではないことに気付く。明石の君の物語においては、皇女である女三の宮の存在によって、正妻格の紫の上を含めた光源氏の夫人たちの関係性に変化が生じ、藤典侍の物語においては、皇女である落葉の宮の存在によって、正妻である雲居雁の立場までもが脅かされる状況になっている。光源氏の正妻格の女君である紫の上は、明石の君の存在に心を痛めるばかりではなく、皇女である女三の宮の降嫁によってさらに苦悩を深めていく。一方で、夕霧の正妻である雲居雁は正妻として絶対的な立場にあったが、落葉の宮の存在によって夫人としての順位付けが変化することを意識せざるを得ない状況に追い込まれていくのである。それぞれの物語に登場する三人の女君、明石の君と藤典侍、紫の上と雲居雁、そして女三の宮と落葉の宮はそれぞれ対応した立場にあると考えることができる。つまり、一人の男性をめぐる三人の夫人たちの立場や状況の変化が描かれた明石の君の物語と藤典侍の物語は、さまざまな場面で状況が重ねられ、対になるものとして位置づけられるのである。

二つの物語に共通性が見えるといっても、すべてが重なり合うわけではない。最も大きな違いとなるのは、藤典侍が「典侍」という公的な職掌を持つ女官であるということであろう。光源氏しか頼るもののない明石の君に対し、藤典侍が「典侍」であるということは、物語においてどのような意義を持つのであろうか。そのことを考察するために、まずは「典侍」そのもののあり方について検討してみたい。

三　典侍の位相

まずは典侍という女官が後宮においてどのような位置にいたかを確認しておこう[14]。典侍が属する内侍司の女官については、『律令』「後宮職員令」において次のように規定されている。

尚侍二人。〈掌。供二奉常侍一。奏請。宣伝一。検二校女孺一。兼知二内外命婦朝参一。及禁内礼式一之事。〉典侍四人。〈掌同二尚侍一。唯不レ得二奏請。宣伝一。若無二尚侍一者。得二奏請。宣伝一。〉掌侍四人。〈掌同二典侍一。唯不レ得二奏請。宣伝一。〉女孺一百人。

（日本思想大系『律令』「後宮職員令 内侍司条」岩波書店、一九八頁）

後宮十二司のひとつである内侍司は、長官の尚侍が二人、次官の典侍が四人、三等官の掌侍が四人、そして女孺百人で構成されており、人数については『延喜式』にも同様の記述が見える。[15] 内侍司の女官たちの位階は『律令』「禄令」から尚侍が従五位、典侍が従六位、掌侍が従七位であることがわかるが、[16] 大同二年の太政官奏によってそれぞれ従三位、従四位、従五位に引き上げられた。[17] そうした中で、典侍の職掌については尚侍と同様に天皇に常侍し、女孺を検校して内外命婦の朝参および禁内の礼式のことにあたるほか、尚侍が不在の折には、尚侍に代わって奏請や宣伝のことにもあたると規定されている。また、尚侍が東宮や天皇の夫人となる前段階として任命されるようになると、内侍司の実務は二等官であった典侍が中心となって担うようになり、典侍が最上位の女官として機能していたのであった。

典侍の職掌については、従来さまざまな視点から多角的に検討がなされてきた。中でも加納重文の論考[18]において指摘されるように、令制下の典侍の職務を具体的に示す例としては、天皇の即位・譲位の奉仕[19]や褰帳、[20]陪膳[21]や賀茂祭・[22]八十島祭の使い[23]をはじめ、臨時に尚侍に代わっての奏請[24]や親王元服・内親王裳着の儀、[25]皇太子・親王・内親王対面の場面への奉仕[26]があり、さらに『権記』寛弘八年（一〇一一）六月十三日条では御剣璽等を持し（(二)一六〇頁）、『御堂関白記』寛弘八年（一〇一一）八月廿三日条では褰帳命婦を代行することが記されており（(上)一一七～一一八頁）、高級女官としての典侍の職掌が確認できる。また、平安中期頃から次第に典侍の乳母化の傾向が指摘され、一条天皇の乳母のうち二人が典侍であることや[27]、後一条天皇の乳母四人の全員が典侍経験者であることが検証されているほか[28]、『枕草子』「位こそなほめでたきものはあれ」に「内わたりに、御乳母は、内侍のすけ、三位などになりぬれば、重々しけれど」とある（三一六頁）ように、典侍は天皇の乳母に与えられる名誉職のような位置づけの官職になっていったのである。

『枕草子』には「女は　内侍のすけ。内侍」とある（「女は」二九七頁）ほか、「さりぬべからむ人のむすめなどは、さしまじらはせ、世のありさまも見せならはさまほしう、内侍のすけなどにてしばしもあらせばやとこそおぼゆれ」と高貴な家の娘は典侍として宮仕えをさせたいと語られている（「生ひさきなく、まめやかに」五六頁）。さらに、清少納言が「俊賢の宰相など、『なほ内侍に奏してなさむ』となむ定めたまひし」と典侍に推薦すると奏上しようと聞いただけで喜ぶ記事もある（「二月つごもりごろに、風いたう吹きて」二一〇頁）。また、物語においても、『落窪物語』に登場する乳母子のあこぎは、落窪姫君の母親の存命中から姫君に仕えて活躍した人物であるが、物語の最後でそのあこぎについて「むかしのあこぎ、今は内侍のすけになるべし」とあり（巻之四、三四三頁）、典侍という地位まで上りつめたことが語られている。こうした記述からは、典侍として出仕することへの憧れや讃美の姿勢が見て取れ、典侍になることは貴族の娘が望む理想的な出仕のあり方だったのである。

それでは、『源氏物語』において典侍はどのように描かれているであろうか。『源氏物語』には複数の典侍が登場するが、最も登場回数が多いのは源典侍であり、源典侍は「五十七八」（「紅葉賀」①三四三頁）の老女官であるとされ、光源氏と頭中将との間で色恋沙汰を繰り広げるほか、「朝顔」巻ではすでに出家したことが語られている（「朝顔」②四八三頁）。このほかには、桐壺更衣が死去した後に更衣の母を慰問した靫負命婦が「『参りては、いとど心苦しう、心肝も尽くるやうになん』と典侍の奏したまひしを」と語ることで存在がわかる典侍（「桐壺」①二七頁）や、桐壺帝に亡き桐壺更衣によく似た姫宮がいることを知らせる「先帝の御時」から仕える「上にさぶらふ典侍」（「桐壺」①四一頁）、藤壺中宮主催の絵合に参加することを許された「平典侍」と「大弐典侍」（「絵合」②三八〇頁）、尚侍への昇進を願う「ただ今上にさぶらふ古老の典侍二人」（「行幸」③三〇〇頁）、明石女御が産んだ第一皇子の御湯殿の儀に奉仕する「春宮の宣旨なる典侍」（「若菜上」④一〇九頁）が登場する。これらの典侍たちについて、外山敦子は『源氏物語』の典侍は「名誉職的」なそれではなく実務を担う典侍のイメージが重ねられ、作品が書かれた時代よりも半世紀から一世紀前の九世紀～十世紀にかけての典侍像を前提とすべきであることを指摘し[29]、加納重文は「全体に天暦（九四七～九五七）頃を背景にする」と述べる[30]。

『源氏物語』における典侍は、尚侍に次ぐ女官という地位にあったのであり、藤典侍もその中のひとりとして、公的な職掌を持つ社会的に安定した立場にある女性であったといえよう。「夕霧」巻で藤典侍と雲居雁とが歌の贈答をしたとき、藤典侍は自らが典侍であることを強く意識していたと考えられるが、それに対して官職を持たない雲居雁の立場はどのようにとらえればよいのであろうか。高貴な貴族の妻としての雲居雁の立場に着目しつつ、両者の関係性を検討してみたい。

四　「家夫人」と典侍

雲居雁は「わかんどほり」の姫君と内大臣との間に生まれた女君であり、血筋の尊さは弘徽殿女御に引けを取らないほどであったが、受領の妻となった母のもとを離れて大宮に養育され、「女御には、こよなく思ひおとしきこえたまへれど、人柄、容貌などいとうつくしくぞおはしける」と父には弘徽殿女御よりも軽く扱われていたものの、人柄や顔立ちは可愛らしい人として描かれている（「少女」③三二頁）。内大臣の反対を乗り越えて夕霧の妻になった後は、「年ごろの積もりとり添へて、思ふやうなる御仲らひなめれば、水も漏らむやは」と水が漏れる隙間もないとたとえられるほど夫婦仲が親密であることが語られるのである（「藤裏葉」③四四五頁）。

雲居雁は夕霧からの愛情を頼りに、正妻としての地位を築きあげていったのであるが、史上においては貴族の妻であることによって叙位された女性たちの例が見えることが指摘されている。服藤早苗は八世紀から九世紀のはじめ頃までは女官たちが位階や官職に応じて給付を得る「夫とは別に家政機関を持つ個別的所有主体」であったものの、九世紀の中頃以降は女官として出仕することで叙位されるよりも、「妻や祖母・母という家族内の身分関係」によって「社会的地位が決定される場合が多く」なることを指摘している。[32]同様に、伊集院葉子は貴族女性たちが自身の働きによって位階を与えられる存在から「高官である男性の配偶者」や「天皇の外祖母」として位階を与えられる存在へと変化していくことを指摘し、[33]大納言清原夏野の妻である葛井宿禰庭子[34]や藤原良房の妻である源潔姫の例をあげる。源潔姫は嵯峨天皇の皇女で賜姓源氏であり、藤原良房との間に後に文徳天皇の女御で清和天皇の母となる明子を産む。潔姫は承和八年に「无位源朝臣潔姫正四位下」と無位から正四位下に叙され、[35]『九暦』天慶七年（九四四）十月九日条によって、その日に良房が嵯峨天皇に奏慶したことが伝わっている（一一八頁）。さらに、清和天皇立太子のときには、良房が正二位に叙されるとともに「加其家夫人正四位下源朝臣潔姫従三位」と潔姫が従三位に叙されており、「家夫人」と明記されている。[36]女官として出仕しなくとも、高官である男性の配偶者あるいは天皇の外祖母であることによる叙位も進んだのである。

夕霧が高官に上り、雲居雁がこうした例のように厚遇されるのであれば、いわゆる「家夫人」である雲居雁の方が藤典侍よりも優位に立っているようにも見える。しかし、当該場面において雲居雁は「家夫人」として不可欠な正妻としての確固たる立場を脅かされている。かつては「水も漏らむやは」と語られるほど親密だった夫婦仲が、夕霧が落葉の宮に心を移したことで崩れ、妻のひとりである藤典侍まで含めた夕霧の夫人たちの関係性が変化し、雲居雁は父である致仕の大臣の邸に里帰りするほど、夕霧の愛情に期待できない状況になっているのである。一方で、藤典侍と夕霧との関係性はどうであろうか。「夕霧」巻で藤典侍が雲居雁に送った「数ならば」歌が藤典侍が自らを卑下する歌であることは先に確認したが、藤典侍は「典侍」という官職を持つことで夕霧の愛情がなくとも生きていくことの出来る立場を築きあげている。「典侍」という公的な官職を持つ女性である藤典侍の存在によって、「家夫人」として夕霧の愛情に頼ることでしか生きることの出来ない雲居雁の立場が浮き彫りになるのである。

そして、妻のひとりでしかない女性が自立していく様子は光源氏と三人の夫人たちの物語からも見て取ることができる。正妻格の紫の上は幼い頃から光源氏のことだけを頼りに生きてきた女君であった。そうした中で、明石の君はひたすらに卑下して生きてきた我が身を振り返りつつ、紫の上や女三の宮と我が身を比べて「まして、立ちまじるべきおぼえにしあらねば、すべて、今は、恨めしきふしもなし」と、自分は肩を並べることのできる身ではないのだから心残りはないという意識を持つ（「若菜上」④一三二頁）。明石の君は、「身のほど意識」を抱くことによって紫の上や女三の宮のような苦しみを負うことのなかった立場にあることを納得しようとし、光源氏から離れていくのである。ここで夕霧の物語に視線を戻すと、藤典侍のあり方はそれとは少し異なることに気付く。藤典侍はあくまでも女官であり、夕霧との関係も正妻ではなく妻のひとりにとどまるが、「典侍」という公的な職掌を持つことによって夕霧の愛情を受けなくとも生きていくことのできる立場を築きあげていくのである。こうした両者の存在によって、二つの物語で正妻（正妻格）として語られる雲居雁と紫の上が、夫の愛情にしか頼ることのできない女君であることが照らし出されていく。雲居雁と藤典侍の物語は、紫の上と明石の君の物語のあり方をもあらためて問い直しているのである。

「夕霧」巻の巻末において夕霧の二人の夫人、雲居雁と藤典侍は歌の贈答をするが、それは落葉の宮の存在によって夕霧の夫人達の序列が変化し、正妻である雲居雁までもが不安定な立場に置かれていることを意識したものであった。夕霧の正妻として夫人集団の最上位にあったはずの雲居雁は、皇女である落葉の宮と夕霧との関係が深まるのにつれて心を痛める中で、妻のひとりとみなして見下してきた藤典侍からの同情を素直に受け入れることができない。藤典侍は雲居雁の辛さを思いやりつつ、自らを卑下した歌を詠むが、そこには「典侍」という立場にあることの自覚が少なからず影響していたのであろう。「家夫人」として夕霧の愛情だけを頼りに生きてきた雲居雁にとって、落葉の宮の存在によって正妻としての立場が脅かされることは、安定した生活を失うことと同義であったといえよう。しかし、藤典侍は「典侍」という官職を拠り所とすることで、夕霧の愛情に期待せずとも生きていくことができる。「夕霧」巻において両者が歌の贈答をする場面からは、夕霧の正妻でありながらも夕霧の愛情ばかりを頼りにする「家夫人」としての雲居雁と、「典侍」として公的に保障された地位にある藤典侍の、社会的な立場の相違を見ることができるのである。

藤典侍は「夕霧」巻の歌の贈答場面を最後に物語には登場しなくなり、これ以降は藤典侍と夕霧との間に生まれた子女たちの活躍が語られるだけになる。それは、藤典侍がもはや夕霧の世界から離れていったことを明示しているのである。

注

（1）『細流抄』（伊井春樹編『細流抄』源氏物語古注集成（七）桜楓社、三三五〜三三六頁）、『萬水一露』（伊井春樹編『萬水一露』（四）源氏物語古注集成（二七）桜楓社、一二三頁）、『林逸抄』（岡嶌偉久子編『林逸抄』源氏物語古注集成（二三）おうふう、八二頁）、『岷江入楚』（中野幸一編『岷江入楚』（三）源氏物語古註釈叢刊（八）武蔵野書院、五一一頁）、日本古典文学大系（「夕霧」④一六八頁、頭注）、玉上琢彌『源氏物語評釈』（八）角川書店、四八二頁、語釈）、日本古典文学全集（「夕霧」④四七四頁、頭注）、新潮日本古典集成（「夕霧」⑥九七頁、頭注）、新日本古典文学大系（「夕霧」④一五六頁、脚注）、新編日本古典文学全集（「夕霧」④四八九頁、頭注）。

（2）玉上琢彌『源氏物語評釈』（八）角川書店、四八三頁。

（3）加藤昌嘉「女と女の構図」伊井春樹編『国文学解釈と鑑賞別冊　源氏物語の鑑賞と基礎知識（二三）夕霧』至文堂、二〇〇二年六月、二五一頁。

（4）日本古典文学大系『源氏物語』「夕霧」④一六九頁。

（5）新潮日本古典集成『源氏物語』「夕霧」⑥九七頁。

（6）新日本古典文学大系『源氏物語』「夕霧」④一五六頁、脚注。

（7）筒井ゆみ子「けやけし」大野晋編『古典基礎語辞典』角川学芸出版。なお、『源氏物語』において「けやけし」という語はほかに三例が見え、明石の君のもとで年を越した光源氏が元旦に紫の上のもとに帰るとき、紫の上の「なまけやけしと思すべかめる心の中はばかられたま」ふ例（「初音」③一五一頁）、光源氏が玉鬘の女房である右近に男女の文のやり取りについて教え諭す際に自分の体験を振り返り、女性から返事がなかった時には先方の女性が分からずやであるとか身の程をわきまえていないなどと「けやけうなどもおぼえけれ」と語る例（「胡蝶」③一七七頁）、藤花の宴で弁の少将が葦垣を謡ったところ内大臣が「いとけやけうも仕うまつるかな」とからかった例（「藤裏葉」③四三九頁）がある。

（8）日本古典文学全集『源氏物語』「夕霧」④四七四頁。

（9）中野幸一編『岷江入楚』（三）源氏物語古註釈叢刊（八）武蔵野書院、五一一頁。

（10）日本古典文学大系（「夕霧」④一六八頁、頭注）、新潮日本古典集成（「夕霧」⑥九七頁、頭注）。

（11）「若菜上」巻において、明石入道が明石の君の誕生を前に瑞夢を見たことが語られ、明石の君を大切に養育するための資金を得るために播磨に下り、住吉の神に祈って夢の実現を願い続けてきたとされる（「若菜上」④一一一〜一一七頁）。

（12）「若菜下」巻において「夏の御方は、かくとりどりなる御孫あつかひをうらやみて、大将の君の典侍腹の君を切に迎へてぞかしづきたまふ」とあるように、紫の上が明石女御が産んだ御子たちの世話をするのをうらやんだ花散里が夕霧と藤典侍との間に生まれた子を養育していることが語られていた（「若菜下」④一七八頁）が、「夕霧」巻でも「三の君、二郎君は、東の殿にぞとりわきてかしづきたてまつりたまふ」と花散里が大切に育てていることが繰り返し語られている（「夕霧」④四八九頁）。

（13）匂宮は八月十六日夜から婚儀のために六の君のもとに通っていたが（「宿木」⑤四〇一頁）、宇治から上京して二条院に住む中の君はすでに懐妊しており（「宿木」⑤三八五頁）、男御子が誕生することとなる（「宿木」⑤四七二頁）。吉井美弥子は「宿木」巻の御子の産養が詳細に語られていることをふまえ、この御子が「公に認められた匂宮第一子」と位置づけられ、匂宮が春宮候補であるということが、この御子の「立坊の可能性をも示唆するもの」であることを指摘する（「中の君の物語」『読む源氏物語　読まれる源氏物語』森話社、二〇〇八年、二〇二頁）。つまり、将来的に匂宮と六の君との間に御子が誕生したとしても、中の君の産んだ御子が第一皇子であることに変わりはなく、六の君よりも先に中の君が「后がね」として扱われる可能性も考えられる。

（14）典侍についての主な先行研究としては、角田文衞『日本の後宮』（学燈社、一九七三年）、加納重文「典侍考」（『風俗』一七―四、一九七九年八月）、角田文衞「後宮の歴史」（『国文学』二五―一三、一九八〇年一〇月）、須田春子『平安時代後宮及び女司の研究』（千代田書房、一九八二年）、浅井虎夫『新訂　女官通解』（講談社学術文庫、一九八五年）などがあり、以下、先行研究をふまえつつ典侍の位相を検討することとする。

（15）新訂増補国史大系『延喜式』（中）巻十二「中務省　宮人時服条、女官馬料条」吉川弘文館、三五六頁。

（16）日本思想大系『律令』「禄令　宮人給禄条」岩波書店、三〇七頁。

（17）新訂増補国史大系『類聚三代格』（前）巻五「定官員弁官司事」大同二年（八〇七）十二月十五日太政官奏、吉川弘文館、二二一〜二二二頁。

(18) 加納重文「典侍」『平安文学の環境―後宮・俗信・地理―』和泉書院、二〇〇八年。
(19) 新訂増補故実叢書『西宮記』(二) 巻十一「天皇譲位事」明治書院、一四三〜一四四頁。
(20) 新訂増補故実叢書『西宮記』(二) 巻十一「天皇譲位事」明治書院、一四三〜一四四頁)、新訂増補故実叢書『北山抄』(巻三、明治書院、三二〇頁)。
(21) 新訂増補故実叢書『西宮記』(二) 巻八「陪膳事」明治書院、五八頁。
(22) 大日本古記録『貞信公記』天暦二年 (九四八) 四月十八日条、岩波書店、二五六頁。
(23) 新訂増補故実叢書『西宮記』(二) 巻七「御即位後被立京畿七道幣使事」明治書院、二九頁。
(24) 増補史料大成『歴代宸記』所収『村上天皇御記』康保元年 (九六四) 五月二日条、臨川書店、一六七頁。
(25) 新訂増補故実叢書『西宮記』(二) 巻十一「親王元服、内親王着裳」明治書院、一六四〜一六七頁。
(26) 新訂増補故実叢書『西宮記』((二) 巻十一「皇太子対面」明治書院、一六八頁)、増補史料大成『歴代宸記』所収『村上天皇御記』(応和元年 (九六一) 十一月四日条、臨川書店、一三七頁)。
(27) 加納重文「典侍」『平安文学の環境―後宮・俗信・地理―』和泉書院、二〇〇八年。
(28) 角田文衞「後一条帝の乳母たち (一)〜(四)」『古代文化』二三―三・六・一〇・一二、一九七〇年三・六・一〇・一二月。
(29) 外山敦子「女房、女官のライフコースと物語、物語文学」助川幸逸郎他編『新時代への源氏学 (六) 虚構と歴史のはざまで』竹林舎、二〇一四年、八八頁。
(30) 加納重文「典侍」『平安文学の環境―後宮・俗信・地理―』和泉書院、二〇〇八年、一一三頁。
(31) 服藤早苗「平安前期の貴族の家と女性」『平安朝の家と女性―北政所の成立―』平凡社、一九九七年、四四〜四五頁。
(32) 服藤早苗「平安前期の貴族の家と女性」『平安朝の家と女性―北政所の成立―』平凡社、一九九七年、五〇頁。
(33) 伊集院葉子「女官のイエと家政機関」『古代の女性官僚―女官の出世・結婚・引退―』吉川弘文館、二〇一四年、一八五頁。
(34) 『類聚国史』に「授主人室无位葛井宿禰庭子。第二男正六位上瀧雄従五位下」とある (新訂増補国史大系『類聚国史』

巻三十一、天皇行幸下、天長七年（八三〇）九月、吉川弘文館、一七六頁）。
（35）新訂増補国史大系『続日本後紀』巻十、承和八年（八四一）十一月二十一日条、吉川弘文館、一二五～一二六頁。
（36）新訂増補国史大系『日本文徳天皇実録』仁寿元年（八五一）十一月七日条、吉川弘文館、三二頁。

初出・原題一覧

※所収するにあたって、補正・加筆をおこなった。

序章　書き下ろし。

Ⅰ　物語をひらく女房

第一章　「源氏物語王命婦論―「賢木」巻における「いとほしがりきこゆ」の対象を起点として―」『玉藻』（フェリス女学院大学国文学会）第四九号、二〇一五年二月。

第二章　「女三の宮の十二人の女房―『源氏物語』「若菜下」巻の密通をよびおこすもの―」『文学・語学』（全国大学国語国文学会）第二一四号、二〇一五年一二月。

第三章　「『源氏物語』「今参り」考―匂宮と浮舟との邂逅をめぐって―」『玉藻』（フェリス女学院大学国文学会）第五二号、二〇一八年三月。

Ⅱ　主人をかたどる女房

第四章　「大輔命婦の人物設定―『源氏物語』「末摘花」巻における造型の意義をめぐって―」『玉藻』（フェリス女学院大学国文学会）第五七号、二〇二三年三月。

第五章　「侍従の誓い―『源氏物語』「蓬生」巻における「たむけの神」をめぐって―」室城秀之編『言葉から読む平安文学』武蔵野書院、二〇二四年。

第六章　書き下ろし。

Ⅲ　女房がつなぐもの

第七章　「犬君のゆくえ―『源氏物語』における女童をめぐって―」『古代中世文学論考』第三五集、新典社、二〇一七年一〇月。

第八章　「渡殿の戸口の紫の上―「薄雲」巻における中将の君を介した歌をめぐって―」『玉藻』（フェリス女学院大学国文学会）第五六号、二〇二二年三月。

第九章　「よるべなき中将の君―『源氏物語』「幻」巻における紫の上追慕をめぐって―」『群馬県立女子大学国文学研究』（群馬県立女子大学国語国文学会）第四四号、二〇二四年三月。

Ⅳ　女官が見つめるもの

第十章　書き下ろし。

第十一章　「藤典侍論―「夕霧」巻における雲居雁との贈答をめぐって―」『フェリス女学院大学日文大学院紀要』（フェリス女学院大学大学院人文科学研究科日本語日本文学専攻）第二四号、二〇一八年七月。

あとがき

本書は、フェリス女学院大学に博士学位申請論文として提出した『源氏物語女房論』を礎とし、その後に発表した論考と書き下ろしを加えたものである。審査の際に主査をお務めくださった竹内正彦先生、副査をお務めくださった高田祐彦先生、谷知子先生、松田浩先生に心より御礼申し上げる。研究をはじめたばかりの頃に手探りで書いた拙い論考もあるが、大幅な加筆等はせずに、これまでの自分の研究のひとつのかたちとして一書にまとめ、『源氏物語』における女房に着目することで見えてくる物語世界のありようを論じた。

なお、本書にはJSPS科研費（23K18654）の助成を受けた研究成果が含まれている。

＊

幼い頃から本を読むこと、読んでもらうことが好きで、お気に入りの絵本を読んでほしいと何度も両親にせがんだ。字が読めるようになってからは、自分では見ることのできない世界にも入っていくことができる本の魅力に引き込まれていった。ただ読書が好きというところから、中学校の授業で歴史や古典の面白さを知り、高等学校の授業でよりいっそう古典に惹かれた。いつしか国語科の教員になりたいという思いを抱くようになり、二〇一〇年の春、フェリス女学院大学文学部日本文学科に進学した。

入学してほどなく、一年次前期の演習の授業でご指導いただいたのが、恩師竹内正彦先生である。学籍番号順でたまたま振り分けられたクラスだったが、ここでの竹内先生との出会いが私の大学での学び、そして研究の根幹にある。各自が興味を持った事柄について、日本文学のさまざまな作品を通時的に調査し、考察したことを報告するという授業だった。それまで文学作品の調査も、もちろん研究もしたことがなかった私にとって、竹内先生がご教示くださること全てが新しい発見に満ちていて胸が躍った。そのとき自分が発表した内容も、竹内先生から頂いたご指摘もはっきりと覚えているが、文学作品を「読む」とはどういうことか、文学研究の世界の一端を垣間見ることができた。

その後、竹内先生の二年次の演習で『堤中納言物語』「思はぬ方に泊りする少将」を読んで女房という存在に興味を持ち、物語の展開と女房の言動とがどのように関わるのかを考えるようになった。さらに、三年次の演習で『源氏物語』「賢木」巻の輪読発表で取り上げたのが王命婦であった。そこから卒業論文、そして本書第一章「王命婦論」へとつながる。以後、修士論文、博士論文でも女房について論じ、現在に続いている。

その過程において、竹内先生には、学部から大学院まで指導教授としてたいへんお世話になった。数え切れないほどご心配をおかけしたが、怠惰で後ろ向きな私をいつも愛情深く見守り、あたたかくご指導くださった。竹内先生のお導きがなければ今の私はなく、そのご恩はどれほど感謝の言葉を尽くしても言い足りない。本書の校正にまでお力を賜り、甘えてばかりの不肖の弟子だが、これから先、自立した研究者としての姿をお見せすることで、少しずつでもご恩を返していきたい。

また、学部から大学院まで在籍したフェリス女学院大学では、日本文学科の先生方をはじめ多くの方々からご指導ご芳情を賜った。大学院の研究発表会には日文の先生方が全員おいでくださり、日頃からたくさんの励ましを頂いたことが今でも心に残っている。春には、フェリスは新しく生まれ変わる。自分が卒業した学部、学科の名称がなくなってしまうことは寂しいが、これからもずっと緑豊かな学び舎が続くことを祈っている。

大学院に進学してからは、小峯和明先生、吉井美弥子先生、佐々木孝浩先生、猪股ときわ先生、畠山大二郎先生にご指導いただいた。他に古典を専門にする大学院生がいなかった時期が長く、先生方と一対一あるいはごく少人数での贅沢な時間を過ごした。あの頃の自分にもっと知識や引き出しがあれば、もっと謙虚に貪欲に学んでいればという思いは尽きないが、じっくり文学作品や注釈書と向き合い、先生方からご指導ご教示を賜った日々は、今でも私の支えとなっている。中でも吉井先生には長い期間たいへんお世話になった。御宅から決して近くない緑園都市まで毎週おいでくださったうえに、論文指導までしていただいた。いつも励ましのお言葉とともに力強く背中を押してくださることに、深く御礼申し上げる。

さらに、初めての学会発表を前に、プレ発表をする場として竹内先生が研究会を作ってくださった。そこでお世話になっている津島昭宏先生、太田敦子先生、春日美穂先生、畠山大二郎先生にも厚く御礼申し上げる。今では新たな仲間たちも加わって、大切な発表の場となっている。太田先生、春日先生とは竹内先生のもと学会のお仕事でもご一緒させていただいた。本書を成すにあたってもご助言をくださり、折に触れて多くのご厚情を賜っている。いつもあたたかく支えてくださることに心より感謝申し上げる。

同じく大学院生の時期には、白百合女子大学で室城秀之先生のご指導のもと開かれている研究会にも参加させていただいた。さまざまな大学から大学院生が集まり、各自の研究テーマに基づいた発表をおこない、議論を交わした。フェリスの中で揉まれる機会が少なかった私にとって、同年代が集う研究会は貴重な場であり、多くの仲間たちとの出会いに感謝している。数年間の中断を経て、昨年また再開することができたことも、とてもうれしく思っている。

長く非常勤講師として勤務させていただいた湘北短期大学でも多くの方々にお世話になった。拙い論考に対しても先生方からご教示を賜り、学会や研究会などで出会った仲間たちからはいつも刺激をもらっている。そして、勤務先である群馬県立女子大学文学部国文学科の先生方からも折に触れて励ましのお言葉を頂いた。本当に多くの方々に支えていただいて、なんとかここまで歩いてこられたのだと思う。全ての方のお名前をあげることはかなわないが、ご芳情を賜った方々にこの場を借りて厚く御礼申し上げるとともに、今後とも変わらぬご指導ご鞭撻をお願い申し上げる。

最後になったが、本書の出版をご快諾くださった新典社の岡元学実社長、出版に向けて校正などひとかたならぬご尽力を賜った編集部の加藤優貴乃氏に厚く御礼申し上げる。そして、文学研究の道に進むことを許し、いつも支えてくれている両親にも心から感謝したい。

二〇二四年一一月　佳き日に

佐藤　洋美

索　　引

凡　　例

一、この索引は、序章から第十一章までの本文と注を対象としたものであり、「Ⅰ　人名索引」「Ⅱ　巻名索引」「Ⅲ　事項索引」からなる。ただし、原則として論文の題名や研究者の書名等は対象から除いた。

一、「Ⅰ　人名索引」は、原則として明治期以降の研究者等を対象とした。

一、「Ⅱ　巻名索引」は『源氏物語』の巻名を対象とし、引用本文の有無を問わなかった。

一、「Ⅲ　事項索引」は、文献の書名（『源氏物語』と明治期以降のものは除く）や人名（明治期以降の研究者は除く）のほか、本書において重要と思われる事項を対象とした。

一、配列は、現代の日本語の発音による五十音順としたが、「Ⅱ　巻名索引」については巻順とした。また、読み方は一般的と判断されるものによった。

一、略称や別称等を含めて類似した表現や表記のものは一括し、必要に応じて（　）内に注記した。また、適宜、〔　〕内に説明的記述を施した。

I 人名索引

あ 行

か 行

さ 行

た　行

な　行

は　行

ま 行

や 行

わ 行

Ⅱ　巻名索引

Ⅲ　事項索引

あ　行

か　行

さ 行

た 行

な　行

は 行

ま　行

や 行

ら　行

わ　行

佐藤　洋美（さとう　ひろみ）
1991年5月　神奈川県小田原市に生まれる
2014年3月　フェリス女学院大学文学部日本文学科卒業
2019年3月　フェリス女学院大学大学院人文科学研究科日本語日本文学専攻博士後期課程修了
専攻　源氏物語を中心とした中古文学
学位　博士（文学）
現職　群馬県立女子大学文学部国文学科専任講師
論文　「女三の宮の十二人の女房―『源氏物語』「若菜下」巻の密通をよびおこすもの―」（『文学・語学』第214号，2015年12月，全国大学国語国文学会），「犬君のゆくえ―『源氏物語』における女童をめぐって―」（『古代中世文学論考』第35集，2017年10月，新典社），「よるべなき中将の君―『源氏物語』「幻」巻における紫の上追慕をめぐって―」（『群馬県立女子大学国文学研究』第44号，2024年3月，群馬県立女子大学国語国文学会）など。

新典社研究叢書380

源《げん》氏《じ》物《もの》語《がたり》女《にょう》房《ぼう》論《ろん》

令和7年3月22日　初版発行

著者　佐藤洋美
発行者　岡元学実
印刷所　惠友印刷㈱
製本所　牧製本印刷㈱

検印省略・不許複製

発行所　株式会社　新典社
東京都台東区元浅草二―一〇―一一―四F
TEL＝〇三（五二四六）四二四四番
FAX＝〇三（五二四六）四二四五番
振替　〇〇一七〇―〇―二六九三二番
郵便番号一一一―〇〇四一番

ISBN978-4-7879-4380-4 C3395
https://shintensha.co.jp/　E-Mail:info@shintensha.co.jp

新典社研究叢書 （10%税込総額表示）

340 校本式子内親王集　武井 和人　一三六五〇円
341 続近世類題集の研究 ―和歌曼陀羅の世界―　三村 晃功　一九五八〇円
342 『源氏物語』の解釈学　関河・櫛井・廣田・鷹島　八二五〇円
343 禁裏本歌書の書誌学的研究 ―蔵書史と古典学―　酒井 茂幸　二九七〇〇円
344 歌・呪術・儀礼の東アジア　山田 直巳　一七六〇〇円
345 日本古典文学の研究　日本古典文学研究会　一〇三四〇円
346 伊勢物語考Ⅱ ―東国と歴史的背景―　内田美由紀　一二三二〇円
347 王朝文学の〈旋律〉　伊藤禎子・勝亦志織　一二六六〇円
348 『源氏物語』明石一族物語論 ―形成と主題―　神原 勇介　一〇二三〇円
349 歌物語史から見た伊勢物語　宮谷 聡美　一一八八〇円
350 元亨釈書全訳注 中　今浜 通隆　三三四五〇円
351 室町期浄土僧 聖聡の談義と説話　上野 麻美　九二四〇円
352 堤中納言物語論 読者・諧謔・模倣　陣野 英則　一〇四五〇円
353 尺素往来 本文と研究　高橋忠彦・高橋久子　一九六九〇円
354 平安朝文学と色彩・染織・意匠　森田 直美　八八〇〇円
355 芭蕉の詩趣 ―解釈ノート―　金田 房子　一一〇〇〇円
356 文構造の観察と読解　中村幸弘・碁石雅利　二五一九〇円
357 後水尾院御会研究 付『伊勢物語聞書』翻刻　高梨 素子　一九五八〇円
358 鄭成功信仰と伝承　小俣喜久雄　二二〇〇〇円
359 源氏物語の主題と仏教　中 哲裕　一七六〇〇円
360 近松浄瑠璃と周辺　冨田 康之　九四六〇円
361 紀貫之と和歌世界　荒井 洋樹　一八七〇〇円
362 古事記の歌と譚　石田 千尋　一四七九五円
363 ソグド文化回廊の中の日本　山口 博　一三八六〇円
364 平安朝の物語と和歌　吉海 直人　一四〇八〇円
365 近世前期仏書の研究　木村 迪子　一三〇四六円
366 平安物語の表現 ―源氏物語から狭衣物語へ―　太田美知子　一七八二〇円
367 物語と催馬楽・風俗歌 ―うつほ物語から源氏物語へ―　山﨑 薫　一〇一二〇円
368 上代日本語の表記とことば　根来 麻子　一一八八〇円
369 三条西家注釈書群と河海抄 ―連歌師注釈との交流―　渡橋 恭子　一四〇八〇円
370 室町期和歌連歌の研究　伊藤 伸江　一八一五〇円
371 香道と文学 ―伝書にみる古典受容―　武居 雅子　一五六二〇円
372 源氏物語の皇統譜　春日 美穂　一一六六〇円
373 『源氏物語』寒暖語の世界　山際咲清香　一七六〇〇円
374 漂流民小説の研究　勝倉 壽一　一二四三〇円
375 一条兼良歌学書集成　武井 和人　二一七八〇円
376 源氏物語 浮舟の歌を読む　山崎 和子　八一四〇円
377 源氏物語と「うた」の文脈 ―連想と変容―　平田彩奈惠　一〇七八〇円
378 新作薫物の研究 附・中世近世薫物資料集成　田中 圭子　三三〇〇〇円
379 北村季吟の書と学問　宮川 真弥　一五四〇〇円
380 源氏物語女房論　佐藤 洋美　一〇二三〇円